UMA PEQUENA
MENTIRA

K.A. TUCKER

UMA PEQUENA MENTIRA

Livro 2 da série Ten Tiny Breaths

Tradução de
Alice Klesck

FÁBRICA231

Título original
ONE TINY LIE

Este livro é uma obra de ficção. Referências a acontecimentos históricos, pessoas reais ou localidades foram usadas de forma fictícia. Outros nomes, personagens, lugares e incidentes são produtos da imaginação da autora, e qualquer semelhança com fatos reais, localidades ou pessoas, vivas ou não, é mera coincidência.

Copyright © 2014 by Kathleen Tucker

Todos os direitos reservados, incluindo o de reprodução no todo ou em parte sob qualquer forma, sem a permissão escrita do editor.

Copyright da edição brasileira © 2017 by Editora Rocco Ltda.

"Edição brasileira publicada mediante acordo com Atria Books, uma divisão da Simon & Schuster, Inc."

FÁBRICA231
O selo de entretenimento da Editora Rocco Ltda.

Direitos para a língua portuguesa reservados com exclusividade para o Brasil à
EDITORA ROCCO LTDA.
Av. Presidente Wilson, 231 – 8º andar
20030-021 – Rio de Janeiro – RJ
Tel.: (21) 3525-2000 – Fax: (21) 3525-2001
rocco@rocco.com.br
www.rocco.com.br

Printed in Brazil/Impresso no Brasil

preparação de originais
HALIME MUSER

CIP-Brasil. Catalogação na fonte.
Sindicato Nacional dos Editores de Livros, RJ.

T826u

Tucker, K. A.
  Uma pequena mentira / K. A. Tucker; tradução de Alice Klesck. – 1ª ed. – Rio de Janeiro: Fábrica231, 2017.
  (Ten tiny breaths; 2)

Tradução de: One tiny lie
ISBN 978-85-68432-95-2

1. Ficção canadense. I. Klesck, Alice. II. Título. III. Série.

16-36853
CDD-819.13
CDU-821.111(71)-3

O texto deste livro obedece às normas do Acordo Ortográfico da Língua Portuguesa.

Para Lia e Sadie
Suas vidas sempre serão suas, para serem vividas

Para Paul
Pela creche diurna do papai

Para Stacey
Uma agente literária de verdade

Eu saio andando.
Afasto-me das vozes, dos gritos, da decepção.
Afasto-me das minhas desilusões, dos meus erros, dos meus arrependimentos.
Afasto-me de tudo que eu deveria ser e não consigo.
Porque é tudo mentira.

Capítulo um

* * *

PERFEITA DEMAIS

Junho

– Livie, eu acho que você está totalmente fodida.

Farelos de cheesecake voam da minha boca no painel envidraçado do deque quando engasgo com o garfo. Minha irmã tem um senso de humor bem estranho. Essa frase só pode ser por isso.

– Não tem graça, Kacey.

– Isso aí. Não tem.

O jeito como ela fala – seu tom calmo e suave – me dá um tremor na barriga. Limpando o grude de cheesecake da boca, eu viro para olhar seu rosto, procurando... algo que mostre que ela está de armação. Nada.

– Você não está falando sério, não é?

– Seríssimo.

Sinto um bolo de pânico na garganta.

– Você está usando drogas novamente?

Ela responde com um olhar seco.

Mas não encaro isso como verdade. Eu me inclino à frente e olho em seu rosto, à procura de sinais – as pupilas dilatadas, os olhos vermelhos – traços de uma usuária que passei a reconhecer, quando eu tinha doze anos. Nada. Só os olhos azuis cristalinos me encarando. Dou um suspirinho de alívio. Pelo menos não estamos voltando a esse caminho.

Com uma risadinha nervosa e sem ideia do que responder, vou ganhando tempo com outra garfada de torta. Só que agora o gosto de café amargou com uma textura farelenta. Forço para engolir.

– Você é perfeita demais, Livie. Tudo o que você faz, tudo o que diz. Não consegue fazer nada errado. Se alguém lhe der um tapa na cara, você pede desculpas. Não posso acreditar que você nunca tenha me dado umas porradas, pelas coisas que *eu* digo. É como se você não conseguisse sentir raiva. Você poderia ser filha da Madre Teresa com o Gandhi. Você é... – Kacey para, como se procurasse a palavra certa. Ela se contenta com: – De uma perfeição do cacete!

Eu me encolho. Kacey dispara esses palavrões toda hora. Faz anos que eu já me acostumei, mas agora parece um soco na cara.

– Qualquer hora dessas, acho que você vai se revelar e vir pra cima de mim, que nem a Amelia Dyer.

– Quem? – pergunto franzindo o rosto, passando a língua no céu da boca, para tirar o resto da torta farinhenta.

Ela abana a mão.

– Ah, aquela mulher de Londres, que matou centenas de bebês...

– Kacey! – Eu a encaro.

– De qualquer forma, essa não é a questão. A questão é que Stayner concordou em falar com você – murmura ela, revirando os olhos.

Isso está ficando cada vez mais ridículo.

– O quê? Mas... eu... mas... Dr. Stayner? – disparo. *O terapeuta dela, do tratamento de estresse pós-traumático?* Minhas mãos começam a tremer. Coloco o prato em uma mesinha de canto, antes que eu o derrube. Quando Kacey me entregou o prato e sugeriu que víssemos o pôr do sol de Miami Beach de nossa varanda, achei que ela estivesse sendo amável. Agora estou vendo que ela estava tramando uma intervenção maluca que eu não preciso. – Não estou sofrendo de estresse pós-traumático, Kacey.

– Eu não disse que estava.

– Bom, então, para que isso?

Ela não me dá um motivo. Em vez disso, vem com aquele papo de culpa maternal.

– Você me deve essa, Livie – diz ela, em um tom seco. – Quando você me pediu para fazer terapia, três anos atrás, eu fiz. Por você. Eu não queria, mas...

– Você *precisava*! Estava um caco! – Isso é pouco. O acidente causado pela bebida que matou nossos pais, há sete anos, fez Kacey mergulhar nas drogas, sexo desregrado e violência. Então, três anos atrás, o fundo do poço se abriu. Achei que a tivesse perdido.

Mas Dr. Stayner a trouxe de volta para mim.

– Eu precisava – admite ela, comprimindo os lábios. – E não estou *pedindo* que você se comprometa a fazer terapia. Só estou pedindo que você atenda ao telefone, quando Stayner ligar. Só isso. Por mim, Livie.

Isso é totalmente irracional – simplesmente insano –, mas dá para ver que Kacey está falando sério, pelo jeito que cerra os punhos e morde o lábio. Ela está realmente preocupada comigo. Mordo a língua e viro para olhar os últimos raios do pôr do sol. E penso.

O que Dr. Stayner teria a dizer? Sou uma excelente aluna a caminho de Princeton e, depois disso, faculdade de medicina. Adoro crianças, bichos e gente idosa. Nunca tive vontade de arrancar asas de insetos, ou fritá-los com uma lupa. Tudo bem, não sou muito de chamar atenção. E costumo suar sem parar quando estou perto de caras bonitos. E provavelmente vou enfartar antes do meu primeiro encontro amoroso. Se eu não me desmanchar em uma poça de suor antes que alguém consiga me convidar para sair.

Tudo isso não significa que estou a dois passos de me tornar uma psicótica assassina. Ainda assim, eu gosto do Dr. Stayner e o respeito, apesar de suas peculiaridades. Conversar com ele não seria desagradável. Seria uma conversa rápida...

– Acho que um telefonema não faz mal – resmungo. – Depois, temos que falar sobre esse diploma de psicóloga que você está arranjando. Se estiver vendo bandeirinhas vermelhas em volta da minha cabeça, então, vou começar a duvidar do sucesso de sua carreira.

Os ombros de Kacey relaxam de alívio quando ela recosta na espreguiçadeira com um sorriso satisfeito nos seus lábios.

E eu sei que fiz a escolha certa.

* * *

Setembro

Na vida, há momentos em que você toma uma decisão, depois fica se questionando. Muito. Você não se arrepende exatamente. Sabe que *provavelmente* fez a escolha certa e isso *provavelmente* será melhor para você. Mas passa um bom tempo se perguntando que diabo estava pensando.

Ainda me pergunto como concordei com aquele telefonema. Penso nisso todos os dias. Certamente estou pensando agora.

– Não estou sugerindo que você estrele num vídeo de *Garotas endiabradas*, Livie. – Ele já mudou para aquele tom suave e oficial que usa para coagir.

– Como vou saber? Há três meses, você sugeriu que eu batesse um papo com um orangotango. – *História real*.

– Já faz três meses? Como vai o velho Jimmy?

Mordo a língua e respiro fundo, antes de dizer algo ríspido.

– Não é um bom momento, Dr. Stayner. – E não é. De verdade. Faz sol e o ar está quente, e eu estou arrastando minha mala rosa e um cacto pela paisagem pitoresca em direção ao meu alojamento, com mil outros alunos confusos e pais nervosos. É dia de mudança e talvez eu ainda vomite por conta do voo turbulento. Um dos telefonemas de tática de guerrilha do Dr. Stayner certamente não é o que eu quero nesse momento.

No entanto, aqui estamos nós.

– Não, Livie. Provavelmente, não. Você poderia ter reagendado sua sessão de terapia comigo, sabendo que pegaria um avião para Nova Jersey essa manhã. Mas não o fez – diz Dr. Stayner calmamente.

Olhando de um lado paro o outro, para ter certeza de que ninguém está ouvindo a conversa, encolho os ombros e começo a cochichar:

– Não há nada para reagendar, porque eu não estou fazendo terapia.

Tudo bem. Isso talvez não seja totalmente verdade.

Não é totalmente verdade, desde aquela noite agradável de junho, quando minha irmã me encurralou com cheesecake. Dr. Stayner me ligou logo na manhã seguinte. Bem à maneira Stayner, suas primeiras palavras não foram "olá", nem "que bom falar com você". Ele simplesmente disse "Então, eu ouvi dizer que você é uma bomba-relógio ambulante".

O resto da conversa prosseguiu tranquila. Conversamos sobre minha carreira acadêmica impecável, a inexistência da minha vida amorosa, minhas esperanças e sonhos, meus planos. Passamos um tempinho falando sobre meus pais, mas ele não se alongou nisso.

Depois que desliguei, lembro-me de ter sorrido, certa de que ele diria à Kacey que eu estava bem e equilibrada, e que ela poderia procurar alguém mentalmente instável em outro lugar.

Quando aquele mesmo número de Chicago apareceu no meu telefone, na manhã do sábado seguinte, às dez horas em ponto, eu fiquei bem surpresa. Mas atendi. Desde então, venho atendendo, todo sábado, às dez. Nunca vi uma conta, nem um prontuário de paciente, ou o interior de um consultório psiquiátrico. Nós dois rodeamos a palavra "terapia", mas *nunca* a dissemos, antes dessa conversa. Talvez por isso eu me negue a reconhecer Dr. Stayner pelo que ele é.

Meu terapeuta.

– Tudo bem, Livie. Vou deixá-la ir. Retomamos nosso *papo* no próximo sábado.

Reviro os olhos, mas não digo nada. Não faz sentido. Eu chegaria mais longe arrastando uma mula num capinzal.

– Não deixe de tomar uma dose de tequila. Dance o break. Ou o que for que os jovens estejam fazendo agora, na semana dos calouros. Será bom para você.

– Você está recomendando vício e movimentos de dança com risco de vida para o meu bem-estar? – A partir daquela segunda ligação, ficou bem óbvio que Dr. Stayner tinha assumido a tarefa de "tratar" a minha timidez esquisita com uma semana de atribuições constrangedoras, mas inofensivas. Ele nunca admitiu o que estava fazendo, nunca se explicou. Só espera que eu concorde.

E eu sempre concordo.

Talvez por isso que eu deva estar fazendo terapia.

O surpreendente é que *tem* funcionado. Três meses de tarefas impulsivas, na verdade, me ajudaram a ficar mais calma em aglomerações, libertar meus pensamentos mais íntimos e me armar de confiança suficiente para que o suor não comece a minar dos meus poros quando aparece um homem atraente.

– Eu sugeri tequila, Livie. Não metanfetamina... e não, eu não estou *recomendando* tequila porque você só tem dezoito anos e eu sou médico. Isso seria altamente antiético. Estou recomendando que você vá em frente, *divirta-se*!

– Sabe, eu *era* normal. Acho que *você* que está me transformando numa doida. – Solto um suspiro conformado, mas sorrio ao dizer.

Uma gargalhada explode em meu ouvido.

– Normal é um tédio. Tequila, Livie. Faz com que os deslocados se enturmem. Talvez você até consiga conhecer... – ele suspira para dar efeito dramático – um garoto!

– Realmente tenho que ir – digo, sentindo meu rosto corar ao subir os degraus de cimento e entrar em meu alojamento deslumbrante, estilo Hogwarts.

– Vá! Crie lembranças. Esse é um dia feliz para você. Uma vitória. – A voz de Dr. Stayner perde o tom brincalhão e subitamente fica séria. – Você devia estar orgulhosa.

Eu sorrio ao telefone, feliz pelo momento de seriedade.

– Eu estou, Dr. Stayner. Mas... obrigada. – Ele não diz, mas eu ouço as palavras. *Seu pai estaria orgulhoso.*

– E lembre-se... – Volta o tom alegre.

Reviro os olhos ao telefone.
– Já sei. "Hoje em dia, as garotas são razoavelmente alegrinhas." Farei o possível.
Ouço a risada ao fundo ao apertar o botão de desligar.

Capítulo dois

* * *

DRINQUES DE GELATINA

É assim que a Cinderela deve ter se sentido.

Se, em vez de deslizar graciosamente pelo salão do baile de gala, ela estivesse grudada numa parede, numa festa de faculdade, tomando encontrões de bêbados, vindos de todos os lugares.

E, em vez de encantar a todos com um lindo vestido, estivesse disfarçadamente puxando a toga para cobrir todas as partes vitais do corpo.

E, em vez de uma fada madrinha atendendo aos seus desejos, ela tivesse uma irmã mais velha irritante, forçando-a a engolir drinques de gelatina.

Estou que nem a Cinderela.

– Negócio é negócio! – berra Kacey, mais alto que o DJ, ao me entregar um copinho. Aceito sem dizer uma palavra e viro a cabeça para trás, deixando a substância laranja deslizar pela minha garganta. Para falar a verdade, estou gostando desses troços. Muito. Claro que não vou admitir para a minha irmã.

Ainda estou ranzinza porque ela me chantageou para que minha primeira noitada na faculdade também fosse minha primeira bebedeira. Primeira de todas. Ou isso, ou ela entraria no meu alojamento com uma camiseta com meu rosto e a frase "Liberem a Libido da Livie". Ela estava falando sério. Tinha até mandado imprimir a porcaria do negócio.

– Deixe de ser tão rabugenta, Livie. Fale a verdade. Está divertido – Kacey grita, me dando mais dois copinhos. – Mesmo que a gente esteja vestida de lençol. Sério. Quem ainda faz uma festa da toga?

Ela continua falando, mas eu abstraio e chupo a gelatina dos dois copinhos, um atrás do outro. Foram quantos na última hora? Agora eu estou me sentindo bem. Relaxada, até. Nunca fiquei bêbada, então como posso saber? Esses negocinhos não podem ser tão fortes. Não é como tequila.

Aquele danado do Stayner! Eu deveria saber que ele escalaria Kacey para esse trabalho sujo. Ele vem fazendo isso o verão todo. Claro que não tenho nenhuma prova da armação dessa noite. Mas se Kacey aparecer com uma garrafa de Patrón, eu já tenho a resposta.

Com um suspiro, eu recosto na parede fria e deixo o olhar percorrer o mar de cabeças. Nem sei bem onde estamos, fora o fato de ser um porão espaçoso, numa festa que está bombando, perto do campus da faculdade. E é uma festa bem organizada, com um DJ divertindo um monte de gente – algumas pessoas dançando, a maioria cambaleando – no meio de um espaço aberto enorme. As lâmpadas comuns da casa foram substituídas por outras coloridas, piscantes, e uma estroboscópica, dando mais um ar de boate do que de uma casa. Imagino que os donos habitualmente devam ter móveis aqui. Esta noite, todos os móveis desapareceram. Todos, menos um monte de mesas que perfilam o espaço, cheias de copinhos vermelhos para os

barris de cerveja que estão embaixo, amparando as bandejas com essas bebidinhas deliciosas que eu não consigo parar de tomar. Deve ter centenas. Milhares. Milhões!
    Tudo bem. Talvez eu até esteja bêbada.
    Um corpo baixinho e curvilíneo passa por mim, acenando, e automaticamente me faz sorrir. É Reagan, minha nova companheira de quarto, e a única pessoa com quem falei, além da minha irmã. Todo ano, os alunos entram num sorteio para os alojamentos. Os calouros ainda têm o bônus de ganhar colegas de quarto aleatórios. Embora a gente tenha se conhecido hoje, tenho certeza de que eu vou adorar a Reagan. Ela é agitada e extrovertida, e fala sem parar. Também é muito artística. Depois que colocamos nossas coisas no quarto, ela fez uma placa para a porta com nossos nomes, numa caligrafia desenhada, com corações e flores em volta, e escreveu beijinhos e abraços. Achei bonitinho. Kacey achou que a placa parece anunciar "casal de lésbicas".
    No instante em que eu passei pela porta, Reagan tinha sumido, papeando com uns caras. Levando-se em conta que ela é do primeiro ano, parece conhecer bastante gente. A maioria homens. Ela sugeriu que viéssemos esta noite; do contrário, acabaríamos indo parar num dos muitos eventos organizados no campus, aos quais eu tinha intenção de ir, até que Kacey sabotou meus planos. Aparentemente, são raros os alunos de Princeton que moram fora do campus, por isso não dá para perder essas festas.
    – Tudo bem, princesa. Beba isso – diz Kacey, aparecendo com uma garrafa de água do nada. – Não quero que você vomite essa noite.
    Pego a garrafa e despejo o líquido fresco em minha boca. E me imagino vomitando todo o jantar de fajitas em cima de Kacey. Seria bem feito para ela.

– Ora, vamos, Livie! Não fique zangada comigo. – A voz de Kacey está ficando com aquele tom choramingado, sinal de que ela está realmente se sentindo culpada. Então, eu também começo a me sentir culpada, por fazê-la se sentir culpada...
Dou um suspiro.
– Não estou zangada. Só não entendo por que você está numa missão de me deixar bêbada. – Foi um acidente com bebida ao volante que matou nossos pais. Acho que esse é um dos motivos para que eu tenha evitado qualquer contato com álcool até agora. Kacey também mal toca em bebida. Embora ela pareça estar compensando esta noite.
– Estou numa missão para garantir que você se divirta e conheça gente. É a semana dos calouros, do seu primeiro ano de faculdade. Só acontece uma vez na vida. Tem que ter muito álcool e pelo menos uma manhã com a cara na privada.
Respondo revirando os olhos, mas isso não a convence. Ela vira para mim e me enlaça com os braços.
– Livie. Você é minha irmã caçula e eu te amo. Nada em sua vida foi normal nos últimos sete anos. Essa noite, você vai viver como uma garota de dezoito anos normal e irresponsável.
– É ilegal beber com dezoito anos – comento, lambendo os lábios. Eu sei que meu argumento é fraco para minha irmã, mas não ligo.
– Ah, sim. Você está certa. – Ela enfia a mão por baixo da toga, no bolso do short, tira algo que parece uma carteira de habilitação. – Por isso você é Patricia, de vinte e um anos, de Oklahoma, caso a polícia apareça.
Eu deveria saber que minha irmã cuidaria de tudo.
A música começa a ganhar ritmo e meus joelhos se mexem com a batida.
– Daqui a pouco você vai dançar comigo! – grita Kacey, ao me dar mais dois copinhos. Quantos são, agora? Perdi a conta,

mas minha língua está com uma sensação engraçada. Passando o braço em volta do meu pescoço, minha irmã me puxa e ficamos com nossos rostos colados. – Certo, está pronta? – diz ela, segurando o telefone à nossa frente. Eu ouço: – Sorria! – Quando o flash dispara. – Para o Stayner.

Arrá! É a prova!

– Saúde! – Kacey brinda comigo, depois joga a cabeça para trás e engole a gelatina de um copinho, rapidamente seguido por outro. – Ah! Os azuis! Volto num segundo!

Como um golden retriever perseguindo um esquilo, Kacey dispara atrás de um cara equilibrando uma bandeja no ombro, alheia às cabeças que viram quando ela passa. Entre seu cabelo ruivo, seu rosto arrebatador e suas curvas torneadas, minha irmã *sempre* faz as cabeças virarem. Duvido que ela sequer perceba. Ela decididamente não fica constrangida com isso.

Suspiro ao olhá-la. Sei o que ela está fazendo. Fora me embebedar, claro. Ela está tentando me distrair da parte triste de hoje. Que meu pai não está aqui no dia em que deveria estar. No dia em que eu começo em Princeton. Afinal, esse sempre foi seu sonho. Ele foi um aluno orgulhoso e queria que suas duas filhas estudassem aqui. As notas ruins de Kacey, depois do acidente, não permitiram essa possibilidade, que ficou para mim. Portanto, eu estou vivendo o sonho dele – meu sonho também –, e ele não está aqui para ver.

Respiro fundo e silenciosamente aceito qualquer destino – e, por destino, quero dizer os drinques de gelatina – que me for reservado esta noite. Certamente estou menos nervosa do que quando entrei por aquelas portas. E a atmosfera fervilhante é bem legal. Estou na minha primeira festa da faculdade. Não há nada de errado em estar aqui aproveitando, eu lembro a mim mesma.

Com um copinho na mão, fecho os olhos e deixo meu corpo sentir a batida da música. Solte-se, divirta-se. É o que Stayner sempre me diz. Jogo a cabeça para trás e aperto o copinho de plástico e o levo aos lábios, colocando a língua para fora para sentir a textura confusa na boca. Eu me sinto uma profissional.

Exceto por um erro básico – eu nunca devia ter fechado os olhos.

Se não os tivesse fechado, eu não teria parecido uma garota bêbada e fácil. E o teria visto chegando.

O sabor laranja tinha acabado de tocar minhas glândulas salivares, quando braços fortes me puxam pela cintura e me afastam da segurança da minha parede. Meus olhos abrem-se num estalo e minhas costas colam no peito de alguém, um braço musculoso enroscado em meu corpo. Na batida seguinte do coração – não minha, já que meu coração parou de bater –, uma das mãos segura meu queixo e meu copinho e o leva aos meus lábios, inclinando minha cabeça para trás em um ângulo perfeito. Eu sinto um sopro de colônia de almíscar, um segundo antes de um cara se debruçar e passar a língua na minha, girá-la um pouquinho, e depois sugar a gelatina. Tudo acontece tão rápido que não tenho chance de pensar ou reagir ou colocar a língua de volta na boca. Ou morder e arrancar a língua do intruso.

Tudo acaba num segundo, me deixando sem meu copinho, sem ar, escorando-me na parede, porque meus joelhos estão tremendo. Levo alguns segundos para recuperar a compostura e, quando consigo, meu cérebro assimila a gritaria de aprovação atrás de mim. Eu me viro e vejo um grupo de caras altos e fortes – todos com togas estrategicamente amarradas para exibir os peitorais bem definidos – saudando e dando tapas nas costas do cara, como se ele tivesse acabado de ganhar uma corrida. Não consigo ver seu rosto. Só vejo uma cabeleira castanha, quase preta, e os músculos rijos de suas costas.

Não sei quanto tempo fico ali em pé, boquiaberta, olhando, mas um dos caras do grupo finalmente nota. Ele dá uma olhada para o ladrão de gelatina, sacudindo a cabeça em minha direção.

Que diabos eu vou dizer? Sem parecer muito óbvia, eu dou uma olhada aflita no salão à procura do cabelo ruivo da minha irmã. Onde ela está? Sumiu e me largou aqui para lidar com... Minha respiração falha quando vejo o ladrão de gelatina virando-se devagar para me olhar de frente.

A língua desse cara estava na minha boca? Esse cara... esse Adônis gigante, alto, de cabelo ondulado, pele bronzeada, e um corpo que tentaria uma freira cega... estava com a *língua* na minha *boca*.

Ai, meu Deus. O suor voltou! Todas aquelas semanas de encontros rapidinhos para nada! Estou sentindo as gotas – um monte – descendo pelas minhas costas, enquanto seus olhos cor de café avaliam o meu corpo, antes de fixarem-se no meu rosto.

Então, um dos cantos de sua boca se curva, dando-me um sorrisinho arrogante.

– Nada mau.

Ainda não sei o que eu teria dito. Mas ele fez esse comentário com aquele sorrisinho presunçoso...

Então, eu recuo e dou-lhe um soco no queixo.

Eu só soquei uma outra pessoa na vida. O namorado da minha irmã, Trent, e foi porque ele magoou Kacey. Demorou duas semanas para minha mão sarar. Depois disso, Trent me ensinou a dar um soco com o polegar em volta dos nós dos dedos e o pulso para baixo.

Eu realmente amo Trent neste momento.

Ouço os uivos de riso ao nosso redor, enquanto o ladrão de gelatina esfrega o queixo, o retraindo e o mexendo de um lado para o outro para ver se está no lugar. Por isso, eu sei que doeu.

Se eu não estivesse tão aturdida por esse cara ter me roubado um beijo de língua, eu provavelmente estaria rindo de orelha a orelha. Ele mereceu. Ele não roubou só meu copinho de drinque. Roubou também meu primeiro beijo.

Ele dá um passo em minha direção e eu instintivamente recuo, e me vejo novamente grudada na parede. Um sorriso malicioso surge em seus lábios, como se ele soubesse que eu estou encurralada e estivesse contente por isso. Ele vem se aproximando, estica os braços, espalma as mãos na parede, uma de cada lado do meu rosto, seu corpo largo, alto, toda sua presença me cercando. E eu subitamente não consigo respirar. É sufocante. Tento olhar além dele, procurando minha irmã, mas não consigo ver nada além dos músculos. E não sei para onde olhar, porque para qualquer lugar onde eu olhe, ele está ali. Finalmente, arrisco olhá-lo. Os olhos faiscantes, escuros como a meia-noite, encaram meu rosto. Eu engulo em seco, minha barriga revirando.

– Foi uma puta porrada para alguém tão... – Ele abaixa uma das mãos, aproximando-a do meu braço. Sinto um polegar acariciando meu bíceps. – Feminina.

Eu estremeço e uma imagem pisca em minha mente – o coelho assustado, cercado por um lobo. Ele ergue a cabeça e eu vejo um lampejo de curiosidade.

– Então, você é tímida... mas não tanto para me dar um soco na cara. – Ele para e depois me dá outro sorriso cheio de arrogância. – Desculpe, não pude evitar. Você parecia estar realmente gostando daquele drinque. Eu tive que experimentar.

Ao engolir, eu consigo erguer os braços e cruzá-los na tentativa de forçar uma barreira entre o peito dele e o meu.

– E aí? – pergunto com a voz totalmente trêmula.

O sorriso dele se alarga e ele desce o olhar até minha boca, demorando-se por tanto tempo que eu acho que não terei uma resposta dele. Mas finalmente tenho. Depois que ele lambe o lábio inferior.

– E eu até encararia outro. Topa?

Meu corpo instintivamente pressiona a parede, enquanto eu tento me fundir a ela, para me afastar desse cara e de suas intenções lascivas.

– Certo, agora chega!

Uma onda de alívio me percorre quando uma mão surge entre nós, aterrissando no peito nu do ladrão de gelatina, empurrando-o para trás. Ele recua lentamente de braços erguidos, como em rendição. E vira-se para ir até os amigos.

– Belo começo, Livie. Acho que isso vai tirar o Stayner do seu pé por um tempo – diz Kacey, quase sem conseguir falar de tanto rir. Ela está rindo!

– Não tem graça, Kacey! – protesto. – Aquele cara *forçou* a barra pra cima de mim!

Ela revira os olhos e, depois de uma longa pausa, suspira.

– É, você está certa. – Ela estende o braço e belisca o braço do cara sem hesitar. – Ei, amigo!

Ele se vira de volta para a gente de cara feia, dizendo "porra", enquanto esfrega o braço. A cara feia só dura um segundo, até ele ver o olhar de Kacey. Ou melhor, seu rosto e seu corpo. Então, aquele sorrisinho idiota volta. Grande surpresa.

– Se fizer isso com ela outra vez, eu vou entrar escondida em seu alojamento e arrancar seu saco quando você estiver dormindo, *capisce*? – Ela o alerta, apontando o dedo. Na maioria das vezes, as ameaças da minha irmã envolvem a mutilação dos testículos.

O ladrão de gelatina não responde logo. Ele a observa e minha irmã o encara completamente inabalada. Em seguida, ele desvia o olhar dela para mim.

– Vocês são irmãs? Vocês se parecem.

Sempre dizem isso, então não estou surpresa, mas não nos acho parecidas. Temos os mesmos olhos azul-claros e a pele clara. Mas meu cabelo é preto bem escuro e sou mais alta que Kacey.

– Bonito e inteligente. Você está com um vencedor nas mãos, Livie! – Kacey grita bem alto para nós dois ouvirmos.

Ele dá de ombros e o sorrisinho presunçoso reaparece.

– Nunca fiquei com duas irmãs... – ele começa a dizer, com uma sobrancelha arqueada.

Ai. Meu. Deus.

– E nunca vai ficar. Com essas duas irmãs aqui, não.

Ele dá de ombros mais uma vez.

– Talvez não ao mesmo tempo.

– Não se preocupe. Quando minha irmã caçula transar pela primeira vez, não será com você.

– Kacey! – Eu perco o ar, meus olhos desviando até o rosto dele, rezando para que a música alta tenha abafado as palavras dela. Pela expressão de surpresa que eu vejo, sei que não foi o caso.

Eu agarro o braço dela e a puxo para longe. Ela já está pedindo desculpas.

– Nossa, Livie. Desculpe. Acho que estou bêbada. Com a língua solta...

– Você sabe o que acabou de fazer?

– Pintei um alvo escrito "virgem" nas suas costas? – Kacey confirma, fazendo careta.

Com uma olhada cautelosa por cima do meu ombro, eu o vejo de novo com um grupo de amigos, rindo e tomando um gole de cerveja. Mas aqueles olhos penetrantes continuam em mim. Quando me flagra o olhando, ele estica o braço e pega um copinho plástico de um dos amigos. Ele o ergue e se exibe, passando a língua pela borda, antes de arquear a sobrancelha.

– Sua vez? – ele murmura com os lábios.

Eu viro rápido, fulminando minha irmã.

– Eu simplesmente devia ter deixado você vestir aquela droga de camiseta! – protesto. Posso ser inexperiente e ingênua em algumas coisas, mas sei muito bem que para um cara *daqueles* descobrir que uma garota de dezoito anos é virgem é como achar um bilhete premiado.
– Desculpe... – Ela dá de ombros, dando uma olhada nele. – Mas tenho que admitir, ele é um gato, Livie. Parece um modelo mediterrâneo de propaganda de cueca. Com aquele ali, não teria arrependimento no dia seguinte.

Eu suspiro. Não sei por que Kacey parece tão empenhada em me fazer entregar "o ouro". Durante anos, ela nem ligava. Mas, ultimamente, parece movida pela ideia de que eu sou reprimida sexualmente. Juro que estou começando a odiar sua escolha de fazer psicologia.

– Olhe só para ele!
– Não. – Eu me recuso, resoluta.
– Tudo bem – ela murmura, pegando quatro copinhos numa bandeja carregada por um cara parrudo, de saia escocesa (saia escocesa, numa festa de toga?). – Mas se uma hora dessas você resolver, eu aposto que *aquele* seria um jeito memorável de começar. Tenho certeza de que ele faria você recuperar rapidinho tudo o que perdeu nos últimos anos.

– Incluindo gonorreia e chato? – murmuro, olhando os dois copinhos de gelatina azul na minha mão. Ainda bem que está escuro, porque sinto minhas bochechas roxas, de tão vermelhas. Levo um deles até a boca, como eu fiz antes, e deixo a língua deslizar em cima, mentalmente aliviando os segundos daquilo. Eu me recuso a reconhecer aquilo como meu primeiro beijo, *aquele negócio* que ele fez comigo.

– Virando! – Kacey engole os dois, um atrás do outro.

Eu a acompanho com o primeiro. Com o segundo na boca, eu estupidamente arrisco uma olhada de rabo de olho, imaginando que ele tenha ido atacar outra vítima desavisada. Mas ele não foi. Ele está ali, cercado por algumas garotas, uma delas com a mão na tatuagem em seu peito. Ainda está me olhando. Ainda está sorrindo. Só que agora é um sorriso estranho, sinistro, como se soubesse um segredo.

Acho que sabe. Do *meu* segredo.

Tenho uma sensação palpitante pelo corpo enquanto o copinho gelado descansa em meus lábios.

– Aquele é o Ashton Henley! – alguém grita em meu ouvido. Assustada, eu me viro e vejo Reagan ao meu lado, com uma cerveja na mão e um copinho de gelatina na outra. Ela é tão baixinha que precisa ficar na ponta dos pés para alcançar meu ouvido.

– Como sabe quem ele é? – pergunto, constrangida por ter sido flagrada o olhando.

– Ele é capitão da equipe peso-pesado de remo de Princeton. Meu pai é o treinador – ela explica, com a fala ligeiramente embolada. Ela gira a mão apontando para o salão. – Conheço um monte desses caras. – Acho que isso explica sua desenvoltura social. E ela acrescenta, dando uma piscada maliciosa: – E acho que você chamou a atenção dele, colega de quarto.

Dou de ombros com um sorriso tenso, querendo mudar de assunto, antes de dar a ele o gostinho de saber que é o tópico da nossa conversa. Mas quando olho em volta, vendo os grupinhos de garotas olhando na direção dele – algumas disfarçando, outras o encarando –, tenho certeza de que não falta atenção para esse tal de Ashton.

Reagan confirma isso, um segundo depois.

– E ele é o cara mais gato da escola. – Ela dá um gole na cerveja. – E também é um babacão.

– Essa parte, eu já notei – murmuro, mais para mim do que para ela. Chupo a gelatina do meu copinho e propositalmente

dou as costas para ele, torcendo para que ele dirija seu olhar predador para alguém que o queira.
– E é um cara meio galinha.
Isso está ficando cada vez melhor.
– Tenho certeza de que ele não terá dificuldade de arranjar alguém... com quem ser galinha. – Alguém que não seja eu.

Não tenho certeza se estou oficialmente bêbada, ou se Kacey é mágica, mas ela faz um floreio e mais dois copinhos aparecem na minha mão. A música pegou embalo e está mais alta, e agora eu sinto a vibração em meu corpo inteiro, fazendo meus quadris balançarem sozinhos.

– Está divertido aqui, não está? – Reagan grita, com o cabelo louro liso tremulando conforme ela pula, jogando os braços para o ar e gritando. – Uhuuu! – Ela tem uma tonelada de energia. Parece essas garotas que tomam Ritalina. – Toda essa gente, a animação, a música. Adoro!

Eu sorrio e concordo, olhando novamente em volta. E tenho que admitir, está divertido.

– Ainda bem que eu vim! – grito, batendo o ombro no de Kacey. – Mas, por favor, me deixe fora de confusão esta noite – alerto, e chupo a gelatina dos dois copinhos.

Kacey responde com uma gargalhada, me dando o braço e passando o outro em volta de Reagan, que se junta alegremente à folia.

– Claro, irmã caçula. Esta noite, Princeton vai festejar ao estilo Cleary.

Dou uma risadinha e a agitação da minha irmã temporariamente afasta todo o restante. – Nem sei o que isso significa.

– Você está prestes a descobrir – minha irmã responde com um de seus sorrisos malvados.

Capítulo três

***

A FERA

Depois de uns cinco segundos de calma e ignorância feliz, abro os olhos. Cinco segundos, enquanto encaro o teto branco, não muito distante do meu rosto, enquanto meus olhos se acostumam à luz fraca, e meu cérebro apenas espera que meus neurônios comecem a funcionar.

Então, vem uma avalanche de confusão.

Onde estou?

Como vim parar aqui?

Que diabo aconteceu?

Viro a cabeça e vejo o rosto da minha irmã a apenas alguns centímetros do meu.

– Kacey? – sussurro.

Ela geme e minhas narinas captam seu hálito forte. Eu me retraio e viro. Acho que viro rápido demais, e uma dor aguda perfura meu cérebro. Eu me retraio outra vez.

Estamos no meu quarto no alojamento. Até aí, eu consigo deduzir, pelo espaço apertado e alguns pertences pessoais. Mas não me lembro de ter voltado para casa.

Do que eu me lembro?

Minhas mãos deslizam até meu rosto e dou uma boa esfregada, puxando pela memória embaçada, tentando recompor a noite... Pedaços de imagens borradas piscam tão levemente que não tenho certeza se são reais. Um drinque depois do outro. Depois do outro. Laranja, azul, verde... Kacey e eu fazendo o robô na pista de dança? Dou um gemido e logo me retraio pela dor latejante na minha cabeça. *Deus*, espero que não. Depois disso... nada. Não me lembro de nada. Como posso não me lembrar de *nada*?

Kacey geme de novo e sou acometida por outra onda daquele bafo. Engulo várias vezes, aceitando que meu hálito não pode estar muito melhor e que mataria por uma garrafa de água. Empurro os lençóis dando chutes lentos e descoordenados.

Faço uma careta ao ver meu corpo nu. *Por que estou...? Ah, é.* Eu estava vestindo aquela toga idiota ontem à noite. Isso não explica por que estou só de calcinha, mas minha cabeça dói demais para pensar nis... *Tanto faz*. É só minha irmã. E Reagan, mas ela é mulher.

Eu me esforço para sentar, gemendo, enquanto passo as mãos pelo cabelo emaranhado, apertando as têmporas para aliviar um pouco a pressão. E por que minha cabeça parece que vai explodir?! Acho que se alguém entrasse aqui com um machado, eu esticaria o pescoço de bom grado.

Já estou sentindo um gosto de bile na boca quando a náusea bate. Preciso de água. *Agora*. Com braços e pernas trêmulos, eu balanço o corpo girando e descendo, sem perder tempo com a escada, torcendo para não pisar na cabeça de Reagan. Se eu conseguir chegar até o frigobar e tomar uma garrafa de água gelada, vou me sentir melhor. Sei que vou...

Um segundo depois, quando meus pés batem no tapete branco felpudo de Reagan, ao lado da cama, eu levo o segundo choque da manhã.

Uma bunda. Uma bunda de *homem*. E não é só uma bunda. É tudo. Tem um cara muito grande, totalmente pelado, esparramado na cama de Reagan, com as pernas e um braço pendurados para fora. Pelo emaranhado de cabelo louro espetado para fora das cobertas, no canto, vejo que a Reagan está ali embaixo, em algum lugar.

Não consigo parar de olhar. Estou ali em pé, só de calcinha, o quarto está girando, minha boca está com um gosto de esgoto e eu estou paralisada, olhando esse homem nu na minha frente. Em parte, porque ele é a última coisa que eu esperava ver quando desci. Em parte, porque é o primeiro homem nu que vejo na vida. E também porque estou imaginando que diabo ele está fazendo aqui.

E... o que é aquilo acima da nádega esquerda? Minha curiosidade supera o choque, conforme cautelosamente dou um passo à frente, receando me aproximar demais. Parece... uma tatuagem. Está vermelha e inchada. Eu já vi fotos de tatuagens recentes e são assim. Parece bem recente. É uma letra cursiva e bonita que diz "Irish". Irish? Estou franzindo o rosto. Por que essa palavra está sacudindo minha memória?

O chão range com meu peso, assustando-me. Eu recuo bruscamente. O movimento súbito faz o quarto apertado girar. *Água. Agora.* Com pernas bambas, vou cambaleando em direção ao frigobar e até meu robe, que está pendurado num gancho, perto da porta. Infelizmente, nossos quartos do alojamento são pequenininhos e, vamos admitir: eu sou um desastre quando estou nervosa. Minhas costas batem na cômoda de Reagan, dando um tranco que derruba vários vidros de perfume. Fico na expectativa, torcendo para que o barulhão não tenha acordado o gigante nu.

Não dei sorte.

Meu coração para de bater, quando vejo a cabeça do cara virando para fora da cama. Ele abre os olhos.

Ai. Meu. Deus.

É o ladrão de gelatina. Ashton.

As lembranças começam a me inundar como ondas violentas. Elas começam com o drinque de gelatina roubado, mas não acabam aí. Não... continuam sem parar, cada flashback batendo como um tijolo, enfraquecendo meus joelhos e me dando um nó na barriga. Música e luz estroboscópica e Ashton se recostando em mim na pista de dança. Eu gritando com ele, minha mão dando um tapa naquele sorriso arrogante. Minha mão batendo em seu peito, uma, duas vezes... não sei quantas vezes. Então, não estou mais batendo nele. Minhas mãos estão pousadas em seu peito nu, meus dedos estão percorrendo as linhas de um sinal celta, do tamanho de uma mão fechada, as curvas de seus músculos, olhando intrigada. Eu me lembro de dançar... rápido e devagar... meus dedos enroscados em seu cabelo, suas mãos segurando minha cintura com força, me puxando para ele.

Eu me lembro do ar fresco da noite batendo em minha pele e uma parede de tijolos apoiando minhas costas, enquanto Ashton e eu...

Ofegante, levo as mãos à boca.

Os olhos dele, primeiro estreitos contra a luz, se arregalam de surpresa ao ver meu corpo inteiro, e vão até meu peito. Não consigo me mexer. Não consigo respirar. Sou novamente o coelho apavorado só de calcinha florida.

Só me mexo para cruzar os braços e esconder minha nudez.

O movimento parece quebrar o transe de Ashton, porque ele geme, passando a mão no cabelo escuro. Ele já está todo descabelado, mas deixa o cabelo ainda mais bagunçado. Ele vira a cabeça para o lado e vê Reagan espiando de baixo das cobertas, acabando de acordar, aquele estado de confusão e reconhecimento passando em seus olhos.

– Porra... – eu o ouço resmungar, apertando o osso do nariz, como se estivesse com dor. – Nós não...? – escuto Ashton perguntar a ela, baixinho.

Ela nega com a cabeça, estranhamente calma.

– Não. Você estava bêbado demais para voltar para sua casa. Você devia ter dormido no chão. – Ela senta e dá uma olhada nos trajes dele, ou na falta deles. – Cara, por que você está pelado?

Suas palavras me lembram de que ele ainda está totalmente nu. Meus olhos novamente percorrem sua silhueta longa e, enquanto o olho, sinto um remexer estranho na barriga.

Ele apoia a testa no travesseiro.

– Ah, graças a Deus – eu o ouço murmurar, ignorando a pergunta dela. Com movimentos surpreendentemente graciosos, ele sai do beliche de baixo e levanta. O ar chia entre os meus dentes quando inalo, desviando os olhos para a janela, mas só depois de uma visão frontal total.

– O que foi, Irish? – ele pergunta, rindo.

Irish.

– Do que você me chamou? – Viro a cabeça para ele.

Ele dá um sorrisinho, a mão pousada na escada do beliche, aparentemente à vontade sem roupa.

– Você não se lembra muito de ontem, não é?

A forma como seus olhos escuros intensos param em meu rosto fazem meu estômago apertar. Preciso contrair os músculos, antes que eu tenha uma incontinência urinária bem ali.

– Se isso explicar por que estamos todos juntos num quarto e você está nu... então, não. – As palavras voam da minha boca, num tom mais alto e hesitante que o normal.

Ele dá um passo à frente e eu instantaneamente recuo, tentando me espremer no espaço entre a parede e a cômoda. Estou tão tonta que tenho certeza de que vou desmaiar. Ou vomitar.

Em cima desse peito nu, que tenho a vaga lembrança de ter apalpado ontem à noite.

Há um lençol branco em cima da cômoda ao meu lado. Eu me curvo em direção à parede, estico o braço e o pego, cobrindo a frente do meu corpo. Ele dá outro passo e eu recosto na cômoda para me amparar, forçando meus olhos a não demonstrarem meu pânico. Se ele se aproximar mais, *aquele negócio* pode encostar em mim.

– Não se preocupe. Ontem à noite, nós concordamos que eu não sou bom para casar – diz ele.

Eu seguro o lençol com mais força junto ao peito e projeto meu queixo, determinada.

– Bem, então, eu ainda tinha alguma coerência. – Não consigo desviar de seus olhos castanhos. Eles estão penetrando meu rosto com uma expressão indecifrável. Fico imaginando se ele se lembra de ter me beijado. E se ele se arrepende.

Sinto que ele está prestes a chegar um pouquinho mais perto.

– Será que você pode, por favor, apontar esse negócio para outro lugar! – disparo, sem conseguir me controlar.

Ele joga a cabeça para trás e explode numa gargalhada, erguendo as mãos e recuando. – Reagan, não diga a ninguém. Principalmente seu pai – ele diz, por cima do ombro.

– Sem problema – Reagan murmura, esfregando o rosto.

– Mas que porra? – ouço Kacey dizer, ao acordar. Ela senta e olha Ashton, de cima a baixo, ele todo, antes de desviar para mim, ali, em pé. Seus olhos momentaneamente se arregalam. – Ah, não... por favor, me diga que vocês dois não... – diz ela, com um gemido.

Eu cruzo os braços mais apertados e olho para ela, suplicante. *Eu não sei! Não sei o que fizemos!*

– Não, eles não fizeram nada! – Reagan diz.

Eu expiro o ar, aliviada, depois me retraio. Até isso faz minha cabeça doer.

O rosto franzido da minha irmã relaxa. Com isso resolvido, ela dá outra olhada nele, baixando os olhos.

– Não quer cobrir suas partes, amigo?

Ele sorri, estendendo as mãos espalmadas para cima.

– Achei que você gostasse de mim assim, não?

Ela responde dando seu sorrisinho malicioso também, olhando diretamente para baixo. – Tenho coisa melhor me esperando em casa. – Ela acena para a porta. Essa é a Kacey. Tranquila e confiante diante de um pênis qualquer.

– Parece justo – ele diz, rindo e sacudindo a cabeça. Em seguida, vira e me olha por um bom tempo, com uma expressão inexplicável, antes de baixar os olhos para o lençol que estou segurando como se minha vida dependesse disso. – Acho que isso é meu – acrescenta ele, ao mesmo tempo em que arranca o lençol da minha mão, me deixando novamente exposta. Meus braços voam aos meus peitos para me cobrir, enquanto o vejo chegar à porta em quatro passos. Ele escancara a porta e sai tranquilamente para o corredor.

Bem na hora em que uma aluna e a mãe passam de malas na mão. Ashton nem se abala com as bocas abertas ao passar por elas, calmamente embrulhando o lençol na parte de baixo do corpo.

– Senhoras – diz ele, com uma meia saudação. Depois, eu o ouço gritar, para que metade do andar ouça. – Desculpe, mas não sou de sexo casual, Irish!

Fico ali em pé, com os braços cobrindo meus peitos, torcendo para que caia um piano em minha cabeça e acabe com o momento mais humilhante de toda minha vida.

É quando sinto o alerta revolvendo na boca do meu estômago, subindo pelo esôfago. Sei o que está prestes a acontecer.

E de jeito algum vou conseguir chegar ao banheiro a tempo. Minha mão voa para cobrir a boca, enquanto desesperadamente procuro alguma coisa. Qualquer coisa. Incluindo o vaso bege e dourado com a planta da Reagan. Mergulho bem na hora em que coloco para fora todos os drinques de gelatina.

Eu estava errada. *Esse* é o momento mais humilhante da minha vida.

* * *

– Eu deveria ter deixado você usar aquela camiseta – digo, gemendo, com o braço em cima da testa. Depois de envenenar a planta da minha colega de quarto com altas doses de ácido e toxinas estomacais, voltei para minha cama no alto do beliche, com o kit de Reagan para ressaca, Advil e um galão de líquidos isotônicos, onde permaneço, alternando entre a inconsciência e a autopiedade. Algumas horas de sono ajudaram com a dor de cabeça monstruosa. O vômito ajudou com a náusea. Nada ajudou com a vergonha.

Kacey dá uma risadinha.

– Não tem graça, Kacey! Nada disso é engraçado! Você deveria me deixar fora de problemas! – Eu me mexo e o movimento me lembra de um desconforto nas costas. – E por que minhas costas estão doloridas?

– Será que foi a parede de tijolos onde o Ashton te prendeu, enquanto vocês se conheciam melhor? – Kacey murmura, com um sorriso endiabrado.

– Não me lembro de nada! – grito, mas minhas bochechas ficam vermelhas. Basicamente, tudo que lembro da noite anterior tem a ver com pegar, encostar ou beijar Ashton. – Por que ele? – grito de novo, com outra onda de vergonha corando meu rosto, me fazendo cobri-lo com as mãos.

– Ah... Livie *girl*. Quem poderia saber que alguns drinques de gelatina soltariam a fera escondida?

Livie girl... Minhas sobrancelhas franzem com outra onda sinistra de familiaridade. Era assim que nosso pai sempre me chamava, mas por que isso me lembra de ontem à noite?

– Aqui... Isso talvez ajude. – Kacey me entrega seu telefone.

Com a mão trêmula e uma angústia no estômago, eu começo a passar as fotos do álbum.

– Quem é toda essa gente? E *por que* estou *abraçando* todo mundo?

– Ah, são seus melhores amigos. Você os ama – ela explica casualmente, com uma sobrancelha arqueada. – Pelo menos, foi isso que você disse a eles ontem à noite.

– Não fiz isso! – protesto. Então, fecho a boca com os lábios apertados, e mais lembranças embaçadas voltam à tona. Fiz, sim. Eu me lembro de dizer isso. Muito. Por que não perdi a voz? Ou ninguém cortou minha língua? Pensar em língua traz Ashton à memória e dou um gemido. Será que também disse para ele que o amava? Foi isso que aconteceu?

Volto a passar as fotos para me distrair do rubor surgindo em meu rosto. Há uma foto em close, de um cara de saia e uma gaita de foles, com o braço em volta de Kacey. Eu passo à foto seguinte e vejo Kacey intencionalmente apontando a saia dele, arqueando as sobrancelhas, interrogativa.

– O que ele está fazendo numa festa de toga... – começo a dizer, mas sigo à próxima foto e respiro ofegante.

– Isso se chama "estilo tradicional" – explica Kacey.

Franzindo profundamente a testa e sacudindo a cabeça, eu continuo passando as fotos, e sinto meu rosto empalidecer a cada imagem. Kacey e eu estamos abraçando a maioria deles. Em algumas, parecemos querer seduzir a câmera, sacudindo a língua, com um olhar maluco. De vez em quando, o sorrisão de Reagan aparece ao nosso lado.

– Ah, não... – É engraçado como uma foto consegue reavivar uma lembrança. É exatamente isso que acontece quando surge uma foto minha apontando para uma placa que diz "Inky's". – Aimeudeus! – digo pela milésima vez só esta manhã. – Ai, Deus, ai, Deus, ai, Deus... – murmuro, aflita, enquanto vou passando as fotos seguintes, torcendo para que a minha mente esteja me pregando uma peça. Não! Lá estou eu, sentada em uma cadeira virada ao contrário, segurando meu cabelo no alto, enquanto um homem parrudo, de calça preta de couro e coberto de tatuagens, segura uma pistola de colorir atrás de mim. Fico olhando a minha foto, boquiaberta. Isso explica por que minhas costas estão tão doloridas. – Como você pôde deixar isso acontecer, Kacey? – protesto, ficando histérica.

– Ah, nem vem – diz Kacey, arrancando o telefone da minha mão. Ela rapidamente encontra o arquivo de um filme e aperta *play*, antes de novamente segurar o telefone, na frente do meu rosto. Estou toda sorridente no filme, embora minha boca e meus olhos pareçam meio caídos. "Eu não vou responsabilizar minha irmã, Kacey Cleary, por meus atos, quando eu acordar!", declaro com uma clareza retumbante.

Ouço a voz empolgada de Kacey, quando ela responde.

– Mesmo depois que avisei que você não ficaria feliz com isso de manhã, certo? E que você tentaria me culpar? – Ela não fala embolado quando bebe.

– Isso mesmo! – Minha mão voa para o alto e o tatuador para, por um instante, para abaixar meu braço e manda não me mexer. Ele volta ao trabalho e eu continuo: – Eu exijo meu direito de ter uma tatuagem, porque eu, Olivia Cleary – falo, batendo no peito, como uma mulher das cavernas, fazendo o tatuador parar outra vez e me olhar irritado –, sou *superfoda*.

Minha mão segurando o telefone cai para o lado da cama, enquanto esfrego os olhos.

— Como esse cara pôde me tatuar de plena consciência? Quer dizer, olhe para mim! — Eu coloco o telefone diante do rosto dela. — Eu estava bêbada! Isso não é ilegal?

— Não sei quanto a ser ilegal... Provavelmente, é. Mas certamente é reprovável.

Eu me retraio, com o estômago revirando.

— Bem, então, como...

— Ele é amigo de Ashton.

Eu jogo as mãos para o alto.

— Ah, mas que ótimo! Porque *ele* é muito respeitável. E se eles usaram agulhas sujas? Kacey! — Meus olhos se arregalam. — As pessoas pegam HIV e hepatite nesses lugares! Como você pôde deixar...

— É um lugar limpo. Não se preocupe — diz Kacey naquele tom calmo, mas irritado, que ela usa nas raras ocasiões em que eu fico histérica. — Eu não estava bêbada como você. Eu sabia o que estava acontecendo.

— Como? Você estava tomando um drinque todas as vezes que olhei para você!

Ela suspira.

— Porque minha tolerância à bebida é *ligeiramente* maior que a sua. Prometi ao Stayner que eu ficaria lúcida.

— Stayner. — Balanço a cabeça. — Que tipo de psiquiatra trama para que sua paciente seja entorpecida a ponto de ser tatuada e ficar com qualquer um?

— O tipo brilhante e nada ortodoxo — responde Kacey com um olhar sério. Sua resposta não me surpreende. Aos olhos da minha irmã, Dr. Stayner pode transformar água em vinho. — E ele não teve nada a ver com aquilo, Livie. Ele só disse para você se divertir. Você fez tudo isso sozinha.

– E você sabia que eu ficaria furiosa hoje – digo com um suspiro resignado.

Ela dá de ombros.

– A tatuagem é bonita. Juro que você vai gostar quando olhar.

Finjo estudar uma marca no teto por um instante, enquanto contraio o maxilar, sem ceder. Nunca tive rancor da minha irmã. Nunca. Talvez esse seja o primeiro.

– Ora, Livie, pare com isso! Não fique zangada. Não finja que você não gostou de ontem. Você me disse que foi a melhor noite da sua vida. Umas mil vezes. Além disso – ela esfrega o ombro e eu sei que ela faz sem perceber –, nós merecemos nos divertir um pouco, depois de tudo que passamos.

Meus olhos pousam na longa cicatriz cirúrgica em seu braço. Uma cicatriz que coloca tudo isso em perspectiva.

– Você está certa – digo, passando o dedo pela linha fina e branca. – Não foi nada. – Há uma longa pausa. – Você disse que é bonita?

Ela vai passando o resto das fotos, até encontrar uma da tatuagem pronta: *Livie Girl*, escrito numa letra delicada, entre minhas omoplatas. Não tem mais que dez centímetros. Agora que o choque inicial passou, meu coração se alegra ao vê-la.

– Bonita – concordo, olhando a bela caligrafia, imaginando se meu pai concordaria.

– O papai adoraria – diz Kacey. Às vezes, eu juro que minha irmã tem um canal ligado ao meu cérebro. De vez em quando, ela sabe exatamente o que eu vou dizer. Sorrio pela primeira vez esta manhã.

– Eu lavei para você ontem à noite. Você vai precisar limpar algumas vezes por dia, pelas próximas duas semanas. Tem um frasco de Lubriderm ali. – Ela acena a mão preguiçosa para a mesa. – Roupas leves vão ajudar a manter a maciez.

– Foi por isso que eu acordei praticamente nua?
Ela suspira, depois assente.
Levo a mão à sobrancelha e a esfrego.
– Agora, tudo faz sentido. – Um sentido idiota e bêbado.
Observo novamente a foto. – Fica assim mesmo, vermelho e inchado?
– É, saiu um pouco de sangue.
Dou um gemido ao pensar, pressionando a barriga ainda enjoada.
– Acho que tem outro vaso ali.
Dou outro gemido.
– Mais tarde, eu preciso substituir isso para a Reagan.
Ficamos deitadas, em silêncio, por um bom tempo.
– Como você veio parar aqui no beliche de cima? É uma droga – diz ela. Alguns quartos do alojamento têm beliches. Alguns quartos são tão pequenos que não dá para separar o beliche em duas camas individuais. Nós ficamos com um desses quartos.
– Reagan tem medo de altura, então eu dei a cama de baixo para ela. Não me importo.
– É... acho que faz sentido. Ela é tão baixinha. É quase uma anã.
Viro para dar uma olhada feia para minha irmã. Reagan está bem embaixo da gente. Dormindo, mas bem *embaixo* da gente!
Outra longa pausa, antes de Kacey continuar com o sorrisinho endiabrado.
– Bem, eu espero que ela não se importe com sua vida sexual intensa. Isso pode ser letal para ela, se esse negócio não for firme.
A risadinha súbita nos diz que Reagan está acordada e ouvindo.

— Ah, não se preocupe. Conheço as regras – ela diz, numa voz grogue. – Tenho uma meia vermelha que podemos pendurar na maçaneta, quando a Livie estiver aqui, com Ashton...

Puxo as cobertas e cubro a cabeça, porque sei exatamente no que isso vai dar e meu rosto está ficando muito vermelho. De alguma forma, ganhei uma companheira de quarto que é uma miniatura da minha irmã. Infelizmente, meus lençóis não são à prova de som e eu continuo ouvindo a provocação de Kacey.

— Não precisa, Reagan. A Livie gosta de testemunhas.

— Eu notei. Pelo que ouvi, o Ashton também gosta. E, por mim, tudo bem, porque ele tem um corpão de matar! Tem um peito inacreditável. Eu poderia dar lambidas ali a noite toda. Exatamente como a Livie fez...

Eu disparo em gargalhadas de nervoso, horrorizada e delirante.

— Não fiz nada disso, pode parar!

— Só depois que você admitir que gostou de dar uns amassos nele ontem à noite.

Eu balanço a cabeça furiosamente.

— Ele também tem a bunda dura. Já apertei. Mas não a segurei com as duas mãos, como a Livie fez – Reagan continua.

— PARA!

Levantar o tom de voz só aumenta a diversão de Kacey.

— Mal posso esperar para que ela dê uma pegada com as duas mãos no...

— Está bem! Eu gostei! Imensamente! Parem essa conversa agora, por favor! Eu nunca mais quero vê-lo.

— Até a próxima vez que você ficar bêbada.

— Nunca mais vou beber! – declaro.

— Ah, Livie... – Kacey vira-se para o lado para se aconchegar a mim.

– Não, eu estou falando sério! Pareço Jekyll e Hyde quando eu bebo.

– Bem, o papai dizia que mesmo o irlandês mais reservado sempre tem uma ponta de maluquice. Você certamente provou isso, ontem à noite.

Irish.

– Ashton me chamou de Irish. Por quê?

– Não sei, Livie. Você vai ter que perguntar a ele da próxima vez que vocês se embebedarem e ficarem de sacanagem.

Eu reviro os olhos e nem me dou ao trabalho de responder. Alguma coisa ainda está me incomodando.

Irish.

Irish.

Meus olhos abrem-se num estalo. Eu puxo a coberta do rosto.

– Ashton fez uma tatuagem na bunda que diz Irish?

Há uma longa pausa. Então, Kacey senta como um raio, com os olhos arregalados, a boca aberta.

– Eu tinha me esquecido completamente disso! – Ela e Reagan explodem em gargalhadas. – Como me esqueci disso? – Apontando o dedo para o meu rosto, ela diz: – *Você* desafiou o cretino presunçoso! – Ela está batendo palmas, numa animação que eu raramente vejo em Kacey. Ou mesmo numa criança de quatro anos, depois de comer um monte de doce. Ela ergue a mão para mim e depois de um tempo, relutante, eu espalmo a mão dela. – Você acha que tem arrependimentos, Livie? Espere até que ele descubra por que está com a bunda dolorida...

Reagan está rindo tanto que eu tenho certeza de que está às lágrimas, e isso é contagiante. Não demora e o beliche todo está sacudindo, com a gente rindo do deslumbrante capitão da equipe de remo e sua bunda tatuada.

E, por mais que eu deteste, por mais difícil que seja, tenho que admitir... sim, a noite foi muito divertida.

Cada segundo dela.

* * *

Às três horas daquela tarde, eu já estou me sentindo bem melhor. Tanto que o cheiro de café e doces frescos nem reviram meu estômago quando vamos fazer um lanche rápido na lanchonete local. Mas agora a ressaca foi substituída pela melancolia.

Hoje eu me despeço da minha irmã.

Claro que temos as mensagens de texto, as ligações, os e-mails e o face time, e eu vou vê-la quando for para lá, para o casamento dos nossos amigos Storm e Dan em algumas semanas, mas... não é a mesma coisa. Eu me lembro dos dois meses que fiquei longe dela, quando ela estava em tratamento com o Dr. Stayner. Parecia que alguém havia arrancado um pedaço do meu coração. Fora esse tempo, eu vi seu rosto em cada dia da minha vida.

Cada. Dia. Da minha vida.

Até quando ela estava na UTI, depois do acidente, mesmo quando ela estava envolvida com álcool e drogas, mesmo quando estava trabalhando naquele horário maluco no Penny's, eu ainda a espiava quando ela estava dormindo, só para ver seu rosto. Para provar a mim mesma que ela não tinha morrido também.

Saber que esse dia ia chegar não facilitou nada. Agora, ali em pé, tenho certeza de que estou perdendo alguma coisa. É como se eu estivesse me despedindo de uma parte da minha vida que nunca vai voltar.

– Bem... – diz Kacey, me olhando com os olhos azuis molhados e um sorriso tenso, enquanto estamos em pé, ao lado de um táxi. Minha irmã não é de chorar muito. Mesmo depois de tudo que passamos, e o quanto ela superou, ela geralmente

consegue usar um humor inapropriado para espantar a tristeza. Mas, agora... agora eu vejo uma única lágrima escorrer em seu rosto. – Irmãzinha – ela murmura, puxando meu pescoço para colar nossas testas. – Você conseguiu, Livie.
Eu sorrio.
– *Nós* conseguimos. – Teria sido mais fácil para ela, se tivesse me deixado com a tia Darla e o tio Raymond, três anos atrás. Droga, seria o esperado. Ela não precisava ter o fardo de uma boca para alimentar. Acho que muitos outros irmãos na situação dela teriam simplesmente saído pela porta sem nem olhar para trás. Mas Kacey, não. – Graças a você... – eu começo a dizer. Ela me corta, com sua habitual sobrancelha arqueada.
– Ah, não. Não me agradeça, Livie. Eu sou um estrago de irmã que, de alguma forma, milagrosamente, não desencaminhou seu futuro com a minha montanha de merda. – Ela fecha os olhos e sussurra: – Eu que devo a você. Tudo. – Ela me puxa num abraço apertado. – Lembre-se, eu nunca estarei muito longe. Se você precisar de mim, me chame e eu chego num instante. Está bem?
– Vou ficar bem, Kacey.
– Mesmo que não fique, eu estarei aqui, está bem?
Balanço a cabeça, sem confiar em minha voz.
Ouço o toque do meu telefone, avisando a chegada de uma mensagem. Achando que é Storm – porque ela é a única, além de Kacey, que me manda torpedos –, eu olho o telefone.

Diga-me que você fez alguma coisa fora do tradicional ontem à noite?

– Só pode estar de brincadeira! – disparo.
– O que foi? – pergunta Kacey, franzindo o rosto, aproximando-se para olhar o visor por cima do meu ombro.

– Que tipo de médico manda *mensagem de texto* para seus pacientes? – Quer dizer, não pacientes.
– Você tem uns cinco minutos para responder, antes que ele ligue. Sabe disso, não é? – diz Kacey.
Eu assinto. Aprendi que Dr. Stayner é um homem muito paciente... a menos que queira uma resposta.
– O que devo dizer a ele?
Ela dá de ombros, depois sorri.
– Acho que o choque funciona melhor com ele.
– Bem, eu certamente tenho bastante conteúdo para isso.
Ela espera, de braços cruzados, enquanto eu digito:

Tomei tantos drinques de gelatina que daria para encher uma piscina, depois dancei todo tipo de dança horrível conhecida da humanidade. Agora sou a orgulhosa dona de uma tatuagem, e se eu não tivesse um vídeo para provar o contrário eu acreditaria ter feito em um beco de fundos, com agulhas infectadas de hepatite. Satisfeito?

Sinto um nó na barriga quando aperto "enviar". Ele está sempre me dizendo para alavancar aquele sarcasmo interior, que ele sabe que está em minha cabeça.
Dez segundos depois, meu telefone bipa outra vez.

Bom começo. Você conversou com um cara?

Fico olhando o telefone de olhos arregalados, assimilando a reação dele – ou falta de reação – à minha noite de devassidão assustadora.
Isso dá a Kacey a chance de pegar o telefone da minha mão.
– Kacey, o que está fazendo? – Saio correndo contornando o táxi, enquanto seus dedos digitam furiosamente; ela ri o tempo todo. Não sei como ela consegue correr e digitar, mas

consegue. Só quando aperta "enviar", ela desacelera e me arremessa o telefone. Eu o pego, desajeitada, para logo ver o que minha irmã fez.

> Não só conversei, mas já vi dois pênis, incluindo o do homem nu no meu quarto hoje de manhã, quando acordei. Tenho fotos. Quer ver uma?

– Kacey! – dou um gritinho, batendo no ombro dela. Depois de um instante, vem a resposta.

> Que bom que você está fazendo amigos. Falo com você no sábado.

Há alguns momentos de silêncio, durante os quais meu choque prevalece, depois nós caímos na gargalhada, dissipando o clima de despedida.

– Certo, agora eu preciso ir, se não vou perder meu avião – diz Kacey, com outro abraço apertado. – Vá em frente e cometa erros.

– Mais do que ontem à noite?

Kacey pisca.

– Não vi você cometer erro algum ontem à noite. – Ao abrir a porta do táxi, ela acena antes de entrar. E continua acenando do vidro traseiro, apoiando o queixo no banco, até o táxi virar a esquina e sumir.

Capítulo quatro

* * *

ARREPENDIMENTO

Tenho certeza de que a maioria das garotas faria todo o possível para esbarrar com Ashton Henley depois de se embebedar e dar uns amassos nele numa esquina qualquer.

Mas eu não sou a maioria das garotas.

E tenho intenção de evitá-lo pelo resto da minha vida estudantil em Princeton.

Infelizmente, para mim, o destino decidiu que eu só tinha quarenta e oito horas.

Depois de ficar horas na fila da livraria, estou correndo de volta para o alojamento para descarregar os dez quilos de livros, antes de participar do passeio pelo campus no fim da tarde. Esse campus de 250 anos, com uma imensa propriedade de arquitetura gótica, tem uma história rica que quero conhecer pessoalmente. Não tenho tempo para distrações.

Claro que esse é um momento perfeito para uma emboscada.

– O que temos aí, Irish? – Uma mão mergulha e pega o papel de registro do curso, que está preso entre meu peito e os livros. Eu inalo e estremeço quando seus dedos resvalam em minha clavícula.

– Nada – murmuro e não digo mais nada, pois não tem sentido. Ele já está atentamente revisando minha grade de matérias e mordendo seu lábio carnudo, enquanto pensa. Então, eu só suspiro e espero, silenciosamente, aproveitando a oportunidade para reparar em coisas que não tinha notado bêbada e quando estava escuro. Ou quando eu estava nua e acuada. Como, sob o sol de fim de tarde, o cabelo farto é mais castanho que preto. E como suas sobrancelhas grossas são bem-feitas. E como seus olhos têm pequenos pontinhos verdes na íris castanha. E como seus cílios, incrivelmente compridos e escuros, se curvam nas pontas...

– Irish?

– Hã? – Em um estalo, saio dos meus pensamentos e o vejo me olhando com aquele sorrisinho, dando a entender que ele disse algo e eu não ouvi por estar ocupada demais babando.

Porque eu estava.

Limpo a garganta com as orelhas queimando, como o resto do meu rosto. Quero perguntar por que ele fica me chamando assim.

– Perdão? – É só o que consigo dizer.

Ainda bem que ele não ri de mim.

– Como vai a tattoo? – pergunta ele, vagarosamente recolocando o papel de onde tirou, novamente roçando a mão na minha clavícula. Meu corpo novamente se retrai e estremece com seu toque.

– Ah... ótima. – Engulo, segurando os livros com força junto ao peito, enquanto desvio o olhar em direção ao meu dormitório. Aos grupos de alunos que estão circulando. Olhando para qualquer lugar, menos para o lembrete da minha noite de escândalo.

– É mesmo? Porque a minha está me irritando muito.

– Coça um pouco – admito, olhando de volta para a boca de Ashton, que está com um sorriso largo, mostrando covinhas que são ainda mais fundas que as de Trent. Fundas o suficiente para fazer minha respiração falhar. E me lembrar que fiquei admirando-as na minha estupidez embriagada. Tenho quase certeza de que enfiei o dedo numa delas. Talvez a língua.

– Pelo menos, sua coceira é nas costas – diz ele com um ar de timidez. Ele tem a pele tão morena que é difícil saber, mas tenho certeza de que estou vendo um ligeiro rubor em seu rosto.

Deixo escapar uma risadinha, antes de conseguir evitar. Ele também dá uma risada. Então, sou arrebatada pela visão de nós dois rindo. Só que meus dedos estão emaranhados no cabelo de sua nuca e ele está com a língua no lóbulo da minha orelha. Subitamente, paro de rir e prendo o lábio inferior entre os dentes.

– Que bobeira a minha – murmura ele, balançando a cabeça. – Pelo menos é pequena.

Ainda estou tentando afastar a imagem de nós dois, enquanto ouço minha voz concordando com ele, sem pensar.

– É, eu só consegui ler quando cheguei bem perto... – Minha barriga dá um nó e sinto o sangue se esvair do meu rosto. Eu disse isso em voz alta? Não. Não disse. Eu não diria.

Pelo brilho nos olhos dele, sem dúvida, eu disse. Acho que vou passar mal.

– Não... eu não... realmente preciso ir andando. – Começo a contorná-lo, enquanto uma gota de suor desce pelas minhas costas.

– Você vai fazer muitas aulas de ciências – ele diz ao andar ao meu lado, assentindo. O plano de fuga falhou. O que ele está fazendo? Por que está puxando papo? Está esperando um repeteco? Será que eu gostaria?

Eu o olho de relance. Sim, vou admitir. Ele é bonito. Como disse Reagan, ele pode muito bem ser um dos caras mais gatos do campus. Estou aqui só há quatro dias. Não tenho no que me basear, mesmo assim acho que é verdade. E, nos últimos dias, eu tenho tido muitas lembranças que me fazem corar, para poder negar que gostei daquela noite.

Mas... não, não quero repetir. Quer dizer, quando olho para ele, tudo o que vejo é *errado*. Ele nem parece um aluno de Princeton. Não que exista um tipo específico de pessoa em Princeton; não há. Pelo que vi há um corpo estudantil bem variado. Nada parecido com o estereótipo mimado de colete de lã, retratado em inúmeros filmes dos anos 1980.

Mas Ashton simplesmente não se encaixa à minha imagem mental de Princeton. Não sei se é o jeans desbotado de cintura baixa demais, ou a camiseta cinza fina, com as mangas arregaçadas, ou a tatuagem serpenteando em seu antebraço, ou a pulseira de couro em seu punho... não sei o que é.

– Irish?

Eu o ouço chamar meu nome. *Droga!* Meu nome, não. O nome que *ele* arranjou para mim. Pelo sorrisinho torto, ele me pegou novamente o encarando e gostou.

– Aham. Tudo de ciências. Menos uma. – Limpo a garganta e forço as palavras. Uma aula de literatura inglesa. É inútil para minha carreira médica, mas vai satisfazer a "sugestão" do Dr. Stayner para que eu escolhesse uma matéria que não escolheria.

– Deixe-me adivinhar. Pré-medicina?

– Pediatria. Oncologia – concordo, sorrindo. Ao contrário de tantos alunos que têm dificuldade com o que fazer da vida, eu soube da minha escolha de carreira desde o dia em que minha amiga Sara Dawson morreu de leucemia. Eu tinha nove anos. A decisão foi fácil. Eu chorei e perguntei ao meu pai o que eu poderia ter feito. Com um sorriso bondoso, ele me garantiu que não havia nada que eu pudesse ter feito por Sara, mas que era inteligente o bastante e poderia crescer e ser médica para salvar outras crianças. Salvar crianças pareceu uma vida nobre. Um objetivo que, desde então, nunca me fez hesitar.

Mas, agora, olhando o rosto franzido de Ashton, parece que eu disse que meu sonho é trabalhar numa usina de esgoto. Há uma pausa, depois ele muda totalmente de assunto.

– Olhe, sobre sábado à noite... Podemos apenas fingir que não aconteceu? – ele pergunta, enfiando as mãos nos bolsos.

Meu queixo cai por alguns segundos, enquanto meu cérebro processa as palavras. As palavras que venho repetindo na cabeça nos últimos três dias. Será que consigo? Eu gostaria. Seria mais fácil se eu pudesse simplesmente apertar um botão e deletar todas as imagens que ainda estão acesas em minha memória, me fazendo subitamente corar e perder o foco em... tudo.

– Claro – digo com um sorriso. – Bem... contanto que a gente possa fazer com que Reagan e minha irmã também finjam.

Ele ergue um dos braços para coçar atrás da cabeça, repuxando a camiseta no peito, expondo as curvas. Peguei naquilo tudo.

– É, bem, acho que sua irmã não deve ser muito problema, já que ela é de fora.

– Não, ela não será – concordo. *Ela pode só ficar me mandando mensagens com um gorducho careca segurando uma pistola de tatuagem na sua bunda como fez ontem.* Eu logo apago a imagem, mas tenho certeza de que não vai sumir de vez.

– E Reagan não dirá uma palavra – ouço Ashton dizer. Descendo o braço, ele olha para longe, murmurando, mais para ele mesmo: – Ela é bem legal.

– Certo, ótimo, bom... – Talvez eu possa apenas deixar isso para trás e voltar a ser eu. Livie Cleary. Futura médica. Boa garota.

Ashton olha de volta para meu rosto, descendo aos meus lábios por um segundo, provavelmente porque estou mordendo o lábio inferior, quase arrancando um pedaço. Sinto que eu deveria dizer mais alguma coisa.

– Eu quase nem lembro, então... – Deixo a voz ir sumindo, enquanto digo a mentira com uma tranquilidade que me surpreende. E me impressiona.

Ele inclina a cabeça para o lado, e olha novamente para longe, como se estivesse pensando profundamente. Então, um sorriso entretido surge em seus lábios.

– Nunca ouvi uma garota me dizer isso.

Um sorrisinho curva os cantos da minha boca, enquanto olho meus tênis, sentindo que finalmente marquei um ponto: Livie: um. Conversa humilhante: um milhão.

– Acho que tudo tem uma primeira vez.

Ele ri baixinho, atraindo minha atenção aos seus olhos brilhantes. Ele sacode a cabeça, como se estivesse pensando numa piada particular.

– O que foi?

– Nada, é que... – Há uma pausa, como se ele não tivesse certeza se deve falar. No fim, ele decide dizer, levando meu fiasco ao ápice, com um imenso sorriso. – Você teve muitas primeiras vezes naquela noite, Irish. Toda hora você falava.

Não consigo evitar o som estrangulado que escapa, como se eu estivesse morrendo. O que talvez esteja acontecendo, já que meu coração parou de bater. Não sei se meus braços estão moles, ou se os lancei ao ar para encobrir meu ofego, mas, de alguma forma, larguei os livros. Eles acabam espalhados na grama. Bem ao lado do último fiapo da minha dignidade.

Praticamente despenco para recolher meus livros, enquanto forço meu cérebro. O problema é que eu não me lembro de ter falado muito com Ashton. E certamente não me lembro de ter frisado todos os meus...

A catacumba se abre em meu cérebro e outra imagem explícita escapa. Um flash daquela parede de tijolos em minhas costas, e Ashton na minha frente e minhas pernas em volta de sua cintura, e ele apertado junto a mim. E eu cochichando em seu ouvido que nunca tinha sentido aquilo e como era mais duro do que eu imaginava...

– Aimeudeus – digo, gemendo, segurando a barriga. Tenho certeza de que vou vomitar. Vou me transformar numa vomitadora exibicionista.

Meu coração voltou a bater – na verdade, disparado – com um novo grau de humilhação que me assola. Eu parecia a atriz daquele vídeo horrível do Ben que Kacey me obrigou a assistir, ao longo do verão. Literalmente. Sem querer, eu cheguei e peguei aqueles esquisitos assistindo. Kacey aproveitou a oportunidade para me prender no sofá, enquanto Trent, Dan e Ben uivavam de rir das minhas bochechas vermelhas e meus gritinhos horrorizados.

Minha irmã, a anticristo. Isso é tudo culpa dela. Dela e do Stayner. E daqueles drinques ridículos de gelatina. E...

– Irish!

Minha cabeça vira como um raio ao ouvir a voz de Ashton. Eu levo um momento para perceber que ele está agachado à minha frente, segurando um livro, com uma expressão curiosa no rosto. Ele segura meu cotovelo e me ajuda a levantar.

– Você sempre fica concentrada em seus pensamentos, não é? – ele diz, estendendo meu livro.

Não tenho certeza de como responder, então não respondo. Simplesmente fecho a boca, aceito meu livro.

– Considere sábado esquecido – digo baixinho.

– Obrigado, Irish. – Ele esfrega os dedos na testa. – Eu não queria que aquilo se espalhasse. Eu me arrependo daquilo. Quer dizer... – Ele se retrai ao me olhar, como se tivesse esbarrado em mim e olhasse para ver se machucou. Ouço um suspiro leve, depois dele dá alguns passos para trás. – Eu te vejo por aí.

Sacudo ligeiramente a cabeça e dou um sorriso com os lábios fechados, apertados. Por dentro, eu estou gritando a plenos pulmões "Nem no inferno!".

* * *

– Droga – murmuro, chegando dez minutos atrasada ao local do encontro para o passeio. Dou uma olhada em volta, mas não vejo nada que pareça um grupo de excursão. Eles foram embora, saíram para aprender a importância histórica dessa faculdade incrível e eu estou empacada aqui, repassando toda a conversa com Ashton repetidamente. E a cada vez aquelas palavras, as palavras dele, ficam suspensas em meus pensamentos.

Eu me arrependo.

Ele se arrepende de ter ficado comigo. O cara galinha se arrepende de ter ficado comigo. O suficiente para vir atrás de mim e pedir que eu não conte a ninguém. Ele até se sentiu mal, quando deixou isso escapar. Por isso se fechou.

Quando *eu* estava arrependida, era uma coisa. Quer dizer, eu fiz algo imbecil e totalmente fora do meu comportamento habitual. Dei um monte de primeiras chances a um cara que nem conheço. Que provavelmente já teve centenas de garotas de uma noite só, que renderam muito mais do que a noite rendeu comigo.

Que se arrepende de ter ficado comigo.

Sento nos degraus e olho vagamente para minhas mãos. Cada osso racional do meu corpo me diz para parar de pensar nisso, mas não consigo. Engulo várias vezes, mas a secura na minha garganta não passa, enquanto reconsidero todas as razões para que Ashton possa se arrepender. Será que ele me acha assim tão pouco atraente? Será que, quando acordou no domingo, foi um daqueles arrependimentos matinais, que a Kacey sempre menciona? Sei que eu devia estar horrível, com meu cabelo parecendo um ninho de ratos, meus olhos vermelhos e um bafo de leão.

Talvez seja minha "inabilidade"? Sei que não tenho experiência, mas... será que fui *tão* ruim assim?

Estou tão envolvida em tentar consolar meu ego que, quando ouço um cara dizer "com licença" ali perto, continuo olhando o chão, ignorando-o inteiramente, torcendo para que esteja falando com outra pessoa. Mas suas próximas palavras – nem tanto as palavras, mas a maneira como ele fala – me fazem erguer rapidamente a cabeça, procurando quem é.

– Você está bem?

Sei que estou boquiaberta quando ele senta ao meu lado, mas nem ligo. Só assinto, admirada, olhando os imensos olhos verdes e o sorriso agradável.

– Você é da Irlanda? – disparo, antes de conseguir me conter. Fecho os olhos e tento me explicar, atropelando as palavras. – Quer dizer... eu achei... você tem um sotaque... parece irlandês. – *E você parece uma idiota, Livie.*

– Sou Connor – diz ele. – E sou, sim. Sou de...

– Dublin – eu o interrompo, com uma bolha de empolgação crescendo por dentro.

Ele concorda, radiante, parecendo satisfeito.

– Eu me mudei para os Estados Unidos quando tinha doze anos.

Meu sorriso aumenta. Não consigo evitar. Devo estar parecendo uma idiota.

– E você tem nome, senhorita? Ou devo chamá-la só de Sorridente?
– Ah, sim, certo. – Eu fecho a boca, tentando controlar o rosto e estendo a mão. – Livie Cleary.
Ele ergue a sobrancelha ao apertar a minha mão. A mão dele é quente e forte e... confortável.
– Meu pai cresceu em Dublin. Seu sotaque... você soa como ele. – Meu pai tinha se mudado para os Estados Unidos com treze anos, então ele tinha perdido o peso do sotaque, mas ainda pontuava graciosamente as suas palavras. Igual ao Connor.
– Você quer dizer que seu pai também é charmoso e inteligente?
Dou uma risadinha e abaixo os olhos momentaneamente, mordendo a língua, antes de corrigi-lo com o tempo passado do verbo. *Era* charmoso e inteligente. Dois minutos de conversa, não é o momento para mencionar meus pais falecidos.
Há um silêncio tranquilo entre nós, depois Connor continua:
– E por que você está sentada aqui sozinha, senhorita Cleary?
Eu abano a mão no ar.
– Ah, deveria fazer o passeio histórico, mas perdi. Eu me atrasei com... – Meus pensamentos voltam à conversa anterior, levando parte do meu conforto. – Um babaca – murmuro, vagamente.
– O babaca ainda está por perto? – Connor olha rapidamente à nossa volta e pergunta, sorrindo.
Sinto meu rosto corar.
– Você não deveria ter ouvido isso. – Desde aquela semana, quando Stayner me obrigou a falar um monte de palavrões, de escolha da minha irmã, em cada frase que saía da minha boca, eu vi meu vocabulário tornar-se mais colorido sem querer.

Principalmente, quando fico aborrecida ou nervosa, embora eu ache que não estou sentindo nada disso agora. – E não. Espero que ele esteja longe.

No fundo de um poço, com um monte de garotas que não o façam se arrepender de mantê-lo ocupado.

– Bem. – Connor levanta e estende a mão. – Duvido que o passeio comigo seja tão educacional, mas eu estou aqui há três anos, se você estiver interessada.

Eu não hesito e aceito a mão dele. Neste momento, não há nada que eu queira fazer mais do que dar uma volta pelo campus de Princeton com Connor de Dublin.

* * *

No fim das contas, é espantoso como Connor de Dublin conhece tão pouco a história de Princeton. No entanto, ele compensa com muitas histórias pessoais constrangedoras. Fico com a barriga doendo de tanto rir, e, quando chegamos a um pátio recluso, com aparência medieval, que eu nem imaginava existir, fico contente, porque parece um lugar perfeito para estudar.

– ... e encontraram meu colega de quarto quase sem nada, só de meias pretas, bem *aqui* na manhã seguinte – Connor conta, apontando para um banco de madeira, com um sorriso tranquilo no rosto.

Em algum ponto entre nosso encontro e agora, eu passei a notar o quanto Connor é atraente. Eu realmente não tinha percebido de cara, mas provavelmente foi porque eu ainda estava muito agitada depois de ter visto Ashton. Connor é alto, com cabelo louro-claro – arrumado, mas com estilo – e a pele suave e bronzeada. Ele tem um corpo esguio, mas dá para ver que tem um bom condicionamento físico, a julgar pelo caimento de sua calça cáqui e o jeito com que sua camisa xadrez se ajusta aos ombros largos. Basicamente, ele é o cara com quem eu me imaginei caminhando neste campus um dia.

Mas eu acho que é o sorriso de Connor que me faz gravitar em sua direção. É um sorriso largo e verdadeiro. Não há nada escondido, nada de enganação.

– Como você consegue ser aprovado em suas matérias? Parece que vocês só fazem festa – pergunto, recostando no banco, puxando um joelho para cima.

– Não tanto quanto meus colegas de alojamento gostariam.
– Só de ouvir sua risada tranquila, me faz suspirar. – As festas acabam quando as aulas começam. Até as provas semestrais, na verdade. Cada um sabe de si, mas eu quero voltar para casa com uma formação excelente, não com um fígado acabado e uma doença venérea.

Desvio os olhos para ele, surpresa.

– Desculpe. – Seu rosto fica ligeiramente vermelho, mas ele rapidamente se recupera, com um sorriso. – Ainda estou meio irritado com eles. Eles deram uma porcaria de festa da toga no sábado. Ainda estamos limpando a casa.

Meu corpo instantaneamente se retrai. Festa da toga? A mesma festa da toga onde eu fiquei doidona, de amassos com Ashton?

– Onde você disse que mora? – Engulo, antes de conseguir perguntar, num sussurro forçado. Não tenho ideia de onde foi a festa, então, saber o endereço não faz diferença. O que *faz* diferença é saber se Connor estava lá para presenciar meu espetáculo.

Ele diminui o passo para me olhar com uma expressão curiosa.

– Pertinho do campus, com alguns outros caras.

Pertinho do campus. Isso que Reagan disse quando nós saímos naquela noite. Será que havia mais de uma festa da toga naquela noite?

— Ah, é? — Tento fazer minha voz parecer leve e relaxada. Em vez disso, parece que alguém está me estrangulando. — Fui a uma festa da toga no sábado.

Ele sorri.

— É mesmo? Deve ter sido na minha casa. Não tem muita gente que ainda dá festas assim. — Revirando os olhos, ele cochicha: — Meu colega de casa, o Grant. Ele tem um gosto meio duvidoso. Você se divertiu?

— Hã. Sim. — Eu o observo de canto de olho. — E você?

— Ah, eu estava em Rochester para o casamento do meu primo — ele confirma, balançando a cabeça. — Foi uma pena ser no mesmo fim de semana, mas minha família dá muita importância à... família. Minha mãe teria me matado se eu não fosse.

Deixo o ar sair dos meus pulmões lenta e dolorosamente, para não ficar óbvio o quanto estou aliviada porque Connor não estava lá. Se bem que, se ele estivesse, provavelmente não estaria falando comigo agora.

— Ouvi dizer que a festa foi uma loucura. A polícia mandou parar...

— É, tinha algumas pessoas bêbadas lá... — digo devagar, e depois, desesperada para mudar de assunto: — Em que vai se formar?

— Política. Estou fazendo direito. — Ele me olha atentamente enquanto fala. — Estou torcendo para ir para Yale ou Stanford ano que vem, se tudo correr bem.

— Legal — é tudo que consigo dizer. Depois me pego encarando aqueles olhos verdes amistosos e sorrindo.

— E você? Alguma ideia do que vai seguir?

— Biologia molecular. Espero fazer medicina.

Um franzido inesperado surge nas sobrancelhas de Connor.

— Você sabe que ainda pode se candidatar à medicina com especialização em humanas, certo?

– Eu sei, mas tenho mais facilidade em ciências.
– Ora. – Os olhos de Connor me avaliam curiosamente. – Bonita e inteligente. Uma combinação mortal.
Abaixo a cabeça, com o rosto corando.
– Bem, aqui estamos. – Ele gesticula para o meu prédio. – Lindo prédio, não?
Inclino a cabeça para trás, para olhar a arquitetura gótica. Eu concordaria. Mas, agora, estou meio decepcionada, porque isso significa que meu passeio e meu tempo com o sorridente Connor terminaram. E eu ainda não estou pronta.
Fico olhando, enquanto ele recua, enfiando as mãos nos bolsos.
– Foi um prazer conhecê-la, Livie de Miami.
– Você também, Connor de Dublin.
Ele chuta uma pedrinha por alguns segundos, e fico ali, olhando.
– Teremos uma festinha em nossa casa esse sábado, se você estiver interessada. Se quiser, traga aquela colega de quarto maluca que você mencionou – ele comenta, quase hesitante.
– Mas eu achei que você tivesse dito que as festas acabam, quando as aulas começam – digo com a cabeça inclinada e os lábios apertados.
Seus olhos percorrem meu rosto, com um brilho pensativo.
– A menos que seja uma desculpa para convidar uma bela garota. – Então, seu rosto fica vermelho e ele olha para o chão.
E eu percebo que, além de ser bonito, Connor é muito charmoso.
– Eu te vejo sábado – eu simplesmente digo, sem ter certeza de como responder.
– Perfeito. Às oito, pode ser?
Ele diz o nome da rua e o número da casa e, com um último sorriso, sai dando uma corridinha, como se estivesse atrasado

para alguma coisa. Recosto no banco e fico olhando enquanto ele se afasta, imaginando se ele só estava sendo legal. Então, quando está prestes a virar por trás de um prédio, ele vira e olha em minha direção. Vendo que ainda estou olhando, joga um beijo e some.

E eu tenho que fechar os lábios apertados para parar de sorrir feito uma idiota.

Esse dia certamente está melhorando.

Capítulo cinco

* * *

DIAGNÓSTICO

Enquanto eu tentava participar do maior número de eventos do campus de Princeton, para mergulhar no espírito e na cultura, Reagan havia decidido mergulhar no maior número de eventos de cerveja e vodca que aparecessem. E ela resolveu que eu tinha que mergulhar junto. Para agradar minha animada companheira de quarto, acabei indo a festas no alojamento quase todas as noites dessa semana, acordando todo dia com os olhos pesados. E também por torcer para reencontrar Connor. No fundo, eu tinha receio de dar de cara com Ashton. No fim, a esperança venceu o medo.

Infelizmente, eu não vi Connor. Mas também não vi Ashton. Mas conheci alguns calouros, incluindo uma garota coreana chamada Sun, tão novata quanto eu no cenário das festas, que colou em mim na quinta à noite.

Francamente não sei como Reagan vai sobreviver à carga de trabalhos das aulas daqui. Seus livros ficam empilhados na mesa sem abrir. Nem para uma folheada. Estou começando a achar que ela não é aluna, que Kacey e Dr. Stayner arranjaram um jeito de plantá-la aqui. Quase consigo imaginá-los rindo ao tramar esse plano. Aluna ou não, estou contente por ter Reagan como colega de quarto. Menos quando ela faz aquela cara de cachorrinho para me convencer a beber com ela.

* * *

Acordo com uma batida incessante em nossa porta.

— Pode me matar agora — diz Reagan num gemido.

— Farei isso, mas você pode atender primeiro? — resmungo, enfiando a cabeça embaixo do travesseiro, afastando um livro com cantos pontiagudos que estão me furando. Consegui sair escondida da festa aqui no alojamento, dois andares acima, para ler um pouco, já tarde da noite. O relógio marcava três da manhã da última vez que olhei. Agora são sete. — Só pode ser para você, Reagan. Não conheço ninguém no campus — eu digo, me encolhendo.

— Shh... vão acabar indo embora — ela cochicha. Mas não vão. As batidas aumentam e eu fico preocupada de acordarem metade do andar. Quando me apoio nos cotovelos, pronta para sair do beliche de cima, ouço o gemido derrotado de Reagan, e o barulho dos lençóis. Ela faz questão de ir pisando forte até a porta, que escancara, dizendo um palavrão baixinho e algo sobre Satã.

— Acordem, dorminhocas!

Eu sento como um raio e o quarto começa a girar.

— O que está fazendo aqui? — pergunto numa voz aguda, virando e vendo o homem distinto, de terno bem talhado, entrando no quarto. Eu não via Dr. Stayner pessoalmente havia dois anos e meio. Ele parece basicamente o mesmo, a não ser pelo cabelo um pouquinho mais grisalho e ligeiramente mais escasso.

Ele sacode os ombros.
– É sábado. Eu lhe disse que conversaríamos hoje.
– Sim, mas você está *aqui*. E são *sete horas da manhã*!
Ele dá uma olhada no relógio, franzindo o rosto.
– É mesmo tão cedo? – Então, ele dá de ombros e joga os braços para o ar, com os olhos radiantes de empolgação. – Está fazendo um dia lindo! – Ele abaixa os braços com a mesma rapidez que subiram e seu tom calmo volta. – Vista-se. Tenho uma conferência na cidade, para onde tenho que voltar ao meio-dia. Eu te encontro no *lobby* em meia hora.

Antes de virar para sair, ele avista Reagan, desgrenhada, mas curiosa, com uma camiseta regata e uma calça de pijama rosa. Ele estende a mão.
– Oi, eu sou o Dr. Stayner.
Ela aperta a mão dele, com um ar desconfiado.
– Oi, sou Reagan.
– Ah, sim. A colega de quarto. Ouvi falar muito de você.
De quem? Não falo com ele desde...
Eu suspiro. *A danada da minha irmã.* Claro.
– Faça com que Livie se sociabilize, pode ser? Ela tem uma tendência a focar demais nos estudos. Apenas a mantenha longe daqueles drinques de gelatina.

Sem esperar resposta, ele sai tão depressa quanto entrou, deixando minha nova colega de quarto me encarando.
– Quem é esse?
Por onde começo a responder isso?
– Não tenho tempo para explicar agora – resmungo sacudindo a cabeça e girando as pernas para fora da cama.
– Tudo bem, mas... Ele é médico? Quer dizer, ele... – Ela hesita. – *Seu* médico?
– Parece que sim. – Não tem nada que eu queira mais do que cobrir a cabeça com as cobertas por mais algumas horas, mas sei

que, se eu não estiver lá embaixo em meia hora, ele é capaz de entrar pelo corredor gritando meu nome a plenos pulmões.

— Que tipo de médico ele é? Quer dizer... — Ela está enroscando uma mecha do cabelo comprido nos dedos. Ver Reagan nervosa é algo raro.

Abro a boca para responder, mas paro, e uma ideia maliciosa me ocorre. Reagan ainda está me devendo pelo drinque de vodca que ela praticamente me enfiou goela abaixo ontem à noite...

— Ah, seu foco é primeiramente esquizofrenia — calmamente digo, forçando para conter um sorriso, enquanto remexo na cômoda, procurando um jeans e uma camiseta.

Há uma pausa. Não olho, mas tenho certeza de que ela está de boca aberta.

— Ah... bem, tem algo com que eu deva me preocupar?

Pegando minha nécessaire, eu sigo até a porta e paro com a mão na maçaneta, erguendo os olhos, como se estivesse pensando, profundamente.

— Acho que não. Bem, a menos que eu comece a... — Eu abano a mão, descartando. — Ah, deixa pra lá. Isso provavelmente não vai acontecer de novo. — Ao dizer isso, eu saio, em silêncio. Dou uns três passos, antes de cair na gargalhada, tão alto, que alguém grita "Cale a boca!" de um quarto próximo.

— Eu vou te pegar por isso, Livie! — Reagan dá um gritinho, do outro lado da porta fechada, depois ri.

Às vezes, o humor melhora, sim, as coisas.

* * *

— Eu sabia que a mensagem de texto era de Kacey — diz Stayner, inclinando a cabeça para trás, tomando o restinho de seu café (a maior xícara que eu já vi). Eu, por outro lado, deixo o meu esfriar, mal tocando, enquanto ele me persuade a contar cada detalhe constrangedor da minha primeira semana no campus.

Ele é bom em tirar as coisas da gente. Lembro-me de Kacey o xingando, desde o começo, por isso. Minha irmã estava arrasada naquela época. Ela se recusava a falar sobre qualquer coisa – o acidente, a perda, seu coração despedaçado. Mas, no fim daquele programa intenso de internação, Dr. Stayner tinha conseguido saber cada detalhe sobre Kacey, ajudando-a em sua cura.

Ela também me alertou sobre ele quando as ligações começaram. *Livie, apenas diga o que ele quer saber. Ele vai descobrir de um jeito ou de outro, então facilite as coisas para você e simplesmente diga a ele. Ele provavelmente já sabe mesmo. Acho que ela usa truques mentais de Jedi.*

Nos três meses de nossas sessões de não terapia, eu nunca tinha tido uma conversa realmente difícil com ele, nada que fosse excessivamente doloroso ou trágico, ou difícil de abordar. Verdade, ele me pediu para fazer coisas que ainda me dão palpitações, como saltar de bungee jump, ou assistir à série inteira dos filmes da serra elétrica, que me deram pesadelos por uma semana. Mas nossas conversas – sobre meus pais, sobre o que me lembro da minha infância, até do meu tio Raymond e por que deixamos Michigan – nunca foram difíceis ou desconfortáveis. A maioria foi agradável.

Ainda assim, duas horas falando da minha sessão de amassos e bebedeira, e tudo o que aconteceu desde então, me deixaram exausta e com o rosto fervendo. Eu sabia que provavelmente seria questionada sobre sábado passado. Pretendia pular os momentos mais constrangedores, mas o Dr. Stayner leva jeito para arrancar todos os detalhes.

– Você evoluiu bastante nesses poucos meses que estamos juntos, Livie.

– Nem tanto – digo.

– Você vai sair para um encontro amoroso com um cara essa noite, pelo amor de Deus!

– Não é bem um encontro amoroso. Está mais para...

Um aceno descartando silencia minha objeção.

– Três meses atrás, você teria dispensado o cara para ficar lendo, sem pensar duas vezes.

– É, acho que sim. – Afasto uma mecha de cabelo que caiu no meu rosto com a brisa. – Ou teria despencado no chão, inconsciente.

Dr. Stayner suspira.

– Exatamente.

Surge uma pausa e eu o olho de canto de olho.

– Isso significa que minha terapia acabou? Quer dizer, olhe para mim. Eu praticamente me transformei numa exibicionista. E, se não parar logo com a farra, você terá que me inscrever num programa para alcoólatras.

Dr. Stayner solta uma gargalhada barulhenta. Quando a animação vai diminuindo, ele passa alguns instantes olhando para sua xícara, passando o indicador ao redor da borda.

E eu começo a ficar nervosa. Dr. Stayner raramente fica quieto por tanto tempo.

– Vou deixar que você viva sua vida universitária como precisa viver – ele diz, baixinho. – Você não precisa que eu lhe diga o que deve fazer para se divertir. Precisa tomar essas decisões sozinha.

Eu recosto no banco com um suspiro de alívio e uma calma estranha me invade. Dr. Stayner está saindo da minha vida tão depressa quanto entrou.

— Acho que Kacey estava errada — digo mais para mim mesma, e a afirmação tira um peso dos meus ombros, que eu nem tinha percebido carregar.

Outra risada de leve.

— Ah, sua irmã... — Ele vai parando de falar, conforme um grupo de ciclistas passa veloz. — Quando Kacey chegou aos meus cuidados, eu fiquei me perguntando sobre você, Livie. De verdade. Eu me perguntava como você se saiu tão bem, levando-se tudo em conta. Mas eu estava ocupado com Kacey e Trent, e você parecia estar seguindo adiante. Mesmo quando Kacey me procurou, na primavera, preocupada, eu fiquei meio incrédulo. — Ele tira os óculos e coça os olhos. — São pessoas como sua irmã, as mais machucadas, que facilitam o meu trabalho.

Estou franzindo o rosto diante das palavras intrigantes.

— Mas eu não sou como ela, certo? — Noto a hesitação em minha voz.

Dr. Stayner sacode a cabeça, respondendo antes de falar.

— Ah, não, Livie. Vocês são incrivelmente parecidas em muitos sentidos, mas não nessas questões.

— É mesmo? Sempre nos enxerguei como dois polos opostos.

Ele ri.

— Vocês duas são teimosas feito mulas e afiadas como chicotes. Claro que sua perspicácia é ligeiramente mais terna que a dela. Sua irmã guarda o temperamento na manga, mas... — Ele fecha a boca. — Você me surpreendeu algumas vezes com seus rompantes, Livie. E eu não me surpreendo facilmente.

Fico olhando os mesmos ciclistas passando por outro caminho, ouvindo as palavras dele, com um sorrisinho abrindo em meu rosto. Ninguém jamais me comparou com a minha irmã dessa forma. Sempre fui a estudiosa e responsável. A confiável. Cautelosa, calma e equilibrada. Minha irmã é a agitada. Eu sempre a invejei secretamente por isso.

E penso no verão passado, abarrotado de coisas que jamais pensei em conseguir fazer, e um monte de outras coisas que até pensei em fazer. Kacey esteve comigo em boa parte delas, zelosamente se constrangendo ao meu lado.

– Esse verão foi interessante – admito, sorrindo. Viro-me para olhar o médico de cabelo já embranquecendo e faço a pergunta que ele nunca respondeu, esperando que agora responda.

– Por que me fez fazer todas aquelas maluquices? Para que foi tudo aquilo realmente?

Ele contrai os lábios, como se estivesse pensando no que dizer.

– Você acreditaria, se eu dissesse que foi só para eu me divertir?

– Talvez – respondo honestamente, ganhando outra risada. – Quer dizer, eu até entendo o negócio dos encontros rapidinhos, mas não sei como dançar em fila ou xingamentos engenhosos possam ter me ajudado. Era de se pensar que teria o efeito oposto. Sabe... que fosse deixar traumas emocionais profundos.

Dr. Stayner parece meio desconfiado.

– Como dançar em fila poderia *traumatizá-la*?

Ergo uma sobrancelha.

– Já esteve num lugar daqueles? Com a minha irmã?

Ele revira os olhos.

– Ah, você está sendo dramática. Não pode ter sido tão...

– Ela estava com um microfone! – exclamo. – Ela tentou fazer um leilão improvisado e me vender para um encontro! – Graças a Deus, Storm estava lá para controlá-la. Minha mão se ergue quando me lembro da melhor parte. – Ah! Depois ela batizou meu drinque. – Dr. Stayner começa a rir, enquanto balanço a cabeça. – Eu logo notei, claro. Do contrário, quem pode imaginar o que teria acontecido. – Eu recosto outra vez no banco, enquanto murmuro, mais comigo mesma: – Eu provavelmente teria me atracado com um caubói ou com o touro mecânico, sei lá. Talvez tivesse deixado marcarem minha bunda, com selo de boi...

Sua cabeça cai para trás com uma risada barulhenta e, depois de alguns momentos, não consigo deixar de rir com ele.

– Ah, Livie – diz ele, tirando os óculos para limpar as lágrimas dos olhos. – O importante nunca foi *o que* eu lhe pedi para fazer e sim a sua exuberância ao executar cada tarefa. – Ele me olha com surpresa e um tom de riso na voz. – Eu ficava esperando que você me mandasse para o inferno, mas você continuava a atender ao telefone, cumprindo cada um dos pedidos *malucos* que eu fazia, e com excelência!

Inclino a cabeça para o lado, olhando para ele.

– Você sabia que era *maluquice*?

– Você, não? – Ele sacode a cabeça para mim, depois um sorriso triste transforma seu rosto. – Aprendi muito sobre você durante o verão, Livie. Entre aquelas estripulias e nossas conversas. Esse verão foi para isso. Coletar informação. – Ele para para coçar a bochecha. – Você tem uma das almas mais bondosas que eu já conheci, Livie. Reage profundamente à dor humana. É como se você absorvesse a dor alheia. Apesar de sua timidez extrema, você faz praticamente qualquer coisa para não falhar. Não gosta de falhar nos testes e certamente não gosta de falhar com as pessoas. Principalmente, com as que você gosta e respeita. – Ele leva a mão ao coração e curva a cabeça. – Estou comovido, de verdade.

Eu abaixo a cabeça, corando.

– Também aprendi que, embora tenha a cabeça aberta e aceite as falhas dos outros, você é incrivelmente dura consigo mesma. Acho que fazer algo errado a deixaria fisicamente doente. – Dr. Stayner une as mãos em torre diante do rosto por um momento. – Mas sabe qual foi minha maior descoberta? O motivo para que eu quisesse vir pessoalmente hoje? – Ele suspira. – Você parece estar norteada por um plano de vida. Isso está entranhado em sua rotina diária; é quase uma religião para você. Isso tem ditado as escolhas que você fez até agora, e as que pretende fazer no futuro. Você não questiona nem testa isso. Simplesmente faz. – Passando o dedo na borda da xícara, ele prossegue, dizendo num tom de voz baixo: – Acho que seus pais ajudaram a criar esse plano ao qual você se agarra, como um meio de se agarrar a eles. – Ele para, depois amansa a voz. – E acho que isso está prejudicando seu crescimento pessoal.

Eu pisco repetidamente, tentando assimilar como essa conversa passou tão rápido de touros mecânicos ao prejuízo do meu crescimento pessoal.

– O que está dizendo? – digo com a voz ligeiramente tensa. Isso é um diagnóstico? Dr. Stayner está me diagnosticando?

– Estou dizendo, Livie... – Ele para, abre a boca para dizer algo, com uma expressão pensativa. – Estou dizendo que chegou a hora de você descobrir quem você realmente é.

Só consigo ficar olhando para o homem à minha frente. Quem eu sou? Do que ele está falando? Eu sei quem sou! Sou Livie Cleary, filha de Miles e Jane Cleary. Filha madura e responsável, aluna dedicada, irmã amorosa, futura médica, humana, gentil e bondosa.

– Mas eu... – Eu me esforço para encontrar as palavras. – Eu sei quem sou e o que quero, Dr. Stayner. Isso nunca esteve em questão.

– E você não acha meio estranho, Livie? Que, aos nove anos, você tenha decidido ser pediatra com especialização em oncologia e nunca tenha pensado em outra vida? Sabe o que eu queria ser quando tinha nove anos? – Ele para, só um segundo. – O Homem-Aranha!

— E daí? Eu tinha objetivos mais realistas. Não tem nada de errado nisso — estrilo.
— E você alguma vez se perguntou por que, até agora, evitou garotos como se fossem uma praga?
— Eu sei exatamente por quê. Porque sou tímida e porque...
— Os garotos sugam o cérebro das meninas...
— E as deixam malucas. — Termino o alerta do meu pai, com um sorriso triste. Meu pai começou a me alertar sobre isso na época em que os hormônios de Kacey começaram a se rebelar. Ele disse que minhas notas iriam piorar se eu caísse na mesma armadilha.
— Acho que sua reação ao sexo oposto tem menos a ver com sua timidez e mais com uma postura mental subconsciente para não desviar desse plano de vida que você acredita que tem que seguir.

Postura mental subconsciente? A inquietação revolve em minha barriga como uma cobra, me dando arrepios na espinha. Ele está dizendo que a Kacey está certa? Que eu sou... reprimida sexualmente?

Eu me inclino à frente e deixo meu queixo pousar na palma da minha mão, com os cotovelos sobre meus joelhos, enquanto penso. Como Dr. Stayner pode achar defeito em quem eu me tornei? Ele deveria, no mínimo, ficar satisfeito. Ele me disse isso! Que eu me saí tão bem. Sei que meus pais ficariam orgulhosos. Não, não há nada errado comigo.

— Acho que você está errado — eu disse baixinho, olhando o chão. — Acho que está procurando coisas para me diagnosticar. Não há nada de errado comigo, ou com o que estou fazendo.
— Endireito a postura e olho ao redor, para o campus à nossa volta. Esse lindo campus de Princeton, pelo qual trabalhei tão duro para frequentar, e sinto a raiva brotar. — Sou uma aluna excelente, estudando em Princeton, pelo amor de Deus! — Estou

quase gritando, mas não ligo. – Por que diabo você aparece às sete da manhã de um sábado, depois que acabei de começar na faculdade, para dizer que minha vida toda é... o que... – Engulo o bolo em minha garganta.

Dr. Stayner tira os óculos e esfrega novamente os olhos. Ele continua totalmente calmo, como se esperasse essa reação. Uma vez, ele me disse que está acostumando aos outros gritarem com ele, portanto para que eu nunca me sentisse culpada por isso. Certamente não vou me sentir culpada, depois da bomba que ele soltou em cima de mim.

– Porque eu queria que você estivesse consciente, Livie. Inteiramente consciente. Isso não significa que deva parar o que está fazendo. – Ele vira um pouquinho para ficar de frente para mim. – Você é uma garota inteligente, Livie. E agora é adulta. Vai conhecer pessoas, namorar. Vai trabalhar duro para alcançar seus objetivos. E eu espero que saia e se divirta um pouco. Só quero ter certeza de que você está fazendo suas escolhas e estabelecendo seus objetivos por *você*, não para agradar os outros. – Ao recostar no banco, ele acrescenta: – Quem sabe? Talvez Princeton e o curso de medicina sejam o que você realmente quer. Talvez o homem que a fará feliz, pelo resto de sua vida, seja aquele que seus pais teriam escolhido para você. Mas talvez você venha a descobrir que esse não é o caminho certo para você. De qualquer forma, quero que faça suas escolhas com os olhos bem abertos, não no piloto automático.

Não sei o que dizer diante disso tudo, então fico em silêncio, olhando para o nada, com a confusão e a dúvida pesando em meus ombros.

– A vida tem um modo engraçado de criar seus próprios testes. Ela joga bolas curvas que o obrigam a fazer, pensar e sentir coisas em conflito direto com o que você havia planejado e não permitem que você aja de uma única forma. – Ele dá um afago paternal no meu joelho. — Quero que saiba que pode me ligar a qualquer hora, quando quiser falar, Livie. Qualquer hora mesmo. Não importa o quanto pareça trivial ou tolo. Se quiser falar sobre as aulas ou sobre os garotos. Reclamar da sua irmã — ele diz, com um sorriso torto. — Qualquer coisa mesmo. E espero que você me ligue. Regularmente. Quando estiver pronta para conversar. Nesse momento, acho que você quer despejar esse café na minha cabeça. — Ele se levanta, se espreguiça. — E todas as conversas serão confidenciais.

— Quer dizer que não vai mais recrutar minha irmã para fazer seu trabalho sujo?

— Ela se saiu uma ótima subordinada — ele murmura, esfregando o queixo, e sorri.

— Imagino que você tenha considerado opcional o negócio da confidencialidade entre médico e paciente?

Ele baixa o olhar com uma sobrancelha arqueada.

— Você nunca foi minha paciente, foi?

— E, agora, eu sou?

Ele sorri, estendendo a mão para me levantar.

— Vamos simplesmente deixar tudo correr solto. Ligue quando quiser falar.

— Não posso pagar.

— Não espero um centavo de você, Livie. — Quase como um pensamento tardio, ele acrescenta: — Só seu primeiro filho.

Habitualmente, eu reviraria os olhos com uma piada dessas. Mas agora, não. Não estou em clima de piada. O peso que senti nas costas por três meses, pensando no que Dr. Stayner talvez descobrisse a meu respeito, havia sumido vinte minutos atrás, mas agora voltou com tudo, me deixando paralisada.

Tenho certeza de que ele está errado.

Mas e se não estiver?

Capítulo seis

* * *

SE *versus* QUANDO

O deslocamento de quase duas horas do campus de Princeton até o Hospital Infantil em Manhattan me dá tempo de sobra para pensar na visita surpresa do Dr. Stayner e em seu diagnóstico insultuoso. Quando chego à recepção para me inscrever na minha primeira sessão de voluntária, estou ainda mais agitada que antes. Também estou convencida de que ele talvez esteja perdendo seu toque mágico como psiquiatra brilhante. Ou é maluco, mas ninguém notou. Talvez, ambos.

– Você já trabalhou com crianças em um hospital, Livie? – pergunta a enfermeira Gale, enquanto eu acompanho seus quadris balançantes pelo longo corredor.

– Não, nunca – respondo, sorrindo. Mas passei tanto tempo em hospitais que os sons dos bipes das máquinas e a mistura de remédio e cloro que entra pelas minhas narinas instantaneamente me levam de volta para sete anos antes, aos dias de sorrisos forçados, e Kacey entubada, com ataduras e um olhar vazio.

– Bem, eu ouvi dizer que suas referências são magníficas – ela brinca, conforme viramos num corredor e seguimos em direção a uma sala de recreação, concluindo meu rápido passeio pelo hospital. – Você é um ímã natural para as crianças.

Eu reviro os olhos antes de conseguir me conter. Não para a enfermeira, mas para Stayner. Em junho último, quando mencionei que eu me inscrevera para uma vaga de voluntária nesse hospital, mas não tivera retorno, ele casualmente mencionou possuir alguns amigos ali. Na semana seguinte, eu recebi uma ligação para uma breve entrevista, logo seguida pela oferta de uma vaga nas tardes de sábado no programa Child Life – para brincar com pequenos pacientes. Agarrei a oportunidade. Claro que vi o dedo do Dr. Stayner, mas isso só me fez admirá-lo ainda mais, sabendo que, quando eu entrar na escola de medicina, essa função de voluntária no currículo vai mostrar que eu venho me dedicando à pediatria há anos. À época, ele parecia me ajudar a alcançar meus objetivos. Agora é irônico, por ele achar que sou basicamente um robô programado que não devia estar aqui.

Mas eu afasto tudo isso da cabeça, pois sei o que quero e sei que aqui é meu lugar. Então, assinto educadamente para a enfermeira Gale.

– Acho que elas também são um ímã para mim – digo.

Ela para na porta e me olha, com um sorriso pensativo.

– Bem, apenas tenha cuidado com o apego, está certo, meu bem? – Ao dizer isso, nós adentramos uma sala de recreação clara e colorida, com um punhado de crianças e outros voluntários. Meus ombros logo relaxam quando ouço o riso contagiante. É como uma injeção de Valium na veia.

Sei que nunca fui muito normal. Quando criança, eu que sempre corria à professora quando alguém precisava de um band-aid ou entrava no meio de uma briga, para apartar. Quando adolescente, eu torcia pelos meus dias de voluntária na ACM, na piscina ou na biblioteca. Realmente, qualquer lugar onde estivessem esses pequenos humanos. Simplesmente há algo tão descomplicado nas crianças que me atrai em direção a elas. Talvez sejam os risinhos contagiantes ou os abraços envergonhados. Talvez seja a honestidade brutal. Talvez seja o modo como se agarram a mim quando estão com medo ou magoados. Tudo que sei é que quero ajudá-las. Todas elas.

– Livie, essa é Diane – diz a enfermeira Gale, me apresentando a uma mulher parruda, de meia-idade, cabelo castanho curto e olhos bondosos. – Ela faz parte de nosso programa Child Life. Hoje está supervisionando o salão.

Com uma piscada, Diane me leva para uma volta de cinco minutos pelo salão de recreação e explica seu papel. Quando termina, ela aponta dois meninos sentados lado a lado, de costas para mim, pernas cruzadas, na frente de um monte de peças de LEGO. Eles são do mesmo tamanho, mas o da direita é mais magrinho. Ele também é completamente careca, enquanto o menino da esquerda tem cabelo curto castanho-claro.

– Esses dois são seus hoje. Eric? Derek? Essa é a senhorita Livie.

Rostos idênticos me olham.

– Gêmeos! – exclamo, sorrindo. – Deixe-me adivinhar... você é o Derek. – Eu aponto o da esquerda, que tem cabelo.

Ele me abre um sorriso com uma janelinha, dos dentes que caíram, instantaneamente me lembrando de Mia, filha de Storm.

– Sou Eric.

Eu reviro os olhos fazendo encenação.

– Nunca vou conseguir acertar. – Por que os pais acham necessário dar nomes que rimam para gêmeos? Mas eu não digo isso, só sorrio.

— O Derek é o careca. É fácil lembrar — Eric confirma, dando de ombros. — Mas logo eu também vou ficar careca. Aí, você está ferrada.

— Eric — Diane alerta com a sobrancelha arqueada.

— Desculpe, senhorita Diane. — Ele desvia a atenção ao carrinho Hot Wheels ao seu lado com uma expressão encabulada. E eu sinto um apertãozinho no peito. Os *dois*?

— Você está aqui pra brincar com a gente? — pergunta Derek, baixinho.

Eu assinto.

— Pode ser?

Seu rostinho se acende com um sorriso e eu vejo que ele também está sem os dois dentes da frente.

— E você, Eric? Tudo bem por você? — pergunto, voltando minha atenção ao seu irmão, que agora está batendo um carrinho no outro.

Eric me olha por cima do ombro e dá de ombros novamente.

— Claro, acho que sim — ele diz. Mas eu vejo um sorrisinho, quando ele vira de volta e sei que ele é, sem dúvida, o mais travesso do par.

— Certo, que bom. Primeiro, eu só vou falar umas coisinhas com a senhorita Diane, está bem?

Eles balançam as cabeças ao mesmo tempo e voltam ao LEGO.

Ainda olhando para os dois, eu dou alguns passos para trás e baixo meu tom de voz.

— Câncer?

— Leucemia.

— Os dois? Como pode?

Ela só sacode a cabeça e suspira.

— Eu sei.

– Como... – Eu engulo em seco, incerta de como terminar a frase, com um bolo se formando em minha garganta. – É muito grave?

Diane cruza os braços.

– Eles têm ótimas chances. Bem... – Ela olha rapidamente para o Derek. – As chances são boas – se corrige, afagando o braço. – Você verá muita coisa aqui, Livie. Tente não perder o sono por isso. É melhor você simplesmente focar no aqui e agora, e deixar o restante para a medicina e as preces.

Preciso me lembrar de relaxar as sobrancelhas quando vou em direção aos meninos. Ao sentar de pernas cruzadas, de frente para eles, eu espalmo as mãos.

– Quem quer me mostrar como construir uma dessas casas legais? – Aparentemente, nenhum dos dois, porque, neste momento, recebo uma enxurrada de perguntas, uma depois da outra, um de cada vez, como se tivessem ensaiado durante horas.

– Nós temos quase seis anos. Quantos anos você tem? – pergunta Eric.

– Dezoito.

– Você tem pais? – A voz de Derek é tão baixinha comparada à voz do irmão, que eu quase não o ouço.

Eu sorrio e nego com a cabeça, sem me estender.

– Por que veio aqui?

– Para aprender a montar com LEGO, claro.

– O que você quer ser quando crescer?

– Médica. De crianças como vocês.

– Ah. – Eric empurra seu carrinho. – Acho que eu quero ser um lobisomem. Mas... ainda não tenho certeza. Você acredita em lobisomem?

– Hmm... – Eu entorto a boca, como se estivesse pensando a respeito. – Só no tipo amistoso.

– Ah. – Ele parece pensar nisso. – Ou serei piloto de corridas. – Ele dá de ombros com força. – Não sei.

– Bem, sorte sua ter bastante tempo para resolver, certo? – Sinto um pequeno tranco no estômago, alertando para mudar o rumo da conversa.

Ainda bem que Derek já está tomando uma nova direção.

– Você tem namorado?

– Não, ainda não. Mas estou trabalhando nisso.

Ele franze as pequenas sobrancelhas sem pelos.

– Como é que se trabalha num namorado?

– Bem... – Eu levo a mão à boca para não cair na gargalhada. Olhando para a esquerda, vejo que Diane está contraindo os lábios, enquanto ajuda outro paciente a pintar. Ela está perto e dá para ouvir, então tenta não rir. – Conheci uma pessoa que gostei e talvez ele também goste de mim – respondo, honestamente.

– Ah. – A cabecinha de Derek balança lentamente enquanto ele responde. Ele parece pronto para fazer outra pergunta, mas seu irmão o corta.

– Você já beijou um garoto?

– É... – Eu paro por um segundo com a pergunta inesperada. – Não sou de beijar e contar. Essa é uma boa regra. Vocês devem se lembrar disso – digo, relutando contra o rubor.

– Ah, eu vou lembrar. Meu pai diz que, um dia, eu vou querer beijar garotas, mas só tenho cinco anos, então tudo bem não querer beijar agora.

– Ele está certo, você vai querer. Vocês dois vão querer. – Olho para os dois e dou uma piscada.

– A menos que a gente morra – diz Eric de modo casual.

Eu encolho as pernas junto ao peito, abraçando-as, uma posição que parece confortável diante da súbita tensão que sinto por dentro. Já estive com muitas crianças e ouvi muitas coisas. Já até tive algumas conversas sobre morte e céu. Porém, ao contrário do papo infantil movido pela curiosidade, as palavras de Eric dão um arrepio em meu corpo. Porque são verdadeiras. Esses dois garotinhos na minha frente talvez nunca beijem uma garota ou se tornem pilotos de carros ou descubram que lobisomens – amistosos ou não – não existem. Talvez percam tudo que a vida tem a oferecer, porque, por algum motivo cruel, crianças não são imortais.

– Você está apertando os lábios, como a mamãe faz – diz Eric, prendendo duas peças do LEGO. – Ela sempre faz isso quando falamos de morte.

Não estou surpresa. Deus, eu imagino o que essa pobre mulher deva enfrentar vendo não só um, mas seus dois garotinhos injetados com químicos, sem saber se será suficiente, imaginando o que as próximas semanas ou meses trarão!

Um bolo se forma em minha garganta só de imaginar. Mas não posso pensar nisso, eu lembro a mim mesma. Estou aqui para fazer com que eles *não* pensem nisso.

– Que tal se a gente criar uma regra? – começo a dizer, devagarzinho. – Nada de falar de morte durante nossas brincadeiras. Vamos falar só do que vocês irão fazer quando o tratamento acabar e vocês forem para casa, tudo bem?

Eric franze o rosto.

– Mas, e se...

– Nada disso! – Sacudo a cabeça. – Não tem nada de "e se". Entenderam? Que tal não planejarmos pensando na morte? Vamos planejar pensando na vida. Combinado?

Eles se entreolham.

– Posso planejar não beijar uma garota? – Eric pergunta.

A nuvem pesada na sala subitamente evapora e eu caio na gargalhada, quase à beira das lágrimas, por muitos motivos.

– Você pode planejar o que quiser, contanto que tenha a ver com você ficar velho e enrugado. Aperte aqui.

Os olhos deles brilham ao estenderem as mãozinhas e apertarem a minha, como se estivéssemos fazendo um pacto secreto. Um pacto de que eu preciso tanto quanto eles.

Ajudo os gêmeos a montarem um navio de guerra, um avião cargueiro e uma câmara de tortura – ideia de Eric – com o LEGO. Eles conversam, ocasionalmente discordam, como eu esperaria de gêmeos. É tão normal que eu quase esqueço que esses dois meninos estão num hospital, com câncer. Quase. Mas essa inquietação permanece em meu peito e não tem risada que faça sumir.

Fico surpresa quando noto que quatro horas se passaram tão rápido e a enfermeira Gale coloca a cabeça pela porta, para avisar aos meninos que está na hora de arrumar as coisas e voltar para o quarto.

– Você vai voltar? – pergunta Eric com os olhos arregalados, na expectativa.

– Bem, eu estava pensando em voltar no próximo sábado, se estiver tudo bem pra vocês.

Ele dá uma sacudida indiferente nos ombros, mas depois de um instante eu vejo o olhar de rabo de olho e o sorriso largo.

– Então, está certo. – Eu me levanto, remexendo no cabelo dele. – Vejo você no próximo fim de semana, Eric. – Virando para Derek, que mostra um sorriso acanhado, agora noto a vermelhidão ao redor de seus olhos e sua postura curvada. Quatro horas aqui dentro o deixaram cansado. – Vejo você no próximo fim de semana, certo, Derek?

– Sim, senhorita Livie.

Com um pequeno aceno para Diane, lentamente saio para o corredor, onde há uma mulher de cabelo louro-escuro, preso num rabo de cavalo desgrenhado.

– Olá – diz ela. – Sou Connie, mãe deles. – Seus olhos, com olheiras pela falta de sono, se desviam para os meninos, que estão discutindo sobre onde colocar uma peça específica da caixa de LEGO. – Eu estava vendo você com eles. Eu... – Ela limpa a garganta. – Acho que não os vejo sorrir tanto há semanas. Obrigada.

– Sou Livie. – Estendo a mão. A dela é áspera e forte. Noto que ela está com um uniforme de garçonete, então desconfio de que tenha acabado de sair do trabalho. Imagino que esteja trabalhando muito ultimamente para dar conta de tantas contas médicas. Talvez por isso pareça tão exausta e só consiga dar um sorriso triste. Pensar nisso me dá um nó no peito e eu afasto a ideia. – Seus homenzinhos são adoráveis.

Vejo os famosos lábios apertados quando ela os olha novamente através do vidro, parecendo perdida em pensamentos.

– Ainda são bebês para mim – ela sussurra, e a vejo piscar com os olhos lacrimejantes. – Você me dá licença?

Observo-a entrar na sala, substituindo o rosto franzido por um sorriso radiante, cheio de esperança e felicidade.

– Então? – ouço a enfermeira Gale perguntar atrás de mim. – Como foi o seu primeiro dia?

– Ótimo – murmuro distraída vendo os meninos, enquanto cada um agarra um dos braços estendidos da mãe. Ela é uma mulher pequena, mas consegue pegar os dois ao mesmo tempo, abraçando apertado. Mesmo quando Eric começa a se desenroscar, ela não solta, segurando mais um pouco, de olhos fechados. Aperta os dois como se jamais quisesse soltá-los. Não consigo evitar pensar se cada abraço dá a sensação de ser um dos últimos que ela terá.

E se for? E se eu aparecer em um fim de semana e descobrir que eles... partiram? Não que eu tenha vindo sem saber de nada, sem esperar isso. Mas agora há rostinhos e vozes ligados a essa possibilidade. Acho que vou chorar. Terei de aceitar. E seguir em frente. Mas se eu fizer isso, se me tornar médica, quantas vezes mais terei de ficar junto a uma janela vendo os pais agarrados aos seus filhos? Quantas vezes mais eu criarei regras que não darão certo? Será que algum dia serei imune a essa sensação horrível?

Ali, em pé, com tudo isso revolvendo em minha mente, meus olhos subitamente se arregalam de espanto. Percebo que essa é a primeira vez, em nove anos, que eu considero ser médica pensando em "se" *versus* "quando".

Capítulo sete

* * *

MUNDO PEQUENO

– Como está Princeton?
– Ligeiramente opressor – admito com um suspiro. – Eu me perdi tentando encontrar minhas turmas na quinta e na sexta. Acabei entrando na hora em que os professores já estavam se apresentando. Quase tive um ataque epilético.
Nunca me atraso para as aulas. Eu sabia que esse campus era enorme, mas não tinha percebido o quanto era gigantesco. Já mapeei as rotas para o restante das minhas aulas, para evitar potenciais derrames futuros.
– Credo. Mas hoje foi seu encontro de voluntária. Como foi? – As últimas palavras de Kacey são engolidas pelos gritinhos de Mia e o que parece ser o riso de doido do nosso amigo Ben ao fundo.
– Foi bom. São dois meninos...
– Espere aí, Livie. – Eu ouço um barulho abafado, como se ela estivesse cobrindo o fone com a mão. – Pessoal! Estou falando com a Livie. Será que dá para... dar o fora! – Um segundo

depois, ouço gritos de "Oi, Livie" invadindo a linha, quando eles passam correndo, fazendo meu coração inflar e imediatamente murchar. Descobrindo o fone, Kacey volta a falar: – Desculpe, Livie. Você sabe como é a noite de sábado.

Dou um sorriso saudoso. Sim, eu sei exatamente como são as noites de sábado. A mesa de jantar para oito pessoas na cozinha espaçosa nunca é suficiente para todos. Somos sempre nós, mais Trent e, geralmente, alguns amigos do Penny's. De vez em quando, Tanner, nosso senhorio, também vem. Nesse momento, Storm provavelmente está tirando a mesa e Dan está lavando a louça – se ele não estiver fora, prendendo os criminosos de Miami. São uns desajustados; no entanto, são a minha família. É meu lar.

Suspiro ao olhar em volta, vendo meu quartinho no alojamento. É limpo e legal, mas eu me pergunto quando vai passar a sensação de novidade, quando vou sentir que meu lugar é aqui.

– Então, como foi no hospital? Você conheceu dois meninos? – Ao fundo, ouço as portas do armário batendo, o que me diz que Kacey está arrumando as coisas enquanto fala comigo. Ela é um furacão quando entra na cozinha.

– Isso. Gêmeos. Eric e Derek.

– Sério? – Dá quase para ouvir minha irmã revirando os olhos.

Suspiro.

– Eu sei. Eles são tão lindinhos.

– E eles... – Ela não diz as palavras. Nem precisa, pois sinto o aperto na barriga do mesmo jeito.

Engulo em seco.

– O prognóstico é bom. – Não sei disso, mas falo mesmo assim, porque faz a gente se sentir melhor. O longo trajeto de volta para casa me deu a chance de relaxar e avaliar. Reconheci que o primeiro dia em um hospital infantil, com crianças doentes, talvez morrendo, provavelmente me abalaria um pouco. Claro que vou melhorar. Provavelmente também vou ter uma crise na primeira vez em que me deparar com um cadáver na faculdade de medicina. Todo mundo tem. Isso é normal. Não significa que não devo estar ali, ou não posso encarar. Na hora em que cheguei de volta ao alojamento à noite, a nuvem que pairava sobre mim tinha sumido. Porém, minha irritação com Dr. Stayner havia se multiplicado por dez.

– Bem, que bom – suspira Kacey. Ouço o rangido da porta do forno sendo aberta e sorrio, sabendo o que vem em seguida. Claro, uma palmada ruidosa seguida por um gritinho. Fico rindo quando Kacey grita "Droga, Trent!", porque eu sei que a pegou abaixada e distraída, e ele simplesmente não consegue deixar de dar um peteleco em sua bunda quando tem uma chance. Alguns segundos depois, o barulho de um beijo ruidoso perto do fone e o riso de Kacey.

– Oi, Livie – diz uma voz grave masculina.

– Oi, Trent – digo, rindo dos dois e de como são totalmente apaixonados ainda, mesmo depois de três anos. É confortante saber que duas pessoas com um passado tão desastroso possam se dar bem juntas. Já ouvir isso no meio da noite não é tão confortante. Dan já precisou bater na porta mais de uma vez para fazê-los ficar quietos. Eu geralmente não consigo olhar para Trent no dia seguinte, o que diverte Kacey imensamente.

– Como estão indo as aulas?

– Bem. Só começaram na quinta, mas estão boas até agora.

– Humm... – Uma pausa curta. – E você ficou com outros caras?

Eu solto o ar com força ao ouvir o empurra-empurra do outro lado, seguido por um tapa e Trent se afastando, rindo.

– Desculpe – Kacey murmura.

– Como você pôde contar isso a ele? – Trent se tornou um irmão mais velho para mim. Um irmão homem-criança gigante que adora me provocar, quase tanto quanto minha irmã. É cem vezes mais constrangedor, quando é ele que faz. – Ele vai me perturbar para sempre! Agora, ele vai dizer ao Dan e eles vão me infernizar!

– Relaxa, Livie! – A voz da Kacey me interrompe. – Ele não vai dizer mais nada. Eu tive que explicar por que eu tinha fotos da bunda de um cara no meu telefone, para ele não achar que eu o traí.

– Ah – digo, mordendo o lábio.

– Mas não se preocupe. Eu vou dar uma boa surra nele, por você, esta noite. – Ela diz a última parte bem alto para Trent ouvir. Ele provavelmente está sorrindo para ela agora.

– Ótimo – murmuro, revirando os olhos. Minha irmã é o oposto de sexualmente reprimida.

– Então... você esbarrou com aquele cara? Qual era o nome dele?

– Ashton. Sim – admito, relutante.

– E... como foi?

Eu suspiro.

– Como um fósforo aceso perto de uma piscina de gasolina.

– Nossa.

Eu conto a conversa. De repente, ouço um barulhão, conforme ela joga alguma coisa na pia.

– Que nojento! Da próxima vez que eu pegar um voo até aí, vou arrancar o saco dele, como prometi.

– Não vai, não. Está tudo bem. Já superei. Reagan e eu vamos sair com alguns amigos hoje à noite. Estou só esperando que ela volte do banheiro e nós vamos.

– Ah, que bom. Eu sabia que tinha gostado daquela garota. – Ouço a porta de correr da varanda abrindo e uma brisa repentina no fone, seguida por um pequeno gemido da Kacey. Dá para notar que ela está se acomodando numa das espreguiçadeiras na varanda dos fundos. – Bem, eu espero que você se divirta. Talvez fique longe daqueles drinques de gelatina, já que eu não estou aí para controlar a fera reprimida quando ela se revela.

– Engraçadinha. – Mordo o lábio, hesitante. Será que falo de uma vez o que Dr. Stayner me disse? Não sei como ela vai encarar. Provavelmente, não muito bem. Não quero que ela se preocupe comigo, pois não há nada com o que se preocupar. Dr. Stayner está errado.

Antes que eu tenha uma chance de decidir, ela começa novamente, do jeito tipicamente Kacey.

– Mas se você tiver outro ataque selvagem, faça o cara terminar o serviço.

– Credo, Kacey. Você parece um homem – ouço Trent dizer ao fundo.

– O quê?! Só estou garantindo que minha irmã virginal pense nessas coisas quando ela soltar a fera outra vez.

– Que fera? Livie tem uma fera? – ouço uma segunda voz masculina dizer. Ben, o bom amigo de Kacey, que era segurança de bar e virou advogado. – Ora, essa. Preciso conhecer. Adoro feras.

Pronto. Mesmo a mil milhas de distância, minha irmã consegue me fazer querer morrer. Dou um gemido, mergulhando o rosto na mão.

– Por que esperei ir para faculdade para beber, Kacey? Eu devia ter acabado com isso anos atrás. Por que você me deixou esperar?

– Ei, eu tentei. Lembra? Se batizar seu chá gelado não é amor fraternal, então, desisto.

A porta abre e Reagan entra, jogando as coisas dela em cima da cômoda. Ela logo dá um tapinha no relógio, depois gesticula para dizer que estará no corredor.

Eu assinto erguendo um dedo, indicando um minuto.

– Kace. Preciso ir. Dê um oi para todo mundo. E diga a eles que sinto saudade.

– Farei isso, Livie. Nós sentimos muito a sua falta. Não é a mesma coisa sem você.

Novamente, tenho aquela sensação insistente de que deveria contar a ela o que Dr. Stayner me disse, mas não sei como. Eu sei que ele não está certo, mas... e se estiver? Eu sei que ela vai acreditar nele. Talvez seja por isso que eu não quero contar. O que ela vai dizer? O que ela vai me dizer para fazer? Provavelmente, a mesma coisa que sempre diz: vá viver e se permita cometer enganos.

– Ei, Kace?

Ela deve estar sentindo o tom sério na minha voz, porque seu ar brincalhão sumiu.

– Sim, Livie?

– Como você descobre o jeito certo de viver sua vida?

Há uma longa pausa. Tão longa que eu olho o visor do celular, para ver se a ligação não caiu.

– Tentativa e erro, Livie. Esse é o único jeito que eu conheço.

* * *

– Parece bem tranquilo – digo, seguindo Reagan pela entrada de carros até a varanda da frente, que dá numa casa moderna de dois andares, cercada de carvalhos imensos. Há uma semana, eu estava caminhando por essas mesmas pedras e sentindo esse mesmo frio na barriga. Só que dessa vez é diferente, porque conheço alguém lá dentro.

Connor. E, dessa vez, é uma sensação estranha de nervoso e empolgação que revolve na minha barriga.

— Está cedo — é tudo que Reagan diz, dando uma corridinha para subir os degraus, como se já tivesse vindo aqui mil vezes. Ela estende a mão para abrir a porta da frente.

— Reagan! Não é melhor a gente bater...

— Gidget! — ouço uma voz masculina berrar. Olhando por cima da cabeça de Reagan, vejo um cara desfilar pelo corredor comprido em nossa direção, descalço no chão de madeira.

— Quem é esse? — pergunto baixinho. Eu me lembro de ela ter dito que conhecia muitas pessoas que iriam à festa, mas Reagan também conhece os caras que moram aqui? Será que conhece Connor? Eu mencionei o Connor mais cedo, mas ela não disse nada, só "Estou dentro!".

— Como você pôde se esquecer do Grant? — Reagan anuncia bem alto, dando um de seus sorrisos gigantes. Sutileza não parece ser um dom natural dela.

Ele se aproxima mais devagar, com uma expressão chateada.

— Você não se lembra de mim? — pergunta ele, levando as mãos ao peito, como se estivesse magoado.

— Eu... é... — gaguejo, lançando um olhar para Reagan, com o rosto corando. Os dois caem na gargalhada.

Com um sorriso de garoto, ele estende a mão.

— Oi, eu sou Grant. Que bom que as moças conseguiram vir.

Dou um sorriso tímido e aperto a mão dele.

— Livie.

— Para mim, você sempre será a Irish — diz ele, dando uma piscadinha, virando e seguindo de volta pelo corredor que leva até a parte de trás da casa imensa.

Ele me chamou de Irish.

— Por que ele me chamou de Irish?

Eu não me lembro dele.
Por que não me lembro dele?
Aimeudeus. Ele me viu daquele jeito. Deve conhecer Ashton. Será que ele sabe o que eu fiz com Ashton? Será que vai dizer ao Connor que viro uma maluca quando bebo? Será que já disse isso ao Connor? E se Connor não quiser saber de mim agora?
Que desastre.
Reagan me pega pelo braço e o aperta.
– Livie, você não está piscando, estou ficando assustada.
– Desculpe – murmuro. *Não é nada*, digo a mim mesma.
Seguimos atrás de Grant até os fundos, passando por uma sala espaçosa e vazia, à direita.
– Reagan tem meu amor eterno, mas eu estou disposto a namorar enquanto ela continuar com suas aventuras de juventude – Grant diz por cima do ombro.
– Então, acho que você vai ficar namorando até ficar velho e grisalho – alerto, dando uma olhada de esguelha para ela.
Ele para de andar e vira-se de volta, abrindo um sorrisão para Reagan.
– Ela vale a pena. As moças gostariam de algo para beber?
Antes que eu possa pedir uma água ou uma Coca, Reagan já está fazendo nosso pedido, erguendo dois dedos.
– O de sempre, Grant. Obrigada.
Tenho a sensação de que *o de sempre* vem de uma coleção de garrafas de bebidas na bancada da cozinha, que vejo adiante. E Grant obviamente conhece bem Reagan, se sabe o que é "o de sempre".
– O que você quiser, Gidget – diz ele com outro sorrisão ao se virar.
Eu a seguro pelo braço, para que ela não vá atrás dele.
– Você sabia que Grant mora aqui, Reagan?
Ela franze as sobrancelhas.

– Ah, sim. Claro.
Sinto minha sobrancelha arquear e sei que provavelmente subiu até o meio da minha testa.

– Então, você sabe que ele mora com Connor...

– Sim... – diz ela, vagamente, soltando-se da minha mão e apressando-se em direção à cozinha.

Por que ela está sendo tão evasiva?

– Ei, Livie! – ouço alguém dizer. Viro-me e vejo Connor descendo a escada com o rosto radiante. Suspiro aliviada. Certo, então ele não parece arrependido do convite...

Um segundo depois, ele passa os braços à minha volta, me envolvendo carinhosamente, como se fôssemos velhos amigos, não duas pessoas que acabaram de se conhecer.

– Que bom te ver de novo – murmura ele em meu ouvido, fazendo-me ficar arrepiada.

– Você também. – Dou uma risadinha e retribuo o abraço com espontaneidade.

Com a mão delicadamente em minhas costas, ele me leva até uma cozinha tipo galeria, cheia de madeira escura e aço inox. Não vi nada disso na noite da festa, já que entramos direto até o porão, pelos fundos da casa. Estou muito surpresa em ver que um grupo de universitários vive assim. A parede dos fundos é toda envidraçada, com vista para um quintal dos fundos, todo arborizado.

– Você conheceu o Tavish? – pergunta Connor, gesticulando para um cara troncudo, mais ou menos da minha altura, de cabelo tingido de vermelho, debruçado na bancada, cheirando um pedaço de pizza.

– Pode me chamar de Ty. – Ele limpa a mão no jeans, depois a estende para mim.

– Cara! Isso é Estados Unidos. Não somos bárbaros aqui. Lave a mão antes de cumprimentar as damas – Grant murmura ao me entregar um drinque, subindo e descendo as sobrancelhas. Ele tem um sorriso muito agradável e amistoso.

– *Bile yer heid!* – Ty ruge para Grant, com um sotaque escocês pesado, que imagino ser falso, já que ele não falava assim momentos atrás. Não faço ideia do que ele disse, mas a bronca de Grant deve ter funcionado, porque o Ty vai até a pia lavar a gordura da pizza.

– Se algum dia você precisar de um homenzinho de saiote escocês, Ty é o cara – diz Connor, com um sorriso de esguelha.

– Saiote escocês? – repito numa voz aguda ao lembrar a foto no telefone da minha irmã.

– Ty adora tradições. Não é, Ty? – Reagan diz atrás de mim, rindo. Ela também viu as fotos, então sabe exatamente do que estou me lembrando.

Ele responde com um arroto ruidoso e um sorriso.

– Cara, Ty, dá um tempo – diz Connor, rindo, sacudindo a cabeça. Ele vira-se para mim. – Ele é um cara que faz tudo aos poucos. Mas vira um cara sem dosagem quando anda por aí vestindo aquele troço. Você não vai querer ver. Não é bonito, acredite.

Reagan uiva de rir, enquanto minhas bochechas ardem de tão vermelhas e o Connor continua tagarelando, sem ter a menor ideia. Ele arqueia uma sobrancelha para ela.

– O que é tão engraçado, Reagan?

– Ah, nada... – Um sorriso endiabrado surge no rosto dela, depois desaparece. – Que bom vê-lo, Connor.

Ele se aproxima e lhe dá um abraço.

– Também é legal te ver, Reagan. Embora eu não saiba se Princeton está pronta para lidar com você...

Ela responde só com uma piscadinha.
– Então, como é exatamente que todos vocês se conhecem? – pergunto e cruzo os braços. Lanço um olhar direto para minha sorrateira companheirinha de quarto. Ela rapidamente se abaixa atrás de Grant, evitando me olhar.
– O pai da Reagan é o treinador da equipe de remo. Ela não lhe disse isso?
– Ela pulou alguns detalhes. – Eu sei que o pai de Reagan é o treinador da equipe de remo, mas ela sequer disse que conhecia Connor, muito menos que ele era da equipe. Novamente, olho por cima do meu ombro. Reagan está recostada em Grant, quase se escondendo, me olhando com uma expressão aflita.
– Também somos todos membros do Tiger Inn. Um clube de gastronomia em Princeton. Já ouviu falar nisso, certo?
– É um tipo de fraternidade, não?
Connor dá de ombros.
– É bem mais tranquilo que uma fraternidade, mas também fazemos disputas.
Eu rapidamente reviso meu limitado conhecimento da cena social de Princeton para não parecer uma idiota.
– Disputa... é para entrar como membro, não?
– Isso mesmo. Você só pode tentar quando estiver no terceiro ano, mas é bom ir conhecendo as casas, pois há várias. – Connor me pega pela mão e me leva a outra sala.
– Então, você é da equipe de remo?
– Sim, nós quatro somos. Venha. – Connor me leva adiante. – Venha conhecer o Ash.
Meu cérebro só tem tempo de assimilar, enquanto sinto um nó no estômago e minhas pernas bambeiam ao entrarmos na sala de TV. Tenho certeza de que meu rosto mostra uma mistura de choque, constrangimento e pavor. Ali, esparramado numa poltrona imensa, com uma cerveja numa das mãos e o controle

remoto na outra, está uma silhueta alta e esguia com olhos castanhos e cabelo despenteado que eu jurei tirar da minha vida.

Ashton "O arrependido" Henley.

– Esse é o Ashton, nosso capitão, embora eu não faça ideia de como ele tenha conseguido isso – diz Connor num tom brincalhão, aparentemente alheio ao fato de que eu sei exatamente quem é o Ashton e estou prestes a desmoronar.

Não consigo falar ao olhar para aquele rosto, vendo seus olhos desviarem de mim para Connor e a mão de Connor segurando a minha, enquanto ele dá um longo gole na cerveja.

– Irish – ele finalmente diz, num tom seco. Percebo que ele contrai o maxilar. Isso deve ser tão confortável para ele quanto é para mim. Sua noite de arrependimento. A garota que ele quer se esquecer de ter existido está ali em sua casa.

– Espere aí... – A mão de Connor desliza e solta a minha. *Ai... lá vem...* Um dedo aponta para mim, enquanto a cabeça de Connor se inclina para o lado. Ele observa o amigo de olhos arregalados. – *Essa* é a garota que o desafiou a fazer a tatuagem?

Fecho os olhos e respiro várias vezes, silenciosamente dando adeus a qualquer chance que eu talvez tivesse com Connor. Quando os abro novamente, os dois estão me encarando.

– Ah, mas essa é boa! – Connor passa o braço em volta dos meus ombros e me aperta junto a ele. – Você é famosa por aqui!

Sinto meu rosto empalidecer.

– Famosa? – consigo perguntar. Por quê? Pela dança de robô, a beberrona virginal? Eu me viro e vejo que Grant e Reagan chegaram sorrateiramente e estão atrás de nós. Lanço um olhar fulminante para Reagan, pela cilada que ela me armou. Ela toma um gole de seu drinque e se abaixa atrás de Grant.

Eu me viro de volta para o cara que quero impressionar e o cara que quero esquecer, e silenciosamente me pergunto o que poderia acontecer para piorar o dia.

– Ashton. Gato, temos que ir andando ou não vou chegar ao aeroporto a tempo.

Eu ouço a voz antes de ver a loura que aparece de outra porta, a bolsa e um casaco pendurados no braço. Debruçando sobre a poltrona dele, ela lhe dá um beijo demorado nos lábios. Connor recosta em mim, totalmente alheio.

– Essa é Dana, namorada do Ashton.

Capítulo oito

***

GALINHA

Neste momento, eu já havia desistido de falar. Sei que qualquer coisa que sair da minha boca será besteira, porque é isso o que acontece quando fico nervosa, chocada ou aborrecida. Uma tempestade se forma dentro de mim vendo Ashton e a namorada se beijando.

Dana afasta-se de Ashton ao ouvir seu nome.

– Oi, Reagan! Oi...

– Essa é Livie – diz Connor.

Ela dá um sorriso afetuoso.

– Oi, Livie. Prazer em conhecer você.

Tento retribuir o sorriso. Acho que consegui. Não tenho certeza; talvez tenha saído como a careta de um animal raivoso. Estou ocupada demais tentando calar os gritos dentro da minha cabeça.

Esse babaca *traiu* você. Comigo!

Desvio os olhos para o rosto dele e vejo que ele está me encarando com uma expressão estranha. Não é sua arrogância habitual. Não é culpa, o que *deveria* ser. Não sei exatamente o que é. Desespero. Ele está suplicando que eu não diga nada. Não quer que sua namorada descubra. Agora, tudo faz sentido. Por isso ele quer manter em segredo o que aconteceu com a gente. Mas então... por que eu seria *famosa*?

Dou uma olhada para Connor e vejo que ele está rindo para mim. É um sorriso terno, não o sorriso de um cara que sabe que eu fiquei com seu colega e agora estou sendo apresentada à namorada dele, que nem desconfia. Ou ele não acha nada de errado no que aconteceu – o que o torna um babaca completo, diferente do cara legal que achei que ele fosse – ou ele não sabe.

Não entendo, mas estão todos me olhando, esperando que eu responda a Dana.

– Oi, Dana. Prazer em conhecer você, também – digo e engulo em seco, esforçando-me para ser agradável. Devo ter soado convincente, porque ela sorri e assente, antes de puxar o braço de Ashton.

– Sério, Ash. Levante essa bunda linda para irmos, senão vou chegar atrasada.

Ele obedece, levantando-se da poltrona, e a olha de cima. Os cachos se espalham nas costas, conforme ela inclina a cabeça para trás para olhá-lo. Pelo jeito que seus olhos brilham – como os de Kacey quando Trent está perto – dá para ver que Dana é totalmente apaixonada por ele.

Eu queria estar em qualquer lugar, menos nesta sala, com esta garota meiga, que nem sequer desconfia, e o cafajeste do seu namorado.

– Connor, onde é o banheiro? – pergunto, tentando manter a voz equilibrada.

Ele faz um sinal com a cabeça em direção à esquerda.

– Tem um ali, virando o corredor, primeira à direita.

— Ah, eu esperaria uma hora para entrar naquele ali – Grant alerta atrás de nós. – Ty usou. Não está adequado para damas. Nem para a maioria dos humanos.

— É aquele maldito *chili* que sua mãe fez! – Ty berra da cozinha.

— Terceira porta à direita, lá em cima. Quer que eu te mostre? – Connor diz, balançando a cabeça.

— Não, eu encontro, obrigada. – Eu afago o braço dele e viro para sumir dali.

—Foi um prazer conhecer você, Livie – Dana fala.

— Você também – respondo, sorrindo e seguindo escada acima. Espero não ter sido indelicada demais, mas não posso evitar. Ela é superlegal e me dá vontade de gritar.

— Eu te encontro lá fora, no meu carro, em cinco minutos. Preciso trocar de roupa e pegar minha carteira – ouço Ashton dizer atrás de mim.

Ele está me seguindo.

O sangue esquenta minhas orelhas. Eu acelero, subindo dois degraus de cada vez, decidida a ficar atrás de uma porta trancada, antes de ter que encará-lo. E eu teria conseguido, se não tivesse batido o dedão na beirada do último degrau, e caído no piso de madeira, de barriga no chão.

Meu rosto está queimando, enquanto me apoio nas mãos e joelhos, ainda decidida a me esconder. Ouço uma risadinha, enquanto duas mãos me pegam pela cintura e me colocam de pé, sem esforço.

— Nossa, Irish – murmura Ashton. Meus pelos arrepiam ao sentir sua mão na base das minhas costas.

— Pode deixar, já estou bem – digo zangada, afastando-me dele e apressando-me em direção ao banheiro.

Ele vem atrás, apertando o passo.

— Duvido — ele diz, mas não ri. Quando chego à terceira porta à direita, Ashton me agarra pelos quadris e praticamente me enfia no ambiente espaçoso. Eu giro para fechar a porta, mas é tarde demais. Ele já conseguiu entrar e fechá-la. E a tranca.

— O que você... — começo a dizer, com raiva, mas a mão dele cobre a minha boca.

— Cale a boca. — Ele me empurra para trás até a beirada de uma bancada de granito, me impedindo de falar. Logo penso em mordê-lo, mas me contenho. Eu provavelmente arrancaria sangue de tanta raiva. Livie, a mordedora. Só Deus sabe o que isso ia render, com as histórias que já devem estar circulando a meu respeito.

Ele está me olhando com aqueles olhos castanhos intensos e pensativos. Meu olfato capta um leve aroma de sua colônia de almíscar. Instantaneamente reacende as lembranças de sábado passado. Lembranças que simplesmente não me deixam em paz.

Desvio os olhos dele, com o coração disparado, e sinto uma gota de suor escorrer pelas minhas costas. Só quero me afastar e não consigo. Ele me encurralou. A situação toda é desconcertante e eu tenho que lutar para que meus joelhos não dobrem. Ou talvez seja apenas Ashton me sufocando. Tudo nele. Eu engulo, repetidamente.

— Se eu tirar a mão, você vai ficar quieta e me deixar explicar uma coisa? — pergunta ele, com um olhar de alerta.

Estou franzindo as sobrancelhas. O que há para explicar? Que ele ficou bêbado e traiu a namorada? Mas, a essa altura, eu só quero me afastar dele, então balanço a cabeça concordando.

— Como você pôde... — No segundo em que ele tira a mão, minha raiva volta. Minhas palavras são interrompidas quando Ashton me pega pela cintura e me vira de frente para o espelho. Estou prestes a virar para me soltar, mas olho nosso reflexo e vejo seu olhar me prendendo, junto com sua força. O ar me falta.

– Como você conhece o Connor? – A voz dele está estranhamente calma. Fico tensa quando ele afasta meu cabelo comprido para o lado e seus dedos passam em meu pescoço.

– Eu o conheci outro dia – respondo involuntariamente, distraída. – Ele não disse? – *O que ele está fazendo?*

– Não. – Seu dedo indicador delicadamente puxa a parte de trás da minha blusa, até deixar minha tatuagem à mostra.

– Mundo pequeno – sussurra ele, enquanto o dedo traceja a escrita. Ele inala lentamente, arrepiando minhas costas e pernas, deixando meu corpo inteiro tenso.

– Infelizmente – digo, enquanto projeto meu queixo para a frente.

O dedo para e um olhar fulminante me encara no espelho. Quando ele olha de volta para a tatuagem, vejo aquele sorrisinho malicioso. Ele desliza o dedo de um lado para o outro nas letras, me deixando sem ar e com o rosto vermelho.

– Agora você entende por que sábado à noite precisa ficar entre nós?

– Nunca devia ter acontecido – digo com a voz falhando, enquanto seu braço musculoso se estende até um frasco de creme na bancada, que ele aperta e espreme um pouquinho nos dedos. Com as sobrancelhas franzidas, observo enquanto ele começa a espalhar bem devagarzinho o creme sobre a pele recém-tatuada. Fecho os olhos e engulo, tirando um instante para aproveitar o creme fresco e suavizante. Essa droga de tatuagem está me enlouquecendo a semana inteira. Tenho me empenhado para ser cuidadosa, mas preciso admitir que minha mão não provoca essa sensação boa.

Detesto admitir isso.

— É gostoso, não é? — pergunta ele num tom rouco que faz meu corpo inteiro esquentar.

— Sim — ouço minha voz dizer. *Espere...* meus olhos abrem num estalo e vejo os dele fixos em mim. *Droga, como é que ele faz isso?!* — Não! — protesto, soltando-me dele e virando-me. Sigo em direção à porta, mas as mãos gigantes de Ashton seguram minha cintura e bruscamente me erguem, sentando-me na bancada de frente para ele.

— Porra, Irish, deixe de ser tão teimosa e ouça — reclama ele, segurando-me firme. Mas é seu tom que me faz recuar. — Connor é meu melhor amigo. Nós nos conhecemos há quatro anos. Eu o conheço bem. — Ele para e seus olhos percorrem meu rosto. — Sei que ele parece bem tranquilo, mas... posso lhe dizer que o Connor não gostaria de saber que ficamos juntos. Mesmo que só por uma noite. Mesmo que não tenhamos transado. — Eu expiro com a aspereza, mas ele continua, sem se desculpar. — Então, se você quiser alguma coisa com ele, é melhor ficar quieta.

— Não entendo, achei que ele soubesse... — digo, franzindo o rosto.

— Não, ele não sabe — Ashton confirma, balançando a cabeça.

— Nada?

As mãos de Ashton lentamente deslizam da minha cintura para meus quadris, descendo pelas laterais das minhas pernas, dando um apertãozinho de leve, e param nos meus joelhos, enquanto ele se afasta.

— Nada.

Um calor estranho surge no meio das minhas coxas com seu toque, mas eu cerro os dentes, mais focada em respostas.

— Bem, então, por que eu sou *a famosa* Irish?

— Ah. — Ele abaixa a cabeça e ri. Quando me olha, está com um sorriso misterioso. — Porque nunca aceitei um desafio. —

Vendo minha expressão confusa, ele acrescenta: – A tatuagem. Na minha bunda.

Sinto meu rosto corar, mas minha atenção logo passa à curiosidade.

– Então, por que você fez?

– Tive meus motivos. – Sua voz é suave quando ele volta a falar. A forma como ele me olha, com um ar de mistério, instantaneamente me deixa de boca seca. – E agora eu estou lhe pedindo, de novo, para não dizer nada. Pela Dana. Ela não precisa ficar magoada.

Pelo jeito como ele diz o nome dela dá para sentir um grande respeito. Ele gosta dela. Talvez ele estivesse bêbado como eu.

– Mas você não deveria contar para ela? Quer dizer, é... – Minha voz vai sumindo, à procura da palavra certa. Desprezível. Cruel. Errado.

– É complicado – ele diz, irritado. – E não é da sua conta. E, se você não quer ficar quieta pela Dana, faça isso pelo Connor. Se estiver pretendendo ficar com ele. – Ele destranca a porta e sai. Mas para bruscamente. – Mais uma coisa... – Ele me olha por cima do ombro e eu sinto um aperto na barriga. – Diga à Reagan que vou matá-la.

Em seguida, ele desce a escada.

– Não se eu a matar primeiro – murmuro para o rosto vermelho no espelho.

* * *

– Eu não podia te dizer! – Reagan choraminga suplicante, com aqueles olhos arregalados. – Você nunca teria vindo!

– Isso não é verdade – murmuro, sem ceder. Mas ela está certa. Eu não teria vindo. E não estaria sentada no deque dos fundos, esperando o meigo Connor trazer meu Jack Daniel's com Coca. Meu terceiro desta noite, graças aos meus nervos em frangalhos. – E quanto à Dana? – pergunto, zangada. – Você não achou que precisava me alertar sobre isso?

Ela se retrai.

– Eu não sabia como tocar no assunto, já que você estava quase doida por tudo o que aconteceu naquela noite. E se você realmente gostou do Ashton...

– Não gosto – disparo, rápido demais.

Vejo um lampejo de sorriso nos lábios dela, mas ela logo disfarça.

– Que bom, porque você não é o tipo de garota só para transar e ele não é cara para namorar. Obviamente.

– Entendo por que você não me contou no fim de semana passado – murmuro com um suspiro. – Minha cabeça provavelmente *teria* explodido mesmo. Mas você não achou que seria uma boa ideia me contar *antes* que eu entrasse nesta casa?

Ela teve a decência de parecer tímida ao colocar sua caneca vazia em cima da mesa de canto.

– Provavelmente... desculpe. Quando você me disse que conheceu o Connor e queria vir aqui, hoje, eu torci para que você não fosse mais se importar. Quando visse Ashton, eu quero dizer.

– E quando eu conhecesse a *namorada* dele? – Eu a encaro com um olhar fulminante.

– Ela deveria ter voltado às aulas em Seattle! – Reagan geme, mergulhando o rosto nas mãos. – Desculpe! Eu sou uma amiga terrível. Sou uma péssima colega de quarto. É que não me saio bem com situações difíceis.

– Nem eu. Principalmente essa em que me jogaram.

– Gidget! – A porta dos fundos se abre e Grant, sorridente, sai para entregar o drinque da Reagan. Vendo a expressão melancólica no rosto dela, ele rapidamente se vira e volta para dentro, sem dar uma palavra. Dá quase para ver a culpa junto com sua expressão de quem está sem graça.

— Então, Grant também sabia disso?

— Ele não vai dizer uma palavra. Sério. — Ela me olha suplicante. — Por favor, não me odeie, Livie.

Aponto o queixo para a frente e olho a escuridão da mata nos fundos, enquanto penso. Nada disso é culpa da Reagan. Eu que fiquei com Ashton. Eu que conheci o Connor e quis vir para cá. Eu que estou irritada com Ashton por trair a namorada. Eu que fico deixando as lembranças dos beijos e dos toques invadirem a minha mente. Preciso parar de pensar nessas coisas com Ashton e começar a me concentrar no louro irlandês deslumbrante que está disponível. Talvez eu possa criar novas lembranças e provar ao Dr. Stayner que ele está errado.

— Não odeio você, Reagan — digo com um suspiro. — Talvez eu ainda te mate quando você estiver dormindo, mas vou matar com carinho.

Ela exala ruidosamente.

— Mas me avise, está bem? Eu sempre quis comer o bicho da tequila antes de morrer. Devo fazer isso essa noite ou espero?

Dou uma meia fungada, rindo da piada que acaba com a tensão.

— Por que Grant te chama de "Gidget"?

— É por causa de uma personagem dos anos 1950 e 1960 — ela murmura, balançando a cabeça para o apelido bobo. — Sabe, *Gidget Grows Up* e *Gidget Gets Married*. Existem muitos livros e filmes sobre ela. Até um programa de televisão. Aparentemente, o autor arranjou o nome juntando as palavras *girl* (garota) com *midget* (anã). E, bem... — Ela gesticula para si mesma, com um sorrisinho no rosto. — Ainda bem que eu não tenho complexo de altura.

Dou uma risadinha de sua confiança. É animadora.

– Ainda preciso perguntar ao Ashton por que ele fica me chamando de Irish. Toda vez que eu o vejo, sinto que estou ocupada demais mordendo a minha língua para perguntar. Você acha que Grant sabe?

Reagan nega com a cabeça.

– Eu perguntei. Ele não sabe. Só Ashton que sabe.

Em alguns momentos de silêncio, Reagan dá goladas no drinque. Não sei como esse corpo tão pequenininho pode aguentar tanto álcool.

– Connor está a fim de você – ela diz de repente.

Fico vermelha, olho para trás, em direção à cozinha, e o vejo caminhando com Grant e um cara novo.

– Está?

Ela confirma com a cabeça.

– Ah, sim. Dá para ver. Ele não consegue tirar os olhos de você. Provavelmente está imaginando o que vai fazer com você mais tarde.

– Reagan! – Balanço a cabeça, enquanto ela sorri. Ela é tão terrível quanto a minha irmã.

Ela dá outro gole longo e barulhento, enquanto meus pensamentos involuntariamente voltam ao Ashton.

– Ela parece legal.

– Quem?

–A namorada do Ashton.

– Ah... – Reagan para, depois murmura: – É. Legal demais para ele. Eu me sinto culpada toda vez que a vejo. Se ele ao menos conseguisse manter o negócio dentro da calça...

Espere...

– Ele a trai muito?

Então, não foi só comigo?

Ela dá de ombros.

– Eu ouço coisas. Muitas coisas. Ele tem um apetite e tanto. Seu coração e seu cérebro são duas entidades separadas que não se misturam. Jamais. Coitada da doce Dana, que não tem a menor chance de satisfazê-lo.

– Tenho certeza de que ninguém tem – murmuro, silenciosamente elevando-o ao posto máximo de pegador.

* * *

Quando voltamos para dentro da casa, encontramos muita gente nova na cozinha e na sala anexa, no lado direito da casa, ao lado da sala de TV. Mais gente chega à porta da frente e entra.

– Tudo bem com vocês? – Connor aparece com meu drinque. – Desculpe, eu ia levar lá fora, mas o assunto parecia sério.

– Era, mas... – Dou uma olhada para Reagan, que está andando pela sala, acenando, dando cutucões e sorrisos. Grant vai junto, logo atrás, com os olhos colados nela e uma expressão de bobo. Sorrio para mim mesma, imaginando se Reagan tem alguma noção do quanto Grant é louco por ela.

– Mas o quê?

O som da entonação irlandesa de Connor me traz de volta para ele, aos seus belos olhos verdes, a seu sorriso tranquilo.

– Coisas de mulher – digo, brindando meu copo no dele.

O sorriso nunca deixa o rosto de Connor, nem quando eu o flagro olhando para os meus lábios por um segundo.

– Como foram suas primeiras aulas? – pergunta ele.

Abro a boca para responder, quando o som estronda. Nós dois viramos e vemos Ty todo pomposo, com sua saia escocesa, esfregando as mãos no peito estufado, observando a galera.

– Ele gosta de deixar as coisas de fora acidentalmente quando senta.

Arqueio uma sobrancelha.

— Acidentalmente?

— Não. Venha — admite Connor, negando com a cabeça. Ele pega minha mão e me leva de volta ao deque lá atrás, onde eu estava com Reagan, tremendo no ar frio da noite.

Connor deve ter notado meu arrepio involuntário, porque passa o braço em volta do meu ombro e me puxa para si, deixando-me junto ao seu peito largo.

— Melhor assim? — murmura ele, esfregando uma das mãos no meu braço. — Certo, *agora*, me diga como foram suas aulas.

Absorvo o calor de Connor por um momento, enquanto meu nariz inala o aroma de sua colônia — leve e limpa, com toques de alfazema. Silenciosamente sinto como é *confortável* estar assim.

Falo sobre as duas aulas de ciências que tive na quinta e sexta, e as aulas que terei semana que vem. Conto tudo sobre o trabalho voluntário no hospital e sobre os gêmeos, repetindo as perguntas que me fizeram.

— Derek e Eric são gêmeos?

Eu reviro os olhos e dou uma risadinha.

— Imagine só.

Ele dá um gole em sua cerveja, depois coloca o braço de volta, me puxando mais apertado.

— Então, por que você quer ser pediatra?

— É algo que eu já sabia desde pequena. Não consigo me imaginar fazendo nada além disso. — As palavras de Stayner dessa manhã mergulham nos meus pensamentos e eu logo as afasto.

— É muito nobre. E encantador — diz Connor. Inclinando um pouquinho minha cabeça, eu o sinto virar a cabeça e seus lábios roçam minha testa quando ele murmura: — E sexy.

Eu engulo em seco e baixo o rosto, sabendo que estou vermelha outra vez.

— E quanto a você? Advogado?

Sou levemente sacudida quando Connor dá de ombros.

— Sou de uma família tradicional de advogados. E Ashton também. É uma tradição de família. Seus pais são médicos?

Nego com a cabeça, sorrindo, saudosa.

— Meu pai era diretor de uma escola de ensino médio e professor de matemática. Minha mãe era professora de música.

Há uma longa pausa.

— Era?

Respirando fundo, eu me afasto de Connor, o suficiente para ver sua expressão séria.

— Sim... era. — Dou um gole no meu drinque. Então, conto tudo a ele sobre o acidente de carro, sobre Kacey quase ter morrido, sobre todas as pessoas que morreram naquela noite. Sobre Trent. Tudo.

Enquanto falo, sinto que ele passa o braço ao redor dos meus ombros e me aperta. Sinto seu outro braço me enlaçar, sua mão segurar meu rosto, o polegar afagar minha bochecha, me puxando ainda mais para perto, até que fecho os olhos e encosto a cabeça em seu peito, sentindo seu coração acelerado, aconchegada em seu calor. Protegida.

Ficamos assim durante uma música inteira, sem falar, só balançando devagarzinho, até que Ty sai berrando pela porta, visivelmente mais bêbado que vinte minutos atrás.

— Agora, eu me lembro de você! — ele ruge, estendendo a mão e remexendo os dedos. — Vamos. Eu quero ver aquela foto. Preciso ter certeza de que saí bonito.

— Ah, não... — digo gemendo, me encolhendo para trás.

Connor ri, sem desconfiar de nada, empurrando Ty de brincadeira. Ele pega minha mão e me leva de volta para dentro.

— Deixe-me lhe mostrar o restante da casa.

Connor me mantém perto, enquanto nós abrimos caminho pela casa e ele me apresenta às pessoas. Acho que me lembro de algumas. Rezo para que elas não se lembrem de mim. Ou para que eu não tenha dito que os amava. E, mais que tudo, espero que eles não se lembrem de mim com Ashton.

Depois que conheci o andar principal inteiro, Connor me leva até o andar de cima.

– Esse é o quarto de Grant – diz ele, assentindo à esquerda. – De frente para ele, fica o Ty. – Ao passarmos pelo banheiro, ele murmura: – Aqui você já viu.

Eu concordo, mordendo o lábio, enquanto olho como se o banheiro tivesse feito algo de errado. No fim do corredor há duas portas, uma de frente para a outra.

– Esse é o quarto do Ash – diz ele, acenando para a porta aberta à esquerda, que revela uma cama tamanho *king* com lençóis cinza-escuro. Eu logo imagino o corpo de Ashton deitado sobre os lençóis, como ele estava no meu quarto naquela manhã, e os músculos da minha barriga se contraem.

Abrindo a porta fechada à direita, Connor me leva para um quarto grande, com uma cama de casal e duas janelas gigantes.

– Esse é o meu quarto – explica ele, acendendo um pequeno abajur.

Estou no quarto do Connor. Será que ele me trouxe até aqui por um motivo? Meus olhos percorrem o lugar, parando na cama por um instante. Será que ele acha que vamos transar essa noite?

– Bela casa – digo, limpando a garganta. Eu me viro e vejo que a porta ficou ligeiramente aberta.

Connor está recostado na parede, me olhando atentamente.

– A casa é dos meus pais. Eles a compraram dois anos atrás para que eu pudesse sair do campus, no terceiro e no quarto ano. Quase todo mundo mora no campus por aqui, mas estava demais para mim. E os caras não perderam a chance de vir morar comigo. Eles não pagam quase nada pelo quarto, então valeu a pena para eles. – Fique tranquila, Livie – murmura ele ao dar um passo para frente, afastar um cacho do meu cabelo e prendê-lo atrás da orelha. – Eu não a trouxe aqui com qualquer expectativa. – Ele pega meu queixo. – Só uma esperança... – Ao se inclinar, Connor lentamente aproxima os lábios dos meus, como se esperasse uma resposta. Parece seguro, terno e bom.

Isso não significa que não esteja petrificada, com medo de fazer tudo errado, que Connor também vai se arrepender de ficar comigo. Quando ele se afasta, penso se minha noite de bebedeira foi o suficiente para me ensinar o básico. Mordendo o lábio inferior, eu ergo o olhar e vejo seus olhos num tom esverdeado ligeiramente mais escuro e mais brilhante que o habitual.

– Eu só... – Eu o observo franzindo o rosto. – Não tenho muita experiência.

– Está tudo bem – sussurra ele, dando um beijo suave em minha testa. – Para ser sincero, eu gosto muito por você ser diferente.

Será que ele sabe que *diferente* significa *virgem*?

– Vamos deixar tudo correr devagar e tranquilo – diz ele ao beijar minha sobrancelha e erguer as mãos até meu rosto. *Devagar e tranquilo.* O que isso significa?

– Está bem. – Uso minha bebida como distração, levando o copo aos lábios e dando um gole bem grande, grata porque o sr. Jack Daniel's está me ajudando a ficar calma.

– Então, ouvi dizer que você fez uma tatuagem no fim de semana passado. É isso?

A mudança rápida de assunto é bem-vinda. Ainda dou um gemido e reviro os olhos, claro.

– Parece que sim. Você tem alguma?

As mãos de Connor deixam meu rosto e vão ao alto de sua cabeça.

– Não, detesto agulhas. O Ash está sempre tentando me convencer a ir com ele, mas eu me recuso.

– Vá beber com a minha irmã e você vai acabar arranjando uma, querendo ou não – murmuro olhando-o de rabo de olho, mas, por dentro, estou pensando nas tatuagens de Ashton, aquelas que vi sóbria, e aquelas de que me lembro por algum motivo. Um pássaro, na parte interna do antebraço direito, a escrita chinesa no ombro direito, o símbolo celta acima do peitoral esquerdo, o Irish na bunda...

E meu rosto está queimando de novo. Droga.

– No que você está pensando?

– Em nada! Você quer ver? – tagarelo, ansiosa para desviar sua atenção de mim e de minha mente pervertida.

– Claro. Quer dizer, é em algum lugar...

– Sim. Quer dizer, não. Quer dizer, é nas minhas costas, então, sim, você pode ver. – Eu balanço a cabeça diante da minha agitação e rapidamente viro e puxo o cabelo para o lado. Estico a parte de trás da blusa para baixo. – Está vendo?

– Sim. – Há uma longa pausa enquanto ele observa. Mas Connor não a toca e imagino se ele quer ou não fazer isso. É tão diferente do estilo homem das cavernas de Ashton. Estou vendo que Connor é o oposto, de muitas maneiras.

Não entendo como são melhores amigos.

– O que significa?

– Só um jeito como meu pai me chamava – sorrio com melancolia.

– Bem... – As mãos de Connor gentilmente envolvem a minha e a camiseta volta para o lugar. Ele coloca meu cabelo para trás como estava antes e o acaricia com delicadeza, antes de pousar as mãos no meu ombro. Eu o sinto curvar-se para frente até que sua boca se aproxima do meu ouvido. – É muito bonito – ele sussurra com a voz rouca, os polegares deslizando pelas minhas costas com um pouco de pressão. Mesmo sem criar expectativas, sei que Connor sem dúvida tem outras intenções.

Acho que esse é o momento em que devo parar de pensar. Meu raciocínio devia ser sugado para fora da minha mente por causa do cara sexy respirando no meu ouvido. Pelo menos, é o que sempre imaginei que deveria acontecer. Quando você está em um quarto com um cara gostoso pela primeira vez e ele está prestes a dizer "Estou com tesão e sou seu", você não pensa em fugir dali. Você pensa em dar um jeito de trancar a porta para poder arrancar as roupas dele e fazer todas as coisas que não envolvam ter que raciocinar.

O problema é que meu cérebro continua trabalhando, e está me dizendo que quero voltar para o momento em que estou recostada no peito dele sentindo seu calor. Posso até aguentar outro beijo. Talvez. Mas, se quiser ser sincera comigo mesma, tem alguma coisa nessa situação que não está me parecendo legal.

É uma prova de que sou reprimida? Talvez eu precise ficar bêbada de novo. Talvez assim as coisas funcionem.

Ou talvez eu só precise de tempo para relaxar.

Ou talvez eu deva desistir agora e ir para um convento.

A música fica alta demais de repente, fazendo os vidros da janela tremerem. Parecendo relutante, Connor segura minha mão.

— Peço desculpas. É melhor descermos. A polícia vai aparecer aqui por causa do Ty se eu não der um freio nele — murmura ele.

Sinto meus ombros relaxarem de alívio, meu rosto exibindo um sorriso agradecido enquanto saímos do quarto, ciente de que ganhei o tempo de que preciso. Até que vejo a porta do quarto de Ashton fechada e uma meia vermelha pendurada na maçaneta. Lembro-me de Reagan falando sobre "o código".

– Achei que Dana tivesse ido para casa.

Connor balança a cabeça, olhando para mim por cima do ombro com um olhar já conhecido.

– Ela foi.

Capítulo nove

* * *

JOGOS

Os alunos entram no auditório para a aula matinal de segunda-feira, e eu caminho até a frente. A primeira fila está vazia, mas não me importo e escolho um lugar perto do tablado do professor, já sentindo um aperto na barriga, na expectativa do semestre difícil. Eu tinha pensado em desistir dessa aula de literatura inglesa só de pirraça, quando vi como o Dr. Stayner estava determinado para que eu fizesse as coisas como eu quero – não como os outros querem –, e isso certamente é algo que outra pessoa quer, não eu.

Todos acham que eu sou um gênio e que as notas boas simplesmente caem de bandeja, porque me dou bem nas matérias difíceis como cálculo e física. É verdade que nessas matérias eu tenho mais facilidade que a maioria. O conteúdo é direto, preto no branco, certo ou errado. Tem tudo a ver com escolhas objetivas.

Mas matérias como filosofia e história, e a aula de literatura inglesa que estou prestes a começar... simplesmente não fazem sentido para mim. Se houvesse uma fórmula para encontrar uma resposta certa, eu poderia tirar de letra. Mas em aulas assim, só vejo graus de exatidão ou erro, e tive que dar duro para descobri-los. No fim, sempre tiro meu A – nunca tirei nada abaixo de A, em nada, incluindo educação física –, mas essas notas certamente nunca vieram de bandeja.

A porta lateral abre e um homem de cabelo já meio grisalho, de gola rolê preta e óculos de armação de ferro, carregando uma pilha de livros e papéis, segue até a mesa da frente. Dou um sorriso. Enfim algo compatível com o que sempre imaginei de Princeton.

– Oi, Irish.

A contradição da Ivy League senta na cadeira ao lado da minha. Seu porte alto preenche seu espaço e invade um pouco do meu.

– O que está fazendo aqui? – pergunto irritada, quando vejo Ashton de jeans escuro e camisa azul-celeste. Estou começando a reconhecer seu estilo. Impecável, mas descontraído. E ele pode, porque tem um corpo que ficaria bem até de calça de oncinha.

Sentando ereto em sua cadeira, ele olha ao redor da sala.

– Essa é a aula de literatura inglesa do professor Dalton, certo?

– Eu sei que aula é! – disparo, depois controlo meu tom, vendo que o professor nos deu uma olhada do tablado. – Por que *você* está aqui?

– Sou aluno e estou aqui para ter aula com ele – ele responde lentamente, com a expressão austera. – Tem gente que está aqui para uma formação séria, Irish. Não só para ficar de farra.

Meu olhar o fulmina, e luto contra a vontade de lhe dar outro soco na cara. Há um brilho travesso em seus olhos, rapidamente seguido pelo sorriso de esguelha que passei a conhecer como marca de sedução de Ashton. Obviamente deu certo comigo, quando eu estava bêbada, mas certamente não vai funcionar quando estou sóbria e irritada.

— Você é do último ano.

— Parece que você sabe bastante coisa sobre mim, Irish.

Cerrando os dentes, eu simplesmente o encaro, esperando pela resposta. Finalmente, ele dá de ombros, se exibindo ao abrir o caderno e apertar a caneta várias vezes.

— Eu estava com um tempo livre e tinha vaga nessa aula.

— Mentira! — A palavra escapa da minha boca, antes que eu possa impedi-la. Dessa vez, o professor ergue os olhos de suas anotações e nos encara diretamente, e eu sinto meu rosto queimar. Quando ele baixa o olhar, eu viro para Ashton.

— Calma, Irish. Pelo menos agora você conhece uma pessoa na sala.

Ele até que tem razão, eu acho, quando olho em volta, vendo o mar de rostos desconhecidos.

— Imagino que você pretenda sentar ao meu lado em todas as aulas?

—Não sei. Você parece uma aluna zangada. Não tenho certeza se quero que o professor me associe a você.

Eu me afasto dele intencionalmente e ganho uma fungada de desprezo.

— Então, o fato de você ter visto a minha grade de aulas não tem nada a ver com você ter escolhido essa matéria? — pergunto.

— O quê? Você acha que estou fazendo a matéria só por sua causa? Por que eu faria isso? — Há um franzido brincalhão em sua sobrancelha.

Boa pergunta. Mas, no fundo, eu sinto: ele está aqui por minha causa. Só não sei por quê.

— De qualquer forma, como entrou? Achei que houvesse uma lista de espera para essa matéria.

Vejo seus dedos deslizando de um lado para o outro sobre a faixa surrada de couro em seu punho.

– Conheço uma das moças no escritório de matrícula.

– Talvez seja a que ficou com você no sábado à noite? – disparo, com a imagem daquela meia ridícula ainda fervendo em minha mente, reconfirmando o quanto ele é *errado*.

Ele para e vira-se, inclinando a cabeça.

– Você está com ciúme, Irish?

– De quê? Por você ser tão canalha que deixa a namorada e já tem outra mulher esperando na sua cama?

– Eu não estava com ninguém na minha cama – ele diz na defensiva, passando a língua lentamente no lábio. Eu reluto contra a vontade de olhar.

– Não? – Suspiro de alívio. Então, percebo que acabei de suspirar de alívio. Por que estou suspirando de alívio?

Ele balança a cabeça, apertando a caneta mais algumas vezes.

– Colada na parede... no chuveiro...

Começo a juntar meus livros para mudar de lugar, antes que o professor comece, mas a mão de Ashton pousa na minha, me segurando.

– Que diferença faz? Você estava com Connor no quarto ao lado, não estava?

– Não, eu... – O calor sobe pelo meu pescoço. – Nós só estávamos conversando. – Balanço a cabeça. Nem sei que diferença faz realmente. O que ele faz pelas costas da namorada é indecente, mas ele está certo. Não é da minha conta. Ele vai acabar tendo o que merece. – Não importa, Ashton. Só achei que você tivesse se arrependido de ter ficado junto por causa da sua namorada.

– Eu não disse *isso* – ele responde baixinho, soltando a minha mão e se remexendo na cadeira, enquanto o professor ajusta o microfone à gola, pronto para começar a falar. – Eu disse que estava arrependido de ficar com *você*.

Meu maxilar contrai-se, enquanto meu orgulho leva outro golpe.

– Então, somos dois – murmuro, torcendo para que tenha saído num tom convincente, sabendo que isso não vai me fazer sentir melhor.

– Bela saia, Irish – ele sussurra, de olho nas minhas coxas. Instintivamente, aliso a saia xadrez simples, desejando que fosse mais comprida.

Reluto para me concentrar durante a hora seguinte, com o peso das palavras de Ashton. Consigo captar partes do que o professor Dalton diz, e, às vezes, até uma frase inteira. Mas, de repente, quando ele roça o joelho ou o cotovelo em mim, dou um pulo de susto. Eu me ajeito na cadeira. E me remexo. Várias vezes, olho para ele, que não nota ou nem liga. Vejo que ele rabisca algumas linhas numa folha, mas duvido que tenha algo a ver com a aula.

Quando a aula termina, eu estou prestes a subir a escada correndo. Ou cravar minha caneta na perna dele.

Enquanto o professor escreve nosso primeiro trabalho no quadro, eu ouço Ashton murmurar:

– Agora eu lembro por que nunca quis fazer essa aula.

– Ainda dá tempo de desistir – disparo.

Uma careta de deboche contorce o lindo rosto distraído dele.

– E perder o prazer da sua companhia, duas vezes por semana, por um semestre inteiro? Claro que não!

– Está bem, Ashton. Sério. Pode parar. – Balanço a cabeça, conformada.

– Se não...?

– Se não, eu conto para o Connor.

– Conta nada – ele diz, baixinho.
– Por quê? Acha que ele não vai me querer? Tenho a impressão de que você está errado. – Não acho, não. Na verdade, tenho a impressão de que Ashton está certo. Mas também preciso sair por cima. Ao menos uma vez, droga!
– Não... porque você está apaixonada por mim – ele sussurra, debruçando-se para o lado, até encostar o ombro no meu.
Um som estrangulado escapa da minha garganta.
Minha intenção de sair por cima já era.
Meu coração dispara na garganta. Realmente não sei como responder, mas sinto que tenho que dizer alguma coisa, em parte para me defender, e também porque ele gosta de me deixar sem graça. Tenho que engolir algumas vezes para formar as palavras.
– Se estar apaixonada por você significa querer arrancar seu saco, então... – Viro-me para dar uma olhada, torcendo para parecer indiferente. Ele está com o rosto pertinho do meu, mas eu não recuo. – Sim, estou loucamente apaixonada por você.
Kacey ficaria tão orgulhosa.
Não sei o que esperar como resposta. Nunca ameacei ninguém assim. Talvez ele recue, talvez se afaste da maluca que está ameaçando sua genitália. Decididamente, não esperava aquele maldito sorrisinho outra vez. E acho que ele chegou ainda mais perto.
– Adoro te deixar nervosa, Irish. – Ele pega um dos meus livros e rabisca algo na capa interna, depois enfia um pedaço de papel. – Acabei de lembrar... já fiz essa matéria, três anos atrás. Arrebentei. Pode me ligar se precisar de ajuda com seus trabalhos. – Ao dizer isso, ele pega o caderno. Giro em meu lugar e o observo, enquanto sobe os degraus correndo, ganhando olhares de quase todas as garotas e alguns caras da sala, antes que o professor oficialmente nos libere.

Balanço a cabeça e abro o livro para ler "Irish ama Ashton", com um coração imenso em volta, e um número de telefone escrito.

— Droga — resmungo. Ele acabou de estragar um livro de duzentos dólares com esse apelido, que não faço ideia do que se trata. Pelo lado bom, ele não está mais na sala.

Abro o bilhete, curiosa para ver o que diz.

A única coisa da qual me arrependo é ter acabado. E eu é que estou com ciúme. Louco de ciúme.

Meu coração dispara.

* * *

— Bela saia — *diz ele, passando a mão nas minhas coxas nuas, me deixando enlouquecida. Estou sentada à sua frente e ele na beirada de sua cama. Estou tremendo. Dedos fortes apertam por trás das minhas coxas, perigosamente perto de onde nunca fui tocada. Mas meu corpo está reagindo a ele. Meu batimento cardíaco e minha respiração estão acelerando, e sinto que estou ficando molhada. Ele desliza as mãos para cima, passa os polegares por baixo do elástico da minha calcinha. Ele puxa a calcinha para baixo até fazê-la cair no chão. Eu dou um passo para o lado, saindo dela.*

— Vem cá. — *Ele gesticula ao seu colo e eu obedeço, deixando que ele puxe um dos meus joelhos, um para cada lado, e sento em cima dele, segurando seus ombros, admirada com sua força. Ele puxa minha saia para cima, deixando-a em volta da minha cintura, e instantaneamente fico constrangida.*

— *Olhe para mim* — *ele ordena e eu faço, encarando seus olhos inebriados fixos nos meus. Sem piscar. Fico olhando, enquanto ele estende os braços e segura na base das minhas costas, enquanto sua outra mão sobe pelo meio das minhas coxas. Sinto o ar faltar, enquanto ele me toca. – Não desvie o olhar de mim, Irish – ele sussurra, enquanto enfia os dedos em mim, primeiro um, depois outro...*

Acordo ofegante, o livro que estava na minha barriga cai e faz um barulhão ao bater no chão. *Aimeudeus.* Que diabo foi isso? Foi um sonho. Acabei de tirar um cochilo durante a tarde e tive um sonho erótico com o Ashton. *Aimeudeus.* Sento na cama e olho em volta. Estou sozinha. Graças a Deus, eu estou sozinha! Um desconforto estranho agita-se entre minhas coxas. Parece... frustrante? É *disso* que Storm e Kacey estão sempre falando?

Eu gostaria de ter tempo para entender isso. Mas tem alguém batendo à minha porta. Deve ter sido o que me acordou. Se o sonho não tivesse sido interrompido, eu teria feito sexo com Ashton? Não... meu cérebro nem sabe como elaborar isso.

Talvez eu tivesse olhado no espelho se não estivesse tão confusa. Teria sido inteligente. Mas o Ashton e qualquer coisa que tenha a ver com ele me transformam numa primata.

Então, eu simplesmente escancaro a porta.

– Connor! – exclamo com entusiasmo demais, arregalando os olhos de surpresa.

Vejo seus olhos descerem e o acompanho olhar para a minha calça de ginástica Lululemons toda maltrapilha, e o velho moletom de Princeton do meu pai três tamanhos maiores.

– O que está fazendo aqui? – Discretamente passo os dedos pelo cabelo. Nem preciso de um espelho para saber que está todo desgrenhado.

Ele entra com um sorriso tranquilo, tirando uma das mãos de trás das costas, revelando um vaso com uma planta.

– Toma.

Eu inclino a cabeça e o observo, franzindo a testa.

— Trevos?
— Para você se lembrar de mim enquanto estiver aqui, sendo uma boa aluna.
— Nossa. — Eu engulo, enquanto minhas bochechas queimam. *Sim, era isso que eu estava fazendo. Sendo uma boa aluna.*
— Obrigada.
Tento desacelerar minha respiração e agir normalmente.
— Como estão indo as aulas até agora?
— Movimentadas. Já estou abarrotada de literatura inglesa.
— Está gostando?
— É... interessante. — Uma das mãos inconscientemente esfrega o bilhete dobrado em meu bolso. Que está todo amassado de tanto eu dobrar e desdobrar, passando meus dedos na borda, tentando decifrar. Tentando entender minha reação a ele, por que me deixou tão agitada, quando deveria me deixar zangada. É como se Ashton ter dito que não se arrepende liberasse meu cérebro para resgatar lembranças inapropriadas daquela noite, com uma frequência alarmante, me deixando vermelha, dispersa e incapaz de me concentrar. Até Reagan notou.
— Então, não vou ocupar seu tempo — ele diz e dou um gritinho, conforme Connor me pega pela cintura e me ergue ao beliche de cima. Isso não pode ser fácil, levando-se em conta que eu peso 57 quilos. Mas, por outro lado, percebo que não deveria estar surpresa, notando seus braços definidos na camisa cinza listrada que ele está usando hoje. Ele não é tão alto e largo quanto Ashton, mas é quase tão encorpado.

Ashton... meus pensamentos sempre voltam a Ashton.

Connor desliza as mãos da minha cintura e pousa em meus joelhos.
— Amanhã nós vamos ao Shawshanks. É um bar local. Quer ir?
— Claro. — Dou um sorriso, concordando.

– Tem certeza *mesmo*? Quer dizer, Ty vai estar lá.
– De saia escocesa?
– Não, eles não o deixariam entrar com aquilo. – Connor ri, balançando a cabeça como se lembrasse de alguma coisa. – Bem, de novo, não.
– Bem, acho que posso encarar o Ty.
– É? E quanto a Ashton?
Meu estômago dá um nó. O que ele quer dizer? O que Connor sabe? O quê...
– Eu sei que você não tem uma boa impressão dele depois do último sábado. Vi a expressão no seu rosto. Sabe, depois que ele deixou a Dana... – As palavras dele ficam no ar, como se ele não quisesse dizer claramente.
– Você quer dizer que ele estava sendo um canalha? – Não sei por que eu disse isso. Talvez dizer algo assim, em voz alta, me faça lembrar por que Ashton é totalmente errado e eu deveria queimar aquela porcaria daquele pedaço de papel, e ameaçar meu subconsciente com uma lobotomia. Mordo o lábio. – Desculpe. Não tive a intenção de dizer isso. Exatamente.
Connor dá um apertãozinho afetuoso no meu joelho.
– Bem, eu fico feliz que você não o ache atraente, como todas as mulheres desse planeta parecem achar. Ele não é tão ruim. Só não pensa com o cérebro na maior parte do tempo. – Ele sobe os degraus do beliche para ficar na mesma altura que eu e se inclina para me dar um beijo. Dessa vez, eu sinto sua língua passando pelo meu lábio, vagarosamente encontrando a minha. Nunca forçando, nem insistindo. É só... agradável. – Eu te vejo amanhã, Livie – ele murmura. Então, pula da escada, abre um sorriso e dá uma piscadinha, saindo do meu quarto.
Despenco na cama, segurando meus trevos, fechando os olhos, ao pensar em Connor. É, eu sei que meus pais o adorariam, Dr. Stayner. Não sou desatenta. Sei que eles o escolheriam

numa fila de cem, só pelo sorriso. Tudo bem. Ele é o cara que eles iriam querer. É o tipo de cara que toda garota quer.

Ouço um bipe, e depois um clique, e Reagan entra sem fôlego, vindo de sua corrida.

— Acabei de passar pelo Connor. Ele parecia feliz. Foi uma das suas sessões de sexo desenfreado? — brinca ela em meio aos ofegos, segurando a lateral da barriga, como se estivesse doendo.

— Ele é muito meigo, Reagan. — Eu me viro de bruços, pousando o queixo nos braços. — Você sabia que ele é meigo?

— Sabia. Ouvi dizer que ele trata as namoradas muito bem.

Ora... Não sei por que, mas, por algum motivo idiota, eu sequer imaginei Connor com outra pessoa. Imaginei Ashton com *todo mundo*, e fiquei enojada. Mas Connor é um aluno deslumbrante do último ano. Obviamente teve namoradas. E não dá para ser boba. Connor também já fez sexo. Provavelmente, bastante. Fico me perguntando o quão devagar ele está disposto a ir comigo.

— Quantas namoradas você acha que ele teve?

— Duas ou três, desde que estou aqui. — Reagan tira e chuta os tênis. — Ele ficou sozinho o primeiro ano inteiro. Nossa, naquela época, eu arrastava uma mega-asa por ele! — Ela faz uma careta. — Eu também usava aparelho e tinha a bunda gorda. Isso que dá ser baixinha e roliça. Se eu não continuar correndo... já era! — Ela tira a camiseta e joga no monte de roupa no chão. Reagan não é a pessoa mais caprichosa do mundo. Mas eu não me importo. Combina com seu jeito. — Sabe de uma coisa? Você deveria começar a correr comigo!

— Não sou uma pessoa muito coordenada — aviso, fazendo uma careta. — Sou capaz de te derrubar.

Ela dá de ombros.

— Tudo bem, eu sei sair rolando.

– Talvez. Um dia. – Talvez eu goste de correr. Não vou saber, a menos que eu tente.

Até lá, eu posso ir acalmando as borboletas que estão revoando dentro da minha barriga, pois agora sei que verei Ashton amanhã à noite.

Não, Connor, não acho seu amigo atraente. Nem um pouco.

Capítulo dez

* * *

CIÚME

Todo mundo conhece Connor. Pelo menos, é o que parece, quando nós seguimos a garçonete pelo pub. À minha esquerda, um cara acena. À direita, outro cara cumprimenta, dando um soquinho de mão fechada. Passamos por uma mesa com quatro garotas. "Ei, Connor!", uma delas grita. Ele dá um sorriso e assente, educado, e segue em frente. É quando os quatro pares de olhos recaem sobre mim, e eu me transformo naquele sapo da minha aula de ciências no segundo ano. O infeliz, embaixo do meu bisturi. Viro discretamente para evitar os olhares e acabo trombando em Connor.

– Desculpe – murmuro. Mas ele só mostra aqueles dentes brancos perfeitos. Não parece se incomodar por eu vir colada, logo atrás. Ele nunca se incomoda.

A bela garçonete quarentona nos mostra uma mesa para seis e tira um aviso de *Reservado* escrito à mão.

– Obrigada, Cheryl – diz Connor.

Ela lhe dá um tapinha no ombro.

– O que posso servir a vocês dois?

– Uma Corona para mim e um Jack com Coca para Livie. Certo, Livie?

Eu só balanço a cabeça, cerrando os dentes e relutando contra o ímpeto de anunciar, publicamente, que só tenho dezoito anos e esse estabelecimento deveria saber que não pode me servir álcool. Tenho a carteira falsa que minha irmã me deu, mas morro de medo de usar. Acho que posso desmaiar se ela me pedir para mostrar a carteira.

Mas Cheryl não pede. Ela só assente e sai andando, baixando os olhos para dar uma boa olhada na bunda do Connor ao passar.

– Hoje deve ser uma noite boa. Temos lugares na frente para ver a banda – diz Connor, gesticulando para o palco, diretamente à nossa frente.

– Achei que você tivesse dito que não reservam mesas aqui.

Connor baixa a cabeça e eu vejo novamente aquelas covinhas.

– Nós damos boas gorjetas à Cheryl, então ela cuida de nós. Ela gosta da gente. – *Sim, eu sei de qual parte de você ela gosta...* Fico imaginando que tipo de gorjeta Ashton dá a ela, mas mordo o lábio, antes de fazer outro comentário sobre o canalha. Afinal, ele é o melhor amigo de Connor. E um canalha.

Abro minha jaqueta e a penduro na cadeira, enquanto dou uma olhada no Shawshanks. É um espaço grande e aberto, cheio de madeira escura e vitrais. Numa parede – toda de tijolinhos – há um conjunto eclético de obras de arte penduradas. Perto dos fundos fica o bar que vai de uma parede à outra, com pelo menos vinte torneiras de chope de bronze à mostra. Uma prateleira atrás do *bartender* oferece aos clientes inúmeras opções de bebida. Na outra ponta – onde sentamos – fica um palco e uma pista de dança.

— Eles trazem ótimas bandas para tocar aqui — diz Connor, notando meu olhar nos instrumentos.

— Por isso está tão lotado? — Todas as mesas estão ocupadas, a maioria com jovens universitários.

Connor dá de ombros.

— Depois que as aulas começam de verdade, fica um pouquinho mais devagar. As pessoas se concentram nos estudos. Mas sempre tem uma festa em algum lugar, alguém liberando a pressão. Geralmente, nos clubes. Essa noite, nós estaríamos no Tiger Inn, se eles não tivessem fechado o bar para consertar uma goteira. — Ele gesticula para uma cadeira. — Pegue esse lugar, antes...

— ... que o Tavish chegue aqui! — A voz estrondosa de Ty ecoa em meu ouvido, enquanto dois braços parrudos enlaçam minha cintura. Ele me tira do chão e gira, passando por Grant e Reagan, que estão chegando, e me coloca de volta no chão, de frente para o palco. Antes que eu possa me equilibrar, Ty senta na cadeira onde eu estava prestes a sentar. — E pegue o melhor lugar da casa! — ele termina.

— Ei! — Connor grita e eu noto a irritação em sua voz, franzindo o rosto sempre contente.

— Tudo bem. Sério. — Eu dou um apertãozinho no braço de Connor na hora em que Grant se aproxima para me dar um beijo no rosto e um peteleco na cabeça do Ty, ao mesmo tempo.

— Ei, Livie! — Reagan grita, abrindo o zíper de sua jaqueta.

— Oi, Reagan. Senti sua falta no alojamento — digo, nervosa, dando uma olhada disfarçada pelo salão, procurando por Ashton. Agora, não tenho certeza de como agir perto dele. Nem tenho ideia de como ele vai agir perto de mim.

— Não consegui voltar a tempo, então encontrei Grant e nós viemos juntos. — Reagan lança um olhar secreto para Grant ao sentar ao seu lado.

— Ah, é? — Mordendo a bochecha para conter o sorriso, eu pergunto: — Como foi sua aula de política?

Reagan está fazendo várias aulas: em três conversas diferentes, ela me disse que está pensando em se formar em política, arquitetura, e, dois dias atrás, em história da música. Acho que a Reagan não tem a menor ideia do que quer fazer depois de Princeton. Não sei como ela dorme à noite com esse nível de indecisão.

— Muito política — ela responde secamente.

— Hmm. Interessante. — Interessante, porque uma de suas colegas de turma, a Barb, deu uma passada no nosso quarto para deixar umas cópias para Reagan, que não conseguiu ir à aula. Reagan obviamente está mentindo, mas eu não sei por quê. Desconfio de que tenha algo a ver com o magrelo ao seu lado. Se eu quisesse dar o troco, por... ah, tudo... eu diria, na frente de todo mundo. Mas não quero.

— Quem vai tocar hoje? — pergunta Ty, batendo o cardápio de bebidas ruidosamente na mesa.

— Cara, isso não faz a garçonete vir mais depressa e faz você parecer um babaca completo — Grant murmura, arrancando o negócio da mão dele.

Aparentemente, dá certo, porque Cheryl aparece em segundos para anotar o pedido da nossa mesa.

— O que posso trazer para vocês?

O rosto de Ty parece que vai partir de tão amplo que é seu sorriso.

— O que você disse, Grant?

— Eu disse bela pança. Coma mais um saco de salgadinho.

O sorriso de Ty não se abala, enquanto ele dá um tapa na barriga em resposta. Não tem nada que lembre um pança ali. Dou um gole na minha bebida, enquanto olho cada um deles com curiosidade. Nenhum dos caras tem um milímetro de flacidez em lugar algum. Seus corpos são todos muito diferentes. Ty é o mais baixo e parrudo, Grant é alto e esguio, Connor tem o equilíbrio perfeito de altura e porte – mas todos estão igualmente em forma. Imagino que seja por conta do programa dos exercícios exaustivos do pai de Reagan.

– O que estão todos bebendo?

Odeio quando meu coração dá um pulo ao som dessa voz. Detesto porque geralmente me vem a lembrança dos seus lábios nos meus. Fica um gosto açucarado, do qual não consigo me livrar, mesmo com Connor sentado ao meu lado. Prendo uma mecha de cabelo atrás da orelha, dou uma olhada discreta por cima do ombro e vejo Ashton, olhando lentamente para todo mundo, distraidamente coçando a pele acima do cinto. A camisa está levantada e o jeans está meio caído, deixando à mostra o V do começo da virilha. Minha respiração falha quando me lembro daquela mesma virilha no meu quarto duas semanas atrás. Só que ele estava totalmente nu.

– Você está bem, Irish?

Assim que ouço o nome, sei que fui flagrada o encarando. De novo. Olho discretamente para Connor, e fico aliviada ao ver que ele está ocupado com Grant. Levanto novamente a cabeça e encontro aquele sorrisinho do Ashton.

– Estou bem – digo, enfiando o canudo na boca, dando um gole bem longo no drinque. O Jack é forte, o que é bom, porque aquele formigamento quente logo vai começar. E eu vou precisar de todo o aquecimento essa noite, se Ashton ficar por aqui. Também vou virar alcoólatra, se isso continuar.

– Ei, por que mesmo começamos a chamá-la de Irish? – pergunta Ty, enquanto o belo porte de Ashton se instala ao meu lado. Ele senta-se com as pernas flexionadas e abertas, sem ligar por estar me espremendo, encostando o joelho no meu.

Boa pergunta. Que eu não sei responder. Estou prestes a engolir a bebida e explicar que Cleary é um nome irlandês, mas Ashton se intromete, antes que eu consiga falar, e diz, em voz alta, para que a mesa inteira ouça:

– Porque ela nos disse que quer transar com um cara irlandês.

O líquido caramelo explode da minha boca, espirrando na mesa toda, acertando as blusas de Reagan e Grant, enquanto me engasgo. E rezo para morrer engasgada. E, se isso não acontecer, rezo para que alguém tenha envenenado minha bebida e eu comece a ter convulsões, para acabar com esse horror.

Minhas preces não são atendidas e eu fico ali, com o rosto vermelho, ouvindo Ty urrar de rir, virando metade do bar em nossa direção. Nem Grant e Reagan conseguem ficar sérios enquanto se limpam. Não consigo olhar Connor nos olhos. Ele não disse uma palavra. E se ele acreditar?

Com os dentes cerrados com tanta força, a ponto de rachá-los, eu viro para Ashton com a intenção de perfurá-lo com o olhar. Mas ele não está olhando para mim. Está ocupado lendo o cardápio. E sorrindo, claramente orgulhoso de si mesmo.

Não sei o que eu esperava dele essa noite, mas não um comentário desses. Se eu não for embora agora mesmo, Connor vai presenciar minha transformação na versão feminina do Tarzan, voando nas costas de seu melhor amigo.

– Volto num segundo – digo, travada, especificamente para ninguém. Minha cadeira faz um barulho arrastado quando a empurro para trás e fujo para o banheiro.

Lá dentro, trancada no cubículo, recosto a testa na porta fresca, dando algumas batidinhas. Será assim daqui para a frente? Como vou lidar com ele? Estou acostumada a ser provocada pela minha irmã e pelo Trent, e o Dan, e... Bem, por todos eles, para dizer a verdade. Eles adoram me deixar envergonhada, porque sempre fiquei constrangida com essas coisas. Então, por que meu sangue ferve quando o Ashton faz isso?

Talvez ele queira que eu perca o controle na frente do Connor. Se o bilhete for verdade e ele estiver com ciúme do amigo, então, convencer o Connor de que eu sou uma doida certamente o espantaria. Não... Isso simplesmente parece trabalhoso demais para um cara que tem namorada e um monte de mulheres à disposição. Droga! Estou pensando demais nisso. Estou analisando, quase obcecada. Por isso que sempre evitei os caras até agora. Eles te deixam maluca.

E também é por isso que eu preciso parar de pensar em Ashton e focar no meu "tranquilo e calmo" Connor.

Meus olhos estão ardendo enquanto tiro o telefone da bolsa e mando uma mensagem para minha irmã:

Ashton é um babaca.

A resposta dela é quase imediata:

Um babacão.

Eu logo escrevo de volta, como num joguinho que a gente fazia quando era pequena, e continua infantil, só mais colorido:

Um babacão leproso.

Um babacão leproso que toca banjo com o pau.

Dou uma risada, com a imagem na cabeça, enquanto digito:

Um babacão leproso que toca banjo com o pau cantando "Old McDonald".

A resposta é uma foto de Ashton deitado na mesa do tatuador, com a pistola de tinta. O rosto de Ashton está contorcido numa careta exagerada.

Caio na gargalhada e já não sinto os ombros tensos. Kacey sempre sabe como melhorar as coisas. Ainda estou rindo, digitando uma resposta para ela, quando a porta range ao ser aberta. Coloco a mão na boca.

– Você viu quem está aí? – pergunta uma voz nasal.

– Se está falando do Ashton, então... como alguém deixaria de vê-lo? – diz outra voz arrastada, com o som da água da torneira aberta.

Eu aguço os ouvidos. Aperto "enviar" na mensagem para Kacey, dizendo que a amo. Depois coloco o telefone no *silencioso*.

– Mas ele está sentado a uma mesa com duas garotas – a segunda voz continua.

É quando eu sei, com certeza. Elas estão falando do meu Ashton. Quer dizer... não do *meu* Ashton, mas... minhas bochechas esquentam. Eu provavelmente não devia estar escutando isso. Mas agora é tarde. Não posso sair agora. Sou uma *daquelas* garotas.

– E daí? Ele estava com uma garota da última vez que eu estive aqui, mas foi para casa comigo – a primeira voz murmura arrogante, e eu a imagino se debruçando para a frente, para passar batom na frente do espelho. Ela dá um gemido. – Meu Deus, foi uma noite maravilhosa.

Agora eu estou totalmente constrangida. A última coisa que quero ouvir são os detalhes de sexo com Ashton. Fico imaginando se ele também correu atrás dela, aula adentro, e estragou seu livro, com corações e seu telefone.

Ela não notou que tem alguém no cubículo ou nem liga, porque continua.

— Fizemos lá fora, na varanda dos fundos. Ao ar livre. Qualquer um poderia ter nos visto! – sussurra ela, empolgada. – E você me conhece... sou bem respeitável...

Eu reviro os olhos e concluo que o Ashton não precisou correr muito atrás dela.

— Mas com ele... Ai, meu Deus, Keira. Eu fiz coisas que nunca imaginei fazer.

Não diga, piranha.

Minha mão voa até minha boca quando percebo as palavras, chocada com minha maldade. Por um segundo, receio ter dito em voz alta.

Acho que não, porque a voz com som nasal acrescenta:

— Não me interessa com quem ele está, hoje ele vai embora comigo.

Fecho os olhos e cruzo os braços, temendo espirrar, ou tossir, ou mexer os pés e fazer barulho, porque ela vai saber que eu estava escutando. E elas vão ver que estou sentada com ele quando eu sair. E vão saber que eu estava ouvindo escondida.

Ainda bem que elas só ficam ali para retocar a maquiagem e elogiar as incríveis habilidades sexuais de Ashton, por isso, logo saem do banheiro e me deixam para sair do cubículo e lavar as mãos. E fico imaginando se essa garota misteriosa vai conseguir. Provavelmente. Sinto um nó na barriga só de pensar.

— Aí está você. – Reagan entra pela porta. Com um suspiro profundo, ela dá um tapinha nas minhas costas. – Ele nunca vai te deixar em paz se você reagir assim. Você precisa começar a responder.

— Eu sei, Reagan. Eu sei. Você está certa. Simplesmente não sou boa nisso. – É surpreendente, já que cresci com a rainha das respostas. Mas se eu não aprender a lidar com ele, o "tranquilo e calmo" Connor vai fugir correndo de mim.

– É só rir e deixar pra lá. – Ela dá um apertão afetuoso em meu braço quando saímos.

Então, eu me lembro da imagem de Ashton que Kacey acabou de me mandar. Sei que é bobeira, mas seguro o telefone com uma sensação de vingança que me faz sorrir.

– Dê uma olhada nisso, Reagan.

Até chegarmos à mesa, lágrimas estão escorrendo em nossos rostos de tanto rir.

Os olhos verdes de Connor piscam com uma mistura de surpresa e diversão, ao puxar a cadeira para mim.

– O que é tão engraçado? – Se de alguma maneira o comentário de Ashton o afetou, não dá para notar.

– Ah, nada – digo casualmente, virando o resto do meu drinque e pegando um novo que alguém pediu enquanto eu estava fora, intencionalmente evitando o olhar atento de Ashton.

– Mostre a ele, Livie – Reagan anuncia, com um sorriso travesso. – Você sabe o que dizem sobre dar o troco...

Sorrindo, eu levanto meu telefone.

Eu nunca tinha ouvido três homens adultos uivarem como Connor, Grant e Ty quando veem a foto. Batendo palmas, Ty berra "A gente precisa mandar ampliar isso e pendurar na nossa parede!". Ele imita a expressão no rosto de Ashton, fazendo um som visceral e apontando para o colega, que não tem a menor ideia do que está acontecendo, porque eu intencionalmente segurei fora de seu ângulo de visão.

Um braço forte se estica à minha frente para arrancar meu telefone, mas eu estou preparada, aperto o botão de desligar e o coloco no bolso. Enfio o canudo na boca e, calmamente, tomo um gole do meu drinque. Os caras ainda estão rindo quando pouso o copo na mesa e cruzo as mãos sobre o joelho. Arrisco uma olhada na direção de Ashton e vejo um ar brincalhão em seus olhos, enquanto ele morde a bochecha por dentro. Sem dúvida, pensando em todas as formas de me pegar. Parte de mim está completamente aterrorizada com o que pode estar para sair de sua boca, pois sei que provavelmente vai me fazer tremer de vergonha.

— Oi, Ashton.

Olho por cima do ombro e vejo uma linda latina batendo os cílios compridos para Ashton. Logo reconheço sua voz lá do banheiro, só que agora ela está falando com um tom de "vamos-para-casa-comigo".

Ashton não vira logo para cumprimentá-la. Ele gira a cadeira devagar, descansando o braço no encosto. Quando está finalmente de frente para ela, seus olhos percorrem o corpo sarado e curvilíneo.

Eu reviro os olhos com uma vontade enorme de lhe dar um tapa na cabeça.

— Olá? — Ashton finalmente diz e, pelo tom, não dá para saber se é um olá-eu-não-a-conheço ou um olá-por-que-está-perturbando. Ela também deve estar pensando isso, porque passa nervosamente a língua nos lábios vermelhos.

— Nós... nos conhecemos ano passado. Estou sentada ali, se quiser dar uma passada mais tarde, tomar um drinque. — Ela gesticula para nossa esquerda, jogando o cabelo preto comprido e cacheado, mas noto que a voz está menos provocadora, um pouco hesitante agora.

Ele assente devagar, dando um sorriso educado. Não o sorrisinho malicioso de paquera.

— Está bem, obrigado — diz ele. Então, baixa o braço e gira o corpo, voltando a ficar de frente para a nossa mesa. Ele dá um gole em sua bebida e olha o telefone.

Olho para trás da gente e vejo a garota saindo silenciosamente, com seu ego exibicionista menor do que quando chegou.

Eu deveria ficar com pena dela. Ele não foi abertamente cruel, mas certamente não foi amistoso.

Mas não fico. Não quero que ele vá para casa com ela. Nem com ninguém.

Então, sinto uma bolha de alívio aumentar no meu peito. Uma bolha que me faz disparar algo imbecil.

– Eu a ouvi falando de você no banheiro. – Assim que as palavras saem da minha boca, eu me arrependo. Por que diabo diria isso a ele?

–Ah, é? – Ashton desvia o olhar para mim. – O que ela disse?

Pelo jeito com que seus olhos brilham, vejo que ele se lembra dela, sim, e que tem uma boa ideia do que ela teria dito.

Dou outro longo gole no meu copo. Ashton desce os olhos até minha boca e eu paro, erguendo o copo para esconder meus lábios. O sorriso dele se alarga. *Ele gosta de me deixar constrangida.* O cara é tão confiante que me dá raiva. Não tenho nenhum interesse em incentivar isso sendo sincera.

– Disse que já teve melhores.

De onde veio isso? Minha gêmea do mal subconsciente?

Acho que foi a resposta certa, porque outra rodada de gargalhadas explode na mesa. Dessa vez, é Grant quem está batendo na mesa, fazendo um barulhão, sacudindo todos os copos. Por mais que eu tente, não consigo evitar o sorriso que sinto abrir em meu rosto, vendo as bochechas de Ashton corando.

Finalmente. Talvez eu ainda morra de vergonha essa noite, mas, pelo menos, não vou morrer sozinha.

Não tenho ideia do que esperar a seguir. Os olhos brilhantes de Ashton são tão difíceis de decifrar a maior parte do tempo, fora o fato de que sempre significam problema. Então, quando a mão dele aperta o meu joelho e desliza pela minha coxa – não tão para cima, para ser totalmente inapropriado, mas o suficiente para me dar um calor desconcertante –, eu imagino uma tortura lenta, como me deixar nua, pendurada, na frente de uma multidão.

– Eu sabia que você sabia jogar, Irish. – E isso é tudo o que ele diz. Debruçando na mesa, ele grita: – Então, Connor... você acha que consegue tomar uns drinques sem mijar nos meus sapatos essa noite?

Eu viro rápido, a tempo de ver a sobrancelha arqueada de Connor com um ar de surpresa, as bochechas rosadas. Ele limpa a voz e dá uma olhada para mim.

– Foi o Ty – ele diz baixinho.

Uma mão dá um tapa na mesa.

– Eu não urino e jamais urinei no sapato de ninguém! –Ty exclama, indignado.

– Ah, é? E as minhas botas? – pergunta Grant, com uma voz azeda.

– Aqueles troços horríveis, de pelo vermelho? Estavam pedindo.

– Fiquei sem botas de neve por uma semana durante as provas, por sua causa, babaca! Quase morri congelado!

– Falando em morrer congelado, lembra a vez que o treinador encontrou Connor peladão, com a bunda para o alto, em um dos barcos no dia da corrida? – comenta Ashton, espreguiçando-se na cadeira, erguendo os braços e segurando atrás da cabeça, com um sorriso. – Você quase foi expulso da equipe.

– Ah, eu ouvi falar disso! – Reagan põe a mão na boca aberta. – Cara, meu pai ficou muito puto.

Estou rindo ao olhar para Connor, que pisca para mim.

– Nem de longe foi tão ruim como aquela vez em que você foi algemado pelado e roubado por um travesti no México – responde ele.

Dessa vez, eu consigo não cuspir em ninguém, mas a bebida espirra da minha boca outra vez.

Ashton estica o braço e arranca o copo da minha mão, seus dedos roçam nos meus, provocando um choque no meu corpo. Cada toque dele parece ter esse efeito.

– Alguém arranja um babador para a Irish.

Os caras passam as duas horas seguintes lembrando das histórias e do que aprontaram nas bebedeiras – a maioria com alguém acabando nu em público –, e eu me permito relaxar. E acredito que, no fim das contas, talvez não seja tão insuportável ficar perto de Ashton. Quando a banda começa a tocar, estamos todos sentindo o efeito do álcool e toda a roupa suja já foi lavada – principalmente de Ashton e Connor. Eles pareciam tentar se superar a noite toda.

É difícil falar mais alto que a banda, então nós nos recostamos e ouvimos. O braço de Connor está no encosto da minha cadeira, seu polegar acariciando meu ombro com a batida da música. É uma banda local alternativa, tocando algumas músicas *cover* e outras próprias. E são muito bons. Eu até poderia prestar atenção, se a perna de Ashton não ficasse roçando na minha. Só falta jogar minhas pernas por cima das de Connor, mas não consigo me afastar.

Quando a banda faz o primeiro intervalo e volta a música chata do rádio, Connor se aproxima.

– Detesto fazer isso, mas tenho que ir. Tenho aula amanhã cedo – diz ele ao se aproximar do meu ouvido.

Olho o relógio e tomo um susto ao ver que é quase meia-noite. Com uma onda de decepção, eu estico o braço para pegar minha jaqueta.

Connor põe a mão no meu ombro e me faz parar.

– Não, você não precisa ir. Divirta-se. – Ele está falando um pouquinho embolado.

Dou uma olhada para nossa mesa e vejo que estão todos com um copo cheio na mão. Ashton está girando um porta-copos enquanto fala com Grant e Reagan. Ninguém parece pronto para ir.

Ashton não parece pronto para ir.

Um pequeno aperto no meu coração me diz que também não estou pronta para ir.

— Tem certeza? — Talvez eu também esteja falando meio mole.

— Sim. Claro. — Ele dá um beijo no meu rosto, depois se levanta e veste a jaqueta. — Vejo vocês depois. Levem a Livie para casa direitinho.

Ele para, como se tivesse lembrando alguma coisa. Vejo que ele olha para o amigo, depois para mim. Pegando minha bochecha com o polegar e o indicador, ele se curva e dá um beijo desajeitado nos meus lábios. Sinto pinicar atrás do meu pescoço, porque sei que Ashton está olhando.

— Só não beba muito — murmura Connor em meu ouvido. Eu enrolo a língua, sentindo a dormência. — Você não vai querer acordar com mais tatuagens.

Eu o observo enquanto ele sai, sabendo que os olhos castanhos de Ashton ainda estão em mim. Sinto um desconforto e decido que agora é uma boa hora para parar de beber, e isso não tem nada a ver com tatuagens. Também é uma boa hora para ir ao banheiro. Pela quinquagésima vez.

Estou voltando para a mesa, quando a banda está começando uma nova sequência, com uma música lenta. A pista na frente deles está abarrotada de gente, algumas pessoas balançando com a música, outras ali para olhar o cantor mais de perto. Ty está ocupado lançando sorrisos sensuais para Sun, com quem trombei aqui essa noite, e cometi o erro de apresentar em nossa mesa. Ashton parece contente em estar simplesmente sentado, ouvindo a música, com as mãos enlaçadas atrás da cabeça, um sorriso estranho, tranquilo, no rosto.

Vejo-a se aproximar, vindo do outro lado do salão.

A latina exibida voltando à nossa mesa. Se ela ficou com o ego ferido pelo desprezo de Ashton, se recuperou bem depressa e agora está se preparando para o segundo bote. Só posso achar que Ashton deve ser *realmente* bom, se uma mulher deslumbrante como ela, que poderia seduzir o papa, está disposta a tentar novamente com ele.

Tomara que ele dê um fora nela.

E se não der?

Ela está apenas a alguns passos da nossa mesa, aproximando-se pelo outro lado. Não sei por que, mas me apresso para chegar antes dela, tropeçando sozinha. Logo recupero o equilíbrio, mas o Ashton está de frente para mim e vê tudo. Isso o faz abrir um sorriso enorme.

— Irish, por que a pressa? — pergunta ele, bem na hora em que a mulher desliza as unhas compridas em seu bíceps.

— Venha dançar comigo, Ash. — O tom sedutor voltou. Cara, como ela é segura de si! Eu gostaria de ser segura assim.

Fico na expectativa quando os olhos de Ashton mostram que reconheceu a voz. Sei que ele a ouviu e sei que não quero que ele vá a lugar algum com ela. Olho, enquanto seu braço desliza de trás da cabeça e segura meu punho.

— Talvez na próxima — diz ele por cima do ombro ao se levantar. Antes que eu perceba o que está acontecendo, seu corpo altivo está junto ao meu, levando-me à pista de dança.

Adrenalina dispara em minhas veias.

Já segura, num mar de corpos, eu espero que ele me largue, depois de me esquivar com sucesso. Do mesmo jeito que ele me segurou no banheiro naquele dia, ele me gira, puxando meu corpo para junto do seu. Ele pega minhas mãos e as coloca em seu pescoço, depois desliza os dedos pelos meus braços, pela lateral do meu corpo, até meus quadris.

A música é bem alta e é difícil conversar. Talvez por isso, Ashton chegue tão perto que sua boca roça em minha orelha.

– Obrigado por me salvar – diz ele. Sinto um arrepio. – E você não precisa ficar nervosa comigo, Irish.

– Não estou – minto, e detesto parecer ofegante, mas se ele não parar de sussurrar no meu ouvido, vou... não sei o que vou fazer.

A mão dele me aperta, segurando na base das minhas costas, me puxando para perto – me colando em algo que eu não deveria estar sentindo. *Aimeudeus*. Ashton está com tesão. Está tudo errado. Minhas mãos descem e param em seu peito e eu não consigo fazer meu corpo se afastar, pois ele reage exatamente do mesmo jeito de que me lembro do sonho.

– Sabe por que eu te chamo de Irish?

Nego com a cabeça. Imaginei que fosse porque, em meu torpor, eu divulguei minha descendência. Agora, algo me diz que tem mais coisa nesse apelido.

– Bem – diz ele, com um sorriso sedutor –, admita que você me quer e eu conto.

– Sem chance – murmuro, balançando a cabeça. Posso ter deixado um pouco do meu orgulho na pista de dança naquela noite, mas certamente não o farei novamente.

Os lábios perfeitos de Ashton fazem um meio bico, enquanto ele me olha com seus olhos intensos e pensativos. Não tenho ideia do que ele está pensando, fora o óbvio. Parte de mim quer perguntar diretamente. A outra parte está me dizendo que sou uma idiota por ter tropeçado nessa situação. Literalmente. Então, quando Ashton começa a afagar a lateral do meu quadril com o polegar, meu coração dispara e eu me convenço de que deveria ter deixado a exibida ficar com ele, porque eu estou realmente encrencada.

Por isso, suas próximas palavras me surpreendem.

– Connor me pediu para fazer você gostar de mim – Ashton diz casualmente, afrouxando um pouco a pegada para que eu não fique pressionada em sua ereção, me deixando voltar a respirar. Ele retorce a boca, como se sentisse um gosto amargo. – Já que ele gosta muito de você. – Então, ele suspira, olhando acima da minha cabeça, ao acrescentar: – E é meu melhor amigo. – Como se lembrasse a si mesmo disso.

Certo, Connor. Eu engulo em seco. Fico cheia de culpa com a menção de Connor e seus sentimentos por mim, enquanto minhas mãos ainda estão espalmadas no peito de seu melhor amigo, aquele que eu apalpei sem parar a menos de duas semanas.

– Então? – Seus olhos sérios e escuros se fixam em meu rosto. – Como faço isso, Irish? Como faço você gostar de mim?

A pergunta dele já está com aquele tom que ele usa – transbordando de desejo – e minha boca seca na hora. E eu me lembro exatamente por que provavelmente me *atirei* nele da primeira vez. E estou prestes a fazer isso de novo.

Tento ter força de vontade para virar e ir embora. Expirando profundamente, deslizo as mãos até seu pescoço e o olho com a mesma intensidade. Estou sem palavras. Totalmente sem palavras. Mordo meu lábio inferior. Seus olhos descem à minha boca, e ele abre ligeiramente os lábios. Eu consigo dizer, num tom quase agudo, sem pensar:

– Dá para parar de me deixar com vergonha?

Ele concorda, lentamente, como se estivesse analisando. Há uma pausa.

– Não estou tentando te deixar com vergonha, mas você está? Você fica envergonhada com muita facilidade.

Depois da ilustração, meu rosto fica vermelho e eu reviro os olhos.

– Só pega leve.

Ashton move ligeiramente as mãos, espalhando os dedos pela lateral do meu corpo e pelas costas, seus mindinhos quase encostando na minha bunda.

– Tudo bem. O que mais? Vamos, Irish. Pode dizer.

Mordo a bochecha, pensando. O que mais eu digo? Pare me olhar assim? Pare me tocar desse jeito? Deixe de ser tão sexy? Não... para ser honesta, essas coisas não estão me incomodando agora. Provavelmente, porque estou bêbada.

– Claro que a gente pode ir até seu quarto e...

– Ashton! – Eu lhe dou um tapa no peito com força. – Não passe dos limites!

– Desse limite, nós já passamos. – Seus braços subitamente me esmagam junto a ele, até que sinto cada parte de seu corpo. Por um segundo, meu corpo reage por conta própria, atraído pela eletricidade fluindo em cada poro.

Finalmente, meu cérebro consegue romper essa atração magnética. Eu belisco um músculo no ombro dele, com força suficiente para fazê-lo se retrair e afrouxar a pegada.

Mas ele ainda não está a fim de me soltar e acomoda novamente as mãos nos meus quadris.

– Brigona. Assim que eu gosto de você, Irish. E eu só estava brincando.

– Não estava, não. Eu *senti*. – Inclino a cabeça e ergo uma sobrancelha para olhá-lo.

Isso só faz com que ele solte uma gargalhada.

– Não posso evitar, Irish. Você faz aflorar o meu melhor.

– *Isso* que define você?

– Tem quem diga...

– Por isso que você... com tantas mulheres?

Um sorriso entretido surge em seus lábios.

– O que você não pode dizer, minha doce Irish? Por isso que eu transo com tantas mulheres?

Fico esperando a resposta, curiosa pelo que ele vai dizer.

Uma expressão bem estranha surge em seu rosto.

– É uma fuga para mim, me ajuda a esquecer, quando quero esquecer... coisas. – Com um sorriso que não convence, ele continua: – Você acha que me conhece bem.

– Se pomposo, pilantra e um bundão narcisista for o que eu estiver pensando, sim. – Eu preciso parar de beber. A síndrome da língua solta logo se apossa de mim. Daqui a pouco, eu estou contando do meu sonho erótico.

Ele assente devagar.

– Se eu não ficar transando por aí, isso vai fazer você se sentir melhor?

– Bem, certamente faria sua namorada se sentir melhor – murmuro.

– E se eu não tivesse namorada?

Não percebo que meus pés pararam de se mexer, até que os dele também param.

– Você... terminou com a Dana?

– E se eu dissesse que sim? Faria diferença para você?

Sem confiar na minha voz, simplesmente balanço a cabeça. Não, na minha cabeça, eu sei que não faria diferença, porque ele ainda é totalmente errado.

– Nem um pouco? – Ele desvia os olhos à minha boca ao perguntar, num tom tão dócil, tão vulnerável, tão... quase magoado.

Meu corpo involuntariamente reage a ele, minhas mãos seguram mais forte em seu pescoço, puxando-o mais para perto de mim, querendo confortá-lo. O que sinto por ele, exatamente?

A música lenta terminou e passou a um rock animado, mas ainda estamos dançando colados. Sei que eu não deveria perguntar, mas pergunto, mesmo assim.

– Aquilo que você disse no bilhete. Por quê?

Ele desvia o olhar por um momento e vejo seu maxilar se contrair. Quando ele me olha nos olhos, tem um ar de resignação.

– Porque você não é uma garota para ficar uma noite, Irish.

– Inclinando-se à frente, ele dá um beijo no meu queixo e murmura: – Você é minha garota para sempre.

Suas mãos me soltam e ele se vira. Com meu coração disparado na garganta, eu parada olhando, enquanto ele vai calmamente até a mesa e pega sua jaqueta.

Depois sai pela porta.

Capítulo onze

* * *

ATRAÇÃO

Você é minha garota para sempre.

    Não consigo parar de pensar nessas palavras. Desde o instante em que escaparam daqueles lábios perfeitos, ficam pairando sobre mim. Elas me seguiram até em casa, no meu torpor embriagado, foram para a cama comigo e ficaram ali, a noite toda, para me cumprimentar no instante em que abri os olhos de manhã.
    Além disso, não consigo me desvencilhar do que venho sentindo desde que ele falou. Ou do jeito que ele me fez sentir a noite toda. Não consigo expressar que sentimento é esse; só sei que não sentia antes. E continua aqui, embora eu esteja sóbria.
    Estou atraída por Ashton Henley. *Pronto.* Falei. Não disse a ele ou a Reagan ou a ninguém mais, mas tenho que admitir para mim mesma e aprender a lidar com isso. Estou atraída pelo cara com quem fiquei numa noite de bebedeira e que, por acaso, é um galinha indisponível e companheiro de casa e melhor amigo do meu meio que namorado. *Espere aí.* Ele está disponível? Ele

nunca respondeu minha pergunta. Mas acho que um galinha está sempre disponível, logo isso é um ponto crítico.

Porém, ali, deitada, olhando para o teto, eu concluí uma coisa. Meu corpo está armando um motim contra minha mente e meu coração, e consumir álcool é como lhe dar um monte de facas.

Os gemidos de Reagan interrompem meu momento de repreensão.

– Jack malvado... – Como sempre, ela não se controlou, acompanhando Grant em cada drinque. Grant, que tem pelo menos cinquenta quilos a mais que ela. – Estou me sentindo o cocô do cavalo do bandido. Nunca mais vou beber.

– Você não disse isso da última vez? – eu a relembro, meio de esguelha.

– Agora fique quietinha. Seja uma boa colega de quarto e apoie o meu autoengano.

Para dizer a verdade, eu não me sinto muito melhor que ela.

– O álcool é mesmo do diabo, não? – No fim das contas, a minha tia Darla talvez não seja tão maluca.

– Mas torna as noites tão divertidas.

– A gente não precisa de álcool para se divertir, Reagan.

– Você parece um filme de sessão da tarde.

Dou um gemido.

– Venha. É melhor a gente ir para a aula.

– Hã? Que aula?

Viro a cabeça para o lado e vejo o relógio digital vermelho em cima da cômoda marcando uma da tarde.

– Merda!

* * *

– Ainda está zangada comigo, Livie? – pergunta Dr. Stayner, daquele jeito dele, suave e imperturbável.

Dou um chute numa pedra e sigo pelo caminho para pegar meu trem.
— Ainda não tenho certeza. Talvez. — Mentira. Eu sei que não estou. Mas isso não significa que não vou ficar de novo até a hora de desligar.
— Você jamais seria capaz de guardar rancor... — Kacey tinha razão. Ele consegue ler mentes. — Como vai você?
— Ontem eu matei aula — admito, acrescentando secamente: — Não parece parte do meu plano de piloto automático, parece?
— Humm... interessante.
— Bem... Na verdade, não. Eu dormi demais. Não foi intencional. — Reviro os olhos e confesso.
Ele ri.
— E como se sente, agora que aconteceu?
Faço uma careta.
— Estranhamente bem. — Vinte e quatro horas depois de um miniataque de nervos, quando, em pânico, mandei uma mensagem de texto para o meu parceiro de laboratório, e ele me garantiu, pelo menos cinco vezes, que o professor não me deu falta e podia pegar suas anotações. Estou estranhamente inabalada.
— Quer dizer que perder uma aula não é o fim do mundo?
— Ele ri baixinho outra vez.
Eu sorrio ao telefone, vencida por sua tranquilidade.
— Talvez não.
— Que bom, Livie. Fico contente que você possa sobreviver a essa transgressão abominável. E como foi seu primeiro dia de voluntária no hospital? — Percebo a mudança em seu tom. Reconheço bem. É aquele tom de quem já sabe a resposta, mas está perguntando mesmo assim. — Livie, você está aí?
— Foi bom. Os meninos são uns queridos. Obrigada por arranjar tudo.

– Claro, Livie. Acredito firmemente que se deva ganhar experiência onde é possível.
– Mesmo que lá não seja o meu lugar? – respondo, com as palavras cheias de amargura.
–Eu nunca disse isso, Livie, e você sabe disso.
Há uma longa pausa e depois eu disparo:
– Foi difícil. – Ele espera silenciosamente que eu continue.
– Foi mais difícil do que eu achei que seria.
Ele parece saber exatamente o que quero dizer, sem que eu diga.
– Sim, Livie. É difícil para velhos ranzinzas, como eu, passar por aqueles corredores. Eu sabia que seria especialmente difícil para você, pelo seu espírito acolhedor.
– Mas vai melhorar, não vai? Quer dizer – digo, enquanto desvio de uma mulher que parou do meio da calçada, meio confusa – que eu não vou me sentir tão... triste, todo dia que estiver lá, vou? Eu vou me acostumar?
– Talvez não, Livie. Tomara que sim. Mas se não ficar mais fácil e você decidir que quer seguir um caminho diferente, encontre outro jeito de ajudar crianças e também será legal. Você não estará fracassando com ninguém por mudar de ideia.
Eu mordo a bochecha, enquanto penso nisso. Não tenho a menor intenção de mudar nada e não é como se ele estivesse me incentivando a desistir. Eu sei disso. É quase como se ele estivesse me dando permissão para que eu escolhesse. O que não farei.
– Agora, me conte o que está havendo com esses meninos que estão atrás de você.
Meninos? Plural? Estreito os olhos ao olhar em volta, observando as pessoas na área.
– Você está me seguindo?
Preciso esperar uns dez segundos para que ele pare de gargalhar, até que eu possa continuar. Sei o que quero perguntar,

mas agora, que estou falando com ele, eu me sinto imbecil. Será que devo perguntar a um renomado terapeuta especializado em transtorno de estresse pós-traumático algo tão trivial? Tão de garotinha? Dá para ouvir que Dr. Stayner está bebericando algo do outro lado da linha, enquanto espera, silenciosamente.

– Como você pode saber quando um cara gosta de você? Quer dizer, *de verdade*? Não só... – Eu engulo em seco, enquanto minhas bochechas coram. Talvez eu engasgue nas palavras em breve. – Não só de um jeito físico?

Há uma longa pausa.

– Geralmente, é pelas coisas que ele faz, não pelas que ele diz. E, se ele faz sem alarde, então, ele está bem a fim.

Você é minha garota para sempre.

Apenas palavras. Pronto, Dr. Stayner confirmou. Eu não devia ficar pensando no que o Ashton me disse quando estava bêbado, porque são apenas palavras. Isso não significa que seja qualquer coisa além de hormônios em ebulição. Sinto meu coração murchar um pouquinho ao perceber isso. Pelo menos, é uma resposta, e é melhor que ficar sem saber.

Melhor eu ficar com Connor. Ele parece certo.

– Obrigada, Dr. Stayner.

– Isso tem a ver com aquele cara irlandês que você conheceu?

– Não... – Eu dou um suspiro. – Ashton.

– Ah, o ladrão de gelatina.

– É. Ele por acaso também é o melhor amigo de Connor e mora na mesma casa. – E pode ou não ter namorada, mas eu omito essa parte. O negócio já está bem complicado.

– Bom, você está bem enrolada, Livie.

Minha única resposta é um gemido concordando.

– Como você se sentiria se esse tal Ashton estivesse interessado? Quer dizer, mais que fisicamente.

Eu abro a boca, mas percebo que não tenho uma resposta além de "Eu não sei". E não sei, mesmo. Porque não importa. Connor é perfeito e calmo. Ashton está bem longe de ser perfeito. Agora eu sei o que Storm e Kacey queriam dizer quando chamam alguém de "sexo no espeto". Isso é Ashton. Ele não é um cara para sempre. O Connor é um cara para sempre. Bem, acho que é. É cedo demais para saber.

– Você pelo menos admitiu para si mesma que sente atração pelo Ashton?

Droga! Se eu responder a verdade, vai ficar bem mais difícil negar. Torna mais real.

– Sim – eu finalmente resmungo, relutante. *Sim, estou atraída pelo melhor amigo galinha do meu meio namorado. Estou até tendo sonhos eróticos com ele.*

– Que bom. Ainda bem que isso está resolvido. Achei que levaria meses para que você deixasse de ser tão teimosa.

Eu reviro os olhos para o doutor sabichão.

– Sabe o que eu faria enquanto isso?

Entorto a boca, curiosa.

– O quê?

– Usaria maria-chiquinha.

Passam pelo menos cinco segundos, antes que eu consiga superar o choque.

– *O quê?*

– Garotos que estão a fim de garotas não conseguem se controlar perto de uma maria-chiquinha.

Que ótimo. Agora um psiquiatra está zombando de mim. *Meu* psiquiatra. Vejo a estação logo à frente e, checando meu relógio, sei que o trem vai chegar logo. O trem que me leva até o Hospital Infantil, para que eu possa focar nas coisas que interessam.

– Obrigada por me ouvir, Dr. Stayner – digo, balançando a cabeça.

– Pode me ligar a qualquer hora, Livie. Sério.
Eu desligo, sem saber se me sinto melhor ou pior.

* * *

– Agora, você sabe diferenciar a gente? – Eric está ao lado de Derek, que parece mais pálido. Ele está coçando a carequinha. Ambos estão sorrindo.
Eu fecho os lábios apertados para não sorrir, franzindo as sobrancelhas. Meus olhos passam de um para o outro, e de volta, enquanto coço o queixo, como se estivesse confusa.
– Derek? – Eu aponto para o Eric.
– Rá-rá! – Eric estende os bracinhos magros, fazendo uma dancinha engraçada. – Nããoǃ Eu sou o Eric. Nós ganhamos!
Inclinando a cabeça para trás, dou um tapa na minha testa.
– Nunca vou acertar!
– Nós raspamos a minha cabeça hoje de manhã – Eric explica, vindo pulando até o meu lado. – Está bem lisa. Pega.
Eu obedeço, passando os dedos no sombreado do couro cabeludo, que ainda dá para ver.
– Liso – concordo.
Ele franze o nariz.
– Dá uma sensação esquisita. Mas vai crescer de novo, como o do Derek sempre cresce.
Como o do Derek sempre cresce. Sinto um espasmo na barriga, só por um segundo. Por quantas sessões de tratamento o pobrezinho do garoto já passou?
– Com certeza, Eric – digo, forçando um sorriso, enquanto caminho até a mesa e me sento. – Então, o que vocês querem fazer hoje?
Derek silenciosamente senta-se ao meu lado. Pelos seus movimentos mais vagarosos, dá para ver que ele não está com

a energia do irmão, que começou o tratamento essa semana, segundo Diane.

– Desenhar? – sugere ele.

– Parece um bom plano. O que quer desenhar?

Ele franze a testa, enquanto pensa.

– Quero ser policial, quando eu crescer. Eles são fortes e salvam as pessoas. Posso desenhar isso?

Eu respiro fundo e dou um sorriso.

– Acho uma ótima ideia.

Conforme os meninos começam a trabalhar, eu dou uma olhada na sala de recreação. Hoje há várias outras crianças, incluindo uma menininha toda de rosa – pijama rosa, chinelinhos peludos cor-de-rosa, e um lenço rosa cobrindo a cabeça, que deve estar careca. Ela está agarrada a um ursinho rosa, segurando embaixo do braço. Há uma moça andando atrás dela – provavelmente, outra voluntária –, enquanto ela passa de um brinquedo a outro, lançando olhares furtivos em nossa direção.

– Oi, Lola! – grita Eric, e depois, se inclinando para mim, ele sussurra: – Ela tem quase quatro anos. Ela é legal. Para uma garota.

– Ora, então, nós devemos convidá-la para sentar com a gente – digo, erguendo uma sobrancelha e esperando.

Eric arregala os olhos quando nota que estou sugerindo que ele faça o convite. Um sorriso tímido curva seus lábios, enquanto ele a olha de rabo de olho.

Mas é seu irmão que vira e diz, com uma voz suave:

– Quer vir sentar com a gente, Lola?

Eric vem sentar-se ao meu lado, chegando mais perto, olhando Lola como um falcão, enquanto ela alegremente vem até uma cadeira vazia, entre ele e Derek.

– Passa a mão na minha cabeça, Lola – ele diz, se inclinando para a frente, apontando o couro cabeludo liso, diante do rosto dela.

Dando uma risadinha, ela sacode a cabeça e enfia as mãos embaixo dos braços, recuando ligeiramente.
Mas Derek não acha engraçado e olha fulminante para o irmão.
– Pare de mandar as pessoas passarem a mão na sua cabeça.
– Por quê?
– Porque é esquisito. – Derek desvia os olhos para Lola e a raiva logo passa. – Não é, Lola?
Ela só dá de ombros, desviando os olhos de um irmão para o outro, sem dizer nada.
Desistindo de impressionar Lola com sua careca lisa, Eric começa a desenhar um tanque. Mas o irmão empurra uma folha de papel à frente e estende sua caixa de lápis de cera, oferecendo.
– Toma. Quer fazer um desenho comigo?
E é quando eu percebo. Derek tem uma queda pela pequena Lola. Eu troco um olhar com a voluntária de meia-idade que a seguiu até aqui. Ela pisca, confirmando.
Os meninos e Lola ficam colorindo por uma hora direto, usando uma pilha de papel, enquanto desenham a si mesmos como tudo, desde policial, até lobisomem e mergulhador e astro de rock. Não consigo tirar os olhos de Derek, enquanto ele paparica Lola, ajudando-a a segurar o lápis de cera, fazendo partes do desenho que são mais difíceis para uma criança de quatro anos do que para uma que tem quase seis.
Olho com o coração derretido e apertado ao mesmo tempo.
Depois de uma hora, quando a voluntária de Lola lembra que ela precisa descansar, Eric, que está entretido, colorindo as rodas de seu caminhão, grita "Tchau, Lola!", mas Derek pega o desenho que ele fez de si mesmo como policial e silenciosamente dá a Lola, para que ela leve para o seu quarto.
E eu preciso me virar, antes que eles vejam as lágrimas brotando.

Capítulo doze

* * *

SAUDADE DE CASA

– Dá para acreditar? – Kacey pousa o queixo em meu ombro por trás, enquanto olhamos o mar juntas, com nossos vestidos de madrinha de casamento em seda cor de ameixa, tremulando ao vento. – Ainda lembro quando eles saíram pela primeira vez. Storm estava petrificada. E, agora, ali estão eles, se casando e tendo um bebê.

Nós nos viramos ao mesmo tempo para olhar o casal deslumbrante, enquanto o fotógrafo tira fotos dos dois com o pôr do sol atrás. Storm pode estar com seis meses de gestação, mas fora a barriguinha redonda e os seios gigantescos – resultado dos hormônios misturados com implantes de silicone – ela está exatamente igual ao que sempre foi. Uma boneca Barbie.

Uma Barbie que, junto com sua linda filhinha, entrou em nossas vidas quando mais precisávamos. É engraçado como alguns relacionamentos podem surgir de um jeito tão acidental e, ainda assim, combinar tanto. Quando Kacey e eu partimos para Miami, fomos parar em um prédio decrépito, morando ao lado de uma garçonete e mãe solteira de uma menina de cinco anos. Storm e Mia. Elas nos acolheram sem reservas, sem receios em suas vidas. Por isso, nunca pensei nelas como vizinhas ou amigas. De um jeito estranho, sempre pensei nelas como família.

Todos eles são, eu admito, olhando a pequena aglomeração reunida na praia ao pôr do sol, ali para o casamento do lado de fora de nossa casa. É o grupo mais misturado que você pode imaginar – nosso senhorio, Tanner, mais sem jeito que nunca, segurando o braço de sua acompanhante, enquanto coça a barriga, distraído; Cain, dono de uma boate de striptease, onde Storm e Kacey trabalhavam, dando uns goles na bebida, enquanto olha Storm e Dan, com um sorriso orgulhoso nos lábios; Ben, antigo segurança no Penny's, que se tornou um amigo próximo de todos nós, de braços dados com a advogada loura e bonita de sua firma. Preciso admitir, é uma bela visão, e ele sempre deu umas indiretas de querer sair comigo desde que fiz dezoito anos.

– Eu queria que você ficasse mais tempo – Kacey resmunga. – Nós ficamos tão ocupadas, que nem tivemos chance de conversar. Tenho a sensação de nem saber mais o que está acontecendo na sua vida.

É porque você não sabe, Kacey. Eu não disse nada a ela. É o *status quo*, até onde ela sabe – a escola está ótima, eu estou ótima. Tudo está ótimo. Não vou lhe contar a verdade: que estou simplesmente confusa. Durante o voo todo, na vinda para cá, fiquei me convencendo de que isso tudo vai passar. Preciso me adaptar, só isso. E, enquanto estou me adaptando, não vou tirar a atenção do dia de Storm e Dan.

– Kacey! – Trent está com as mãos em concha, em volta da boca, chamando minha irmã.

– Ah, preciso ir! – Ela aperta meu cotovelo, com um sorriso endiabrado nos lábios. – Não deixe de estar lá dentro de casa em quinze minutos, para a primeira dança deles.

Fico olhando, enquanto ela sai correndo descalça pela areia, em direção a Trent, deslumbrante com seu smoking. Das primeiras vezes em que o encontrei, eu não conseguia ficar na mesma sala que ele sem parar de suar. Mas, em algum momento, ele passou a ser apenas a alma gêmea pateta da minha irmã. E, agora, eles estão armando alguma. Não sei exatamente o que é, mas, pelos sussurros que ouvi, tem a ver com uma garrafa de champanhe, o bambolê prateado do Penny's, que Storm usava em sua "apresentação", e a montagem de um vídeo constrangedor do casal feliz.

Trent e Kacey são perfeitos juntos.

Torço para que eu também tenha isso um dia.

Viro para o sol poente. E respiro. Inspiro e expiro, lentamente. Respiro e aproveito esse momento lindo, esse dia maravilhoso, afastando todas as preocupações e medos. Vejo que não é tão difícil assim. O som das ondas e do riso de Mia, com Ben correndo atrás dela, serve como âncora para me manter no chão.

– Como vai a faculdade, Livie?

A voz me surpreende e me dá arrepios na espinha. Ao me virar, vejo aqueles olhos cor de café olhando o mar, ao meu lado.

– Oi, Cain. Está boa.

Família ou não, ainda não me sinto totalmente à vontade perto do ex-patrão da minha irmã. Ele nunca fez nada para me deixar inquieta; na verdade, ele é um dos homens mais respeitadores que já conheci. Mas é meio enigmático. Tem uma aparência jovial e sábio além de sua idade. Quando Kacey o conheceu, achou que ele tivesse trinta e poucos anos, mas um dia ouviu-o dizer que tinha vinte e nove. Isso significa que ele abriu sua primeira boate com vinte e poucos. Ninguém sabe onde ele arranjou o dinheiro. Ninguém sabe nada de sua família, de seu passado. Tudo o que sabemos é que ele tem um meio de vida lucrativo no ramo do sexo. Mas, segundo Kacey e Storm, ele só parece querer ajudar suas funcionárias a se reerguerem. Nunca passou do limite.

 Apesar de que a maioria das dançarinas não se importaria, se tivesse passado. Não me surpreendo. Cain não é só bonito; ele exala confiança masculina – seus ternos bem-talhados, cabelo perfeitamente penteado e comportamento reservado só ressaltam seu atrativo. E por baixo de tudo isso? Bem, apenas digamos que, nas poucas vezes que ele veio aproveitar a praia com a gente, notei que Dan e Trent ficaram mais perto de suas mulheres. Kacey diz que Cain tem corpo de lutador. Tudo o que sei é que entre seu rosto arrebatador, os músculos definidos e várias tatuagens interessantes, ele já me pegou o olhando mais de uma vez.

 – Fico contente. Sabe, sua irmã está muito orgulhosa de tudo o que você conseguiu.

 Sinto um nó no estômago. *Obrigada pelo lembrete...* Sinto seus olhos em meu rosto e fico vermelha. Sem olhar, eu sei que ele está me observando. Esse é o Cain. Dá a sensação de que ele consegue ver tudo em você.

 – Todos nós estamos, Livie. Você se transformou numa mulher extraordinária. – Ele dá um gole em seu drinque. Conhaque, provavelmente, já que essa é sua bebida preferida. E diz: – Se você precisar de alguma ajuda, sabe que pode contar comigo, certo? Eu lhe dei meu número.

 Agora, eu viro para olhá-lo, ver seu sorriso verdadeiro.

 – Eu sei, Cain. Obrigada – digo educadamente. Ele disse a mesma coisa, um mês atrás, na minha festa de despedida. Eu estava ocupada, chorando sem parar ao lado da Storm, sensível pelos hormônios. Eu jamais aceitaria, mas agradeço, mesmo assim.

– Quando você volta para lá?
– Amanhã à tarde – respondo com um suspiro. Não necessariamente um suspiro feliz. Da última vez em que estive em Miami, eu estava triste, mas com toda aquela empolgação nervosa pelo começo da faculdade para me ajudar a subir no avião. Agora, não tenho a mesma empolgação.
Pelo menos, não pelas *aulas* da faculdade.

Capítulo treze

* * *

QUEDA

– Seu pai dá essa festa todo ano? – pergunto, enquanto Reagan paga o táxi com seu cartão de crédito, e nós descemos. A julgar pela casa de dois andares onde paramos, concluo que os treinadores de Princeton ganham muito bem ou a família de Reagan tem dinheiro por outros meios. É de pedra e tijolinhos, com telhados altos e uma torre. O jardim em estilo inglês se estende por um gramado perfeitamente cuidado e a entrada de carros forma um arco, na porta da frente. Uma dúzia de carros, ou mais, já estacionados no círculo, incluindo o Audi branco de Connor.
– Religiosamente. É meio que uma reunião do tipo "bem-vindos-de-volta-nós-vamos-ganhar-a-grande-corrida-e-eu-vou-matar-vocês-no-treino-de-inverno".
Sigo atrás dela, enquanto contornamos a lateral da casa até um pátio traseiro, igualmente lindo. Cerca de cinquenta pessoas bem-vestidas conversam com drinques na mão, aceitando petiscos dos garçons usando smoking que circulam em volta. A

massa é predominantemente masculina, mas vejo algumas garotas. Namoradas, Reagan confirma.

Eu instintivamente aliso minha saia tubinho cinza. Reagan descreveu a festa como "social, mas modesta". Eu não trouxe muita roupa social para o clima ainda quente, então só tenho uma saia justa e uma blusa de seda violeta, sem mangas, com um decote cavado nas costas que, infelizmente, deixa à mostra a minha nova tatuagem. Reagan me garantiu que seus pais não vão pensar mal de mim, se virem o desenho. Mesmo assim, deixei meu cabelo comprido solto.

Rapidamente, olho o grupo à procura de Connor. Não sei se Ashton vai estar aqui. Talvez, sendo o capitão, mas... também espera-se que você não durma com todo mundo quando se tem namorada, mas acho que Ashton ainda não notou isso.

– Ah, Reagan! Como vai você?! – grita uma voz feminina. Eu me viro e vejo uma versão mais velha de Reagan vindo em nossa direção, de braços estendidos, e sorrio. Elas são idênticas em estatura, porte, sorriso... tudo.

– Ótima, mãe – diz Reagan, calmamente, enquanto sua mãe planta um beijo em sua bochecha.

– Como vai indo? Como estão as aulas? Você tem saído? – pergunta ela rapidamente, falando baixinho. Parece meio agitada, como se não tivesse muito tempo para falar, mas precisasse tirar informações da filha.

– Sim, mãe. Com a minha colega de quarto. Essa é a Livie. – Ela vira a atenção da mãe para mim.

– Ah, é um prazer conhecê-la, Livie. Pode me chamar de Rachel – diz ela com um sorriso educado e terno. – Nossa, mas como você é bonita. E tão alta!

O calor sobe pelo meu pescoço. Abro a boca para agradecer, mas ela já está olhando de volta para Reagan.

— E como é o alojamento? Você está conseguindo dormir naquela caminha minúscula? Seria bom se eles fizessem camas maiores. Elas não são apropriadas para as pessoas!

Enquanto ela continua falando, deixo escapar o ar e rapidamente cubro o rosto, fingindo tossir. *De alguma forma, cabem dois na cama da sua filha.*

Reagan responde com um sorrisão.

— Não é ruim. É mais confortável do que eu esperava.

— Certo, que bom. Eu tinha receio de que você não fosse dormir bem.

— Mãe, você sabe que eu tenho dormido bem. Falei com você ontem. E anteontem. E no dia anterior... — Reagan diz pacientemente, mas noto o tom de irritação.

— Eu sei, querida. — Rachel afaga seu ombro. — Agora, eu preciso ir. O pessoal do bufê precisa de orientação.

Ao dizer isso, a mãe de Reagan sai depressa, mas graciosa. Reagan se inclina para a frente.

— Peço que você lhe perdoe. Sou filha única e ela é superprotetora. E pilhada. Estamos tentando tirá-la do medicamento para ansiedade. — Em seguida, ela começa a perguntar: — Você está com fome? Porque eu posso ir até lá e...

— Reagan! — uma voz de homem ruge, interrompendo.

Os olhos de Reagan se iluminam e ela me pega pela mão.

— Ah, venha conhecer meu pai! — Eu mal consigo acompanhá-la, quando ela parte pela casa, empolgada. Ela é mais parecida com a mãe do que quer admitir. O único momento em que desacelera é quando Grant aparece do nada e entrega um drinque a cada uma de nós.

— Moças — diz ele, fazendo uma rápida reverência, depois some, tão depressa como apareceu, dando uma piscada para Reagan ao se virar. Dou um gole e já sei que está cheio de Jack, e fico aliviada. Hoje me senti um pouco nervosa desde que deixei o hospital.

Reagan continua indo em frente, passando por vários caras – sorrindo para eles, conforme seguimos –, até que chega à parte coberta do pátio, perto da casa, onde está um homem gigante, de cabelo grisalho e barba caprichosamente aparada, e uma barriga redonda – seu pai, eu imagino –, ao lado de Connor.

– Oi, papai! – Reagan dá um gritinho, pulando nos braços dele.

Ele a levanta do chão, rindo, enquanto ela dá um beijo em seu rosto.

– Aqui está a minha garotinha.

Entro nos braços estendidos de Connor para um abraço, enquanto olho Reagan e seu pai, com uma pontinha de inveja.

– Você está linda – Connor murmura, dando um beijo inocente nos meus lábios.

– Obrigada. Você também está ótimo. – E ele está. Ele sempre se veste bem, mas hoje está com uma calça social e uma camisa branca. Ao sorrir com as covinhas, o ar lentamente deixa meu peito, de alívio. Noto que eu fico mais relaxada quando Connor está por perto. Ele tem um ar de calma, tranquilidade, apoio.

É o certo.

– Como foi no hospital hoje?

Inclino a cabeça de lado, como se estivesse indecisa.

– Bom. Difícil, mas bom.

Ele dá um apertãozinho no meu braço.

– Não se preocupe. Vai ficar tudo bem. Você vai se sair muito bem.

Forço um sorriso ao me virar de volta para Reagan e seu pai, contente que alguém tenha confiança em mim.

– Como tem sido seu primeiro mês? Nada muito extravagante, eu espero? – pergunta o pai de Reagan.

– Não, minha colega de quarto fica de olho em mim. – Reagan vira para apontar para mim. – Essa é Livie Cleary, papai.

O homem vira-se para me olhar, com seus olhos azuis bondosos. Ele estende a mão.

– Olá, Livie, eu sou Robert.

– Olá, senhor... Robert. Sou Livie Cleary. – Eu me atrapalho com as palavras. Uma risadinha nervosa escapa e eu sacudo a cabeça. – Desculpe, a Reagan acabou de lhe dizer isso.

Robert ri. Vejo que ele olha para alguém atrás de mim.

– Ah, obrigado – diz ele ao aceitar uma bebida.

Uma figura alta e morena surge ao lado de Robert. Alguém com cílios incrivelmente longos e olhos castanhos penetrantes que fazem meu coração disparar.

– De nada – responde ele, educadamente.

Ashton, como sempre, está deslumbrante, mesmo com a roupa mais básica. Mas hoje ele claramente respeitou a etiqueta de traje. Seu cabelo está bem penteado, mas sexy. Em vez de jeans e tênis, ele está de calça preta social e sapatos. Em vez da camiseta surrada, ele está com uma camisa azul-petróleo, perfeitamente talhada e passada. Ao vê-lo tomar um gole de seu drinque, noto que a pulseira de couro gasto aparece. É a única coisa que lembra o Ashton que eu conhecia. Ele parece ter saído das páginas da revista *GQ*.

Não sei se é por causa dessa transformação, ou porque finalmente aceitei que sinto atração por Ashton, mas o desconforto que sempre senti perto dele começa a sumir, ou se transformar, em algo totalmente diferente, e não é nada desagradável. Embora seja muito dispersivo.

A voz jovial de Robert interrompe meus pensamentos.

– Estou sentindo, garotos. Temos uma equipe vencedora esse ano. – Ele pousa a mão larga no ombro de seu capitão.

Ashton responde com um sorriso verdadeiro, cheio de respeito. Um sorriso que eu nunca tinha visto em seu rosto.

– Então, Livie, você é uma das novatas em Princeton, junto com a minha filha – Robert diz, virando-se para mim.

Meus olhos cruzam com os de Ashton, antes que eu consiga virar para Robert, e isso faz meu coração saltar.

– Sim, senhor – digo, limpando a garganta.

– E o que está achando até agora? – Ele desvia o olhar para minha cintura. E é quando eu lembro que o Connor está com o braço à minha volta. – Nenhum desses pilantras está perturbando você, eu espero?

Dou um sorriso tímido para Connor, que retribui com um sorriso de esguelha.

– Nenhum pilantra – respondo, tomando o restinho do meu drinque. Como foi que o tomei tão depressa? Antes que eu possa me conter, meus olhos desviam-se até Ashton e vejo que ele está encarando o meu peito. Instintivamente cruzo os braços, ganhando um sorriso largo dele ao levar o copo aos lábios. *Um pilantra, talvez.*

– Que bom. Eles são bons jovens – diz Robert, assentindo. Então, nós ouvimos um berro, quando Ty chega pelos fundos com sua saia escocesa, e Robert acrescenta: – Talvez, meio extravagantes às vezes, mas, por outro lado, que aluno de faculdade não é? Certo, Grant?

Eu juro, Grant tem um radar para copo vazio, ou está nos observando como uma águia, porque subitamente aparece por trás com dois novos drinques de Coca e Jack para Reagan e mim.

– Certo, treinador.

– Não tem álcool nesse drinque, certo, Cleaver? – As sobrancelhas cheias de Robert se erguem até o meio da testa com a pergunta.

— Nem uma gota — diz Grant, com seu sorriso pateta substituído por uma máscara de sinceridade.

— Claro que não, papai — Reagan repete, afetuosa.

Robert olha para a filha amada, que consegue fazer aquela cara de estudante inocente e virginal melhor do que qualquer uma que conheci. Melhor que... bem, eu, eu acho. Não dá para saber se ele acredita nela. Ele só precisava cheirar o copo para saber que está cheio de álcool. Mas ele não vai além.

— Então, em que você vai se formar, Livie?

— Biologia molecular.

Pela forma como ergue as sobrancelhas, dá para ver que ele ficou impressionado.

— A Livie vai fazer pediatria — Connor diz, orgulhoso.

— Que bom para você. E o que fez você escolher Princeton?

— Meu pai estudou aqui. — A resposta sai da minha boca com facilidade. É uma boa resposta. Na verdade, eu poderia facilmente ter ido para Harvard ou Yale. Tive cartas de aceitação de todas elas, já que meus orientadores pedagógicos fizeram com que eu me inscrevesse. Mas nunca houve dúvida sobre qual eu escolheria.

Robert concorda, como se esperasse essa resposta. Acho que ele ouve muito isso. Não é incomum que várias gerações frequentem Princeton. Ele franze as sobrancelhas, enquanto pensa nisso.

— Que ano?

— Em 1982.

— Ora... eu sou de 1981. — Ele coça a barba, como se pensasse profundamente. — Como disse mesmo que era seu sobrenome?

— Cleary.

— Cleary... Cleary... — Robert repete, enquanto coça a barba. Dá para ver que está puxando pela memória. Dou outro longo gole em meu drinque, enquanto olho. De jeito algum ele conhece meu pai, mas está tentando.

– Miles Cleary?

Eu engasgo com a boca cheia de líquido, arregalando os olhos de surpresa.

Robert parece orgulhoso de si.

– Ora, mas que tal essa!

– Sério? Você o conheceu? Quer dizer... – Eu tento controlar minha empolgação.

– Sim. – Ele assente devagar, como se as lembranças rapidamente lhe viessem à cabeça. – Sim, conheci. Nós dois éramos sócios do Tiger Inn. Fomos a muitas festas. Um sujeito irlandês, certo?

Sinto minha cabeça balançando, ao concordar.

– Boa pessoa, tranquilo. – Ele ri baixinho e vejo algo que parece vergonha passando em seu rosto experiente. – Nós namoramos a mesma garota por um breve período. – Outra risada, e suas bochechas enrugadas ficam vermelhas com a lembrança. Algo que tenho certeza de que não quero saber. – Então, ele conheceu uma garota deslumbrante, de cabelo escuro, e nós quase não o víamos mais. – Seus olhos se estreitam só um pouquinho, enquanto ele olha meu rosto, estudando meus traços. – Olhando para você, eu diria que ele se casou com ela. Você se parece com ela.

Dou um sorriso e concordo, desviando o olhar para o chão por um momento.

– Nossa, mas que legal, Livie! – Reagan dá um gritinho, arregalando os olhos, toda animada. – Nós devíamos recebê-los da próxima vez que estiverem na cidade!

Robert já está assentindo, concordando com a filha.

– Sim, eu adoraria reencontrar o Miles.

– É... – De repente, meu breve balão de empolgação murcha com a realidade. Sim, seria ótimo ver meu pai e Robert juntos. Receber meus pais aqui. Ver a risada fácil do meu pai. Mas isso não vai acontecer. Nunca. Sinto o apertãozinho do Connor em meu braço, me puxando para junto dele. Ele é o único que sabe. Agora, todos saberão. – Na verdade, ele e minha mãe morreram num acidente de carro quando eu tinha onze anos.

Todo mundo faz aquela expressão habitual de quando se dá uma notícia dessas. Choque, seguido de uma ligeira palidez, e uma sobrancelha arqueada. Geralmente, só uma assentida breve de cabeça. Já vi isso mil vezes. O rosto de Robert segue a sequência, e ainda lança um olhar para a filha, que diz por-que-você-não-sabia-disso-sobre-a-sua-colega-de-quarto. Mas não é culpa dela. Eu que nunca contei. Não evitei contar, só não surgiu na conversa.

– Eu... eu lamento ouvir isso, Livie – ela diz, sem jeito.

Eu tento consolá-la, com um sorriso amável e palavras tranquilas.

– Tudo bem. Foi há muito tempo. Eu estou... bem.

– Bem... – Há um silêncio estranho, motivo pelo qual eu geralmente evito dizer isso em grupos. Então, Grant, que ainda está por ali, salva o dia, mudando de assunto para a corrida que se aproxima, me livrando do centro das atenções. E olho para Ashton pela primeira vez desde o início da conversa sobre os meus pais.

Eu espero a expressão habitual. Mas não a vejo. Vejo seu olhar fixo nos meus, com uma expressão muito estranha. Um sorrisinho surge em meus lábios e a leveza surge em seu olhar.

Não há outro modo de descrever, fora...

Paz.

* * *

– Então, todo o estardalhaço é por isso.

Sorrindo orgulhoso, Connor pega minha mão, enquanto nós caminhamos pela Prospect Avenue – ou, a "Street", como é conhecida por todos em Princeton – e subimos os degraus da impressionante casa em arquitetura Tudor, com ripas de madeira marrom decorando a fachada. É noite de quinta-feira. Já há uma fila na entrada, mas Connor mostra sua carteira e nós passamos sem problemas.

Empurrando a porta pesada para que eu passasse, ele gesticula drasticamente, na direção do interior.

– Bem-vinda ao *melhor* clube gastronômico! – Logo ouço o som de riso e a música.

– Imagino que todos vocês digam isso, de seus respectivos clubes – provoco, olhando o lambri de madeira escura forrando as paredes do chão ao teto, e móveis e antiguidades, enquanto seguimos em frente. Sábado passado, depois que Robert confirmara que meu pai havia sido sócio daqui, Connor prometeu me trazer para conhecer. Desde então, ando muito ansiosa.

– É legal. – Eu inalo profundamente, como se, de alguma forma, isso me ajudasse a sentir a presença de Miles Cleary em meio às paredes.

– Você ainda não viu nada. – Connor sorri e estende o braço musculoso. – Guia turístico ao seu dispor.

Connor me mostra os vários andares e a nova parte ampliada e renovada, enfatizando o deslumbrante salão de jantar, uma biblioteca e um salão que fica no alto. Ele deixa o porão por último – um espaço aberto, pouco iluminado, chamado de "sala do chope".

– Agora não está ruim aqui – diz Connor, segurando minha mão, enquanto descemos. – Até meia-noite, não vamos conseguir nos mexer. Esse é o maior e melhor salão de chope de Princeton. – Ele sorri, acrescentando: – E eu *não* estou dizendo isso só porque sou sócio.

– Não estou duvidando de você – murmuro, olhando a cena. Muito riso, alunos sorridentes, tanto homens quanto mulheres circulando com chope na mão. Alguns estão carregando espadas plásticas e máscaras de baile. Connor diz que deve ter sido tema de alguma festa mais cedo em outro lugar.

Os únicos móveis que vejo são mesas verdes grandes de madeira com o logo do clube. De alguma forma, não me surpreendo quando vejo Ty numa delas, gritando com alguém, enquanto serve chope de um jarro em copos plásticos colocados em duas pirâmides nas pontas opostas da mesa.

– E aí, companheiro! – Ty bate nas costas de Connor com as costas da mão livre. Curvando a cabeça em minha direção, ele berra "Irish!" com seu sotaque escocês falso, me fazendo rir. Ty tem algo que o torna tranquilo. Ele é largado, ruidoso e, às vezes, escancaradamente pervertido, mas não dá para deixar de gostar dele. Posso imaginá-lo se dando bem com Kacey. Talvez seja por isso que eu me sinta tão à vontade perto dele. De um jeito estranho, exibindo essa saia escocesa, Ty me lembra meu lar.

Connor dá um apertãozinho no ombro de Ty.

– Todos nós viemos aqui para comer quase todo dia, mas Ty praticamente mora aqui. Ele faz parte do corpo de oficiais. Provavelmente por isso que esse lugar é tão maluco. Não sei como ele passa numa única matéria.

Projetando o queixo na direção de um livro aberto numa cadeira próxima, o rosto de Ty é a imagem da confusão.

– Não sei o que você quer dizer. Faço alguns dos meus melhores trabalhos aqui. – Ele joga o jarro vazio no chão e pega duas bolas de pingue-pongue. – Pronto?

Connor dá de ombros, olhando para mim.

– Topa?

– O que é isso... *beer pong*? – pergunto, olhando novamente a mesa e as bolas.

Ty bate com o copo de cerveja ao pousá-lo e anuncia, com um sorriso travesso:

– Uma virgem no Beirute! Adorei! – Ele aponta o dedo para mim. – Nunca chame isso de *beer pong*. E nada de moleza, ou vou chutar sua bundinha linda porta afora!

– Por que será que estou com a sensação de que estou ferrada? – resmungo, olhando todos os copos de cerveja. Mas também sei que as ameaças de Ty não são à toa, e tentar fugir será uma humilhação diante do clube inteiro.

– Escocês doido – Connor murmura baixinho, mas seus olhos estão brilhando. Passando o braço em volta da minha cintura, ele começa a rir. – Não se preocupe. Sou bom nesse jogo. Você está segura comigo.

Dou um apertãozinho em seu braço antes de soltá-lo, e sinto uma pontinha de alívio com o lembrete. Sei que estou segura com Connor. Se eu estivesse aqui com Ashton, seria outra história. Ele provavelmente perderia, só para me deixar bêbada. De qualquer forma, meus goles serão minúsculos.

– Como vai ser, dois contra dois? Quem é seu parceiro, Ty? – pergunta Connor.

– Quem você acha? – Vem a resposta animada, um segundo antes de aparecer a lourinha sorridente de rabo de cavalo.

– Reagan! Graças a Deus. Salve-me disso.

– Não posso fazer nada, coleguinha. – Ela afaga minhas costas com uma das mãos, e, com a outra, pega um copão de cerveja de Grant, dando uma piscada para ele. Estou muito contente em ver a Reagan aqui esta noite. Desde a conversa na casa de seus pais, ela tem andado quieta perto de mim. Talvez tenha ficado zangada comigo por eu não ter contado sobre os meus pais. Não dá para saber, ela não tocou no assunto. Mas, esta noite, ela parece normal. Ainda bem.

Estão todos aqui, menos... Prendendo uma mecha de cabelo atrás da orelha, eu inspeciono o salão discretamente, procurando por uma silhueta alta e morena.

– Ele tem um teste importante amanhã – Reagan sussurra, com um sorrisinho esperto. – Ele não vem.

– Ah. – Só digo isso, embora não possa ignorar a decepção que me invade. Então, eu silenciosamente me repreendo. Estou aqui com Connor. *Connor. Connor*. Quantas vezes tenho que repetir esse nome até me acostumar?

– Certo, Gidget! – grita Ty. – Venha para cá. Hoje Connor e a virgem *vão cair*!

Meu rosto fica vermelho quando cabeças viram em minha direção.

– Nunca joguei esse jogo! – Eu deixo claro, falando alto, embora Ty não esteja errado, de forma alguma.

Ty joga uma moeda no ar e anuncia:

– Se der cara, começamos.

Eles ganham e logo uma aglomeração se forma. Aparentemente, Beirute é um esporte de espectador. Logo descubro que o objetivo é você olhar, enquanto as pessoas ficam bem bêbadas. Bem rápido.

Connor explica as regras básicas: se os seus oponentes acertam uma bola, ou se você errar completamente a mesa com sua bola, você bebe. Bem, para mim, há dois problemas com essas regras. Um: nossos oponentes são muito bons; e dois: eu sou muito ruim.

Mesmo com o talento de Connor para acertar as bolas, não demora para que Ty e Reagan passem a gente. E, quando o relaxamento induzido pelo álcool se espalha pelo meu corpo, minha mira fica ainda pior, a ponto de as pessoas perto da mesa se afastarem quando chega a minha vez, para evitar uma bolada no saco.

Em resposta, eu mostro a língua, disfarçadamente olhando os braços torneados de Connor, e sua bunda perfeita na calça jeans, que ele raramente usa. Ele olha a mesa com uma expressão concentrada. Quase inquietante, mas nem tanto. É atraente. Tanto que eu fico irritada quando ele é interrompido por uma loura bonitinha, que pousa a mão em seu bíceps.

– E aí, Connor?

O sorriso dela é, sem dúvida, de paquera.

– E aí, Julia? – Ele mostra as covinhas para ela, mas imediatamente volta ao jogo, estudando o arremesso, obviamente desinteressado nela. Óbvio para mim e para Julia, que parece ficar cabisbaixa.

Antes de chegarmos ao último copo – Ty e Reagan ganhando –, eu já desisti de acompanhar. Só bebo quando Grant – juiz autoeleito – grita me dando a ordem.

Connor me dá um beijo no rosto e murmura:

– Você é dedicada. Acho que precisa pegar um ar lá fora. Venha. – Com o braço em volta da minha cintura com carinho, mas também para me dar apoio, Connor me leva escada acima e por uma saída, até um espaço tranquilo.

– Aqui é legal. – Eu inalo o ar fresco.

– É, está ficando quente lá embaixo – diz Connor, afastando o cabelo do meu rosto. – Está se divertindo?

Tenho certeza de que meu sorriso fala por si, mas respondo mesmo assim.

– Sim, está muito divertido, Connor. Obrigada por me trazer.

Dando primeiro um beijo na minha testa, Connor vira e encosta-se ao muro, ao meu lado.

– Claro. Eu queria muito trazê-la. Principalmente agora, que sabemos que seu pai foi membro.

Dou um sorriso saudoso, recostando a cabeça.
— Seu pai foi membro?
— Não, ele fazia parte do Cap and Gown. Outro clube grande.
— Ele não quis que você entrasse naquele?
— Ele já está feliz por eu ter vindo parar em Princeton — ele diz, entrelaçando os dedos aos meus.
— É. — *Assim como tenho certeza de que meu pai ficaria...*
Connor parece pensar profundamente.
— Sabe, eu nunca reconheci o quanto era bom meu relacionamento com meu pai, até esses últimos anos. — Há uma longa pausa, depois ele acrescenta: — Até que conheci Ashton.

Eu estava tão distraída pelo Beirute e a garota dando em cima de Connor, que tinha conseguido parar de pensar em Ashton por um tempo. Agora ele está de volta e eu me sinto inquieta.
— O que você quer dizer?
Connor suspira, fazendo uma careta, como se estivesse resolvendo como responder.
— Já estive junto com o Ashton quando o pai dele veio assistir a uma corrida. Ele é outra pessoa. Não sei como explicar. O relacionamento é simplesmente... tenso. Essa é a impressão que eu tenho.

A curiosidade me pega.
— Bem, você não perguntou a ele?
Uma fungada responde a minha pergunta, antes das palavras.
— Somos homens, Livie. Não falamos de sentimentos. O Ashton... é o Ashton. Sei que você o acha um babaca, mas ele é um cara bom quando quer ser. Ele já salvou minha pele muitas vezes. Lembra daquela minha história no barco? Sabe...
— De bunda pra cima? Sim, eu me lembro. — Dou uma risadinha.

– Acho que o treinador teria me expulsado da equipe, se não fosse o Ashton – admite Connor, baixando a cabeça. – Não sei o que ele disse ou fez, mas, de alguma forma, conseguiu que eu fosse perdoado. Sei que eu brinco sobre Ashton ser um capitão ruim, mas, na verdade, ele é bom. É ótimo. O melhor que tivemos, nos meus três anos. Todos os caras o respeitam. E não é só porque ele ganha mais mulheres do que todos nós juntos.

Isso me faz revirar os olhos. A cada dia, estou detestando mais a ideia de Ashton com qualquer pessoa – namorada ou não –, e esse comentário me revirou o estômago.

– De qualquer forma, desculpe por falar no Ashton. Adoro o cara, mas não quero falar nele. Vamos falar sobre... – Ele se vira para segurar minha cintura com as duas mãos, curvando-se e deslizando a língua em minha boca, com um beijo que dura bem mais tempo do que eu já tinha beijado. Mas vejo que não me importo. Até gosto, e deixo minhas mãos repousarem em seu peito sólido. Deus, Connor realmente tem um corpo bonito e, claramente, outras garotas notaram. Por que meus hormônios estão começando a curtir isso esta noite?

Provavelmente, é a cerveja.

Ou, talvez, eles finalmente estejam começando a aceitar que Connor poderia muito ser o cara certo para mim.

* * *

– Eu te avisei – digo para lembrar-lhe, enquanto alongo os músculos da minha panturrilha.

– Você não pode ser tão ruim assim.

Faço questão de que ela veja minha careta em resposta. Fora a corrida de pista na escola, e uma vez em que Dr. Stayner me fez sair correndo atrás de galinhas num sítio, eu evitei todo

tipo de corrida. Não acho agradável e geralmente consigo tropeçar pelo menos uma vez, quando corro.
— Vamos! — Reagan finalmente dá um gritinho, pulando no lugar, impaciente.
— Está bem, está bem. — Puxo o cabelo para trás, prendendo num rabo de cavalo, e levanto, estendendo os braços acima da cabeça mais uma vez, antes de segui-la para a rua. Está fazendo um dia fresco e cinza, com uma garoa que vem e passa, outro ponto contra a ideia de correr. Reagan jura que a meteorologia local prometeu sol dentro de uma hora. Acho que ela está mentindo para mim, mas não discuto. As coisas ainda estão meio estranhas entre nós desde a festa do pai dela. Por isso que hoje, quando ela me convidou para correr, eu logo concordei, mesmo com a rua molhada e tudo.
— Se seguirmos por aqui até o fim, e voltarmos, serão pouco mais de três quilômetros. Acha que consegue? — Reagan pergunta, acrescentando: — Nós podemos parar e caminhar, se você cansar.
— Gente cansada é boa para andar — digo, sorrindo.
Ela funga descontente.
— É, bem, você provavelmente perde peso só em espirrar.
Passam alguns minutos, mas logo conseguimos seguir um ritmo, lado a lado, e minhas passadas longas acompanham bem as suas pernas curtas e rápidas.
— Por que você não me contou sobre seus pais? — pergunta ela. Não dá para saber se está zangada. Nunca vi Reagan zangada. Mas, pelo jeito com que ela morde o lábio inferior e franze as sobrancelhas, dá para notar que ela certamente ficou magoada.
— Nunca surgiu o assunto, juro. É só por isso. Desculpe. — Não sei o que dizer além disso.
Ela fica em silêncio por um momento.
— É porque você não gosta de falar sobre isso?

Dou de ombros.

— Não. Quer dizer, não é que eu evite falar a respeito. Não como a minha irmã, que enfiou tudo numa tumba, com um pavio de dinamite aceso. Desde a manhã em que acordei e encontrei tia Darla sentada na minha cama, com os olhos inchados e uma bíblia na mão, eu simplesmente aceitei. Tive que aceitar. Minha irmã mal sobrevivera e eu precisava focar nela e em fazer *a gente* seguir em frente. E, assim, aos onze anos, e ainda meio surda, por causa de um resfriado que me salvou do acidente de carro, eu saí da cama e tomei banho. Peguei o telefone para comunicar à minha escola, as escolas dos meus pais. Fui até os vizinhos para avisar. Ajudei tia Darla a arrumar nossas coisas para nos mudarmos. Ajudei a preencher a papelada do seguro. Providenciei minha matrícula em outra escola imediatamente. E, para todos que deveriam saber, avisei que meus pais tinham partido.

Nós corremos em silêncio por alguns minutos, até que Reagan diz:

— Você sabe que pode me contar o que quiser, certo?

Dou um sorriso para minha amiguinha.

— Eu sei. — E paro. — E você sabe que pode me contar tudo, certo?

Seu sorriso aberto, com covinhas embaixo dos olhos, responde por ela.

Concluo que esse é o momento perfeito para mudar totalmente de assunto.

— Você pode parar de fingir que não está com o Grant. — Eu pego o braço da Reagan bem na hora, evitando que ela mergulhasse no asfalto. Quando recupera o equilíbrio, ela se vira para mim com os olhos arregalados, as bochechas vermelhas.

— Você não pode contar nada! — diz ela, com o rabo de cavalo balançando, olhando à esquerda e à direita, estreitando os

olhos para as moitas, como se alguém estivesse escondido ali.
— Ninguém sabe, Livie.
— Está falando sério? Acha que ninguém sabe? — Eu observo, com grande satisfação, enquanto ela fica mais vermelha ainda. — Acho que *todo mundo* sabe. Ou, pelo menos, desconfia.
Connor fez um comentário direto, outro dia, sobre o Grant ficar atrás da Reagan. Eu até notei Ty concordando com a cabeça para eles algumas vezes, como se já tivesse notado, então o resto do mundo deve ter notado.
Ela morde o lábio, pensativa.
— Vamos. Não podemos simplesmente ficar aqui, em pé.
Nós recomeçamos com um trote leve.
— Acho que já vem rolando há um tempo. Sempre gostei dele e ele vem me paquerando há um ano. Então, numa noite, eu esbarrei com ele na biblioteca. Tinha um cantinho tranquilo. E não havia ninguém por perto... — Ela dá de ombros. — Meio que aconteceu.
— Na biblioteca! — dou um gritinho.
— Shhh! — Ela abana as mãos, enquanto corre, rindo.
— Mas... — Sinto meu rosto franzido. — Onde?
Já estive naquela biblioteca muitas vezes. Não consigo pensar num canto escuro e recluso o suficiente para fazer algo além de ler.
Ela sorri timidamente.
— Por quê? Quer fazer alguma coisa lá com Connor?
— Não! — Só ao pensar em sugerir isso a Connor, isso me faz olhar para Reagan de cara feia.
Mas isso não a faz desistir.
— E com o Ashton? — ela pergunta com a sobrancelha arqueada.
Sinto o calor subir pelo meu pescoço.
— Não há nada entre nós.

– Livie, eu vi vocês dois no Shawshanks naquela noite. Vejo os olhares que você dá para ele. Quando vai admitir?

– O quê? Admitir que tenho uma colega de quarto com uma imaginação fértil demais?

Ela revira os olhos.

– Você sabe que, quanto mais tempo passar, mais difícil vai ficar, certo?

– Não, não vai, porque não há nada entre nós! – Ao lembrar, eu pergunto: – Ei, ele terminou com a Dana?

Ela dá de ombros.

– Não ouvi nada, mas, com ele, quem pode saber. Ashton é um túmulo.

– O que quer dizer?

– Quero dizer que ele pode ter uma dúzia de irmãos e irmãs e você nunca saberia. – Reagan para para tomar água de sua garrafa. Limpando a boca no braço, ela continua: – Meu pai faz questão de conhecer a equipe. Suas famílias, suas notas, a carreira que vão seguir, os planos depois da faculdade... Ele pensa em todos eles como *seus* garotos.

Pensando no homem grande e parrudo, do fim de semana, e todos os tapinhas nas costas e as perguntas, vejo o que ela quer dizer. Reagan continua.

– Mas ele sabe muito pouco sobre o nosso capitão. Quase nada.

– Ora... por que será?

Pequenos sinais de alerta começam a tocar em minha cabeça.

– Grant acha que tem algo a ver com a mãe dele ter morrido.

Meus pés param. Simplesmente param. Reagan desacelera e fica correndo no lugar.

– Como? – pergunto, respirando fundo. Conhecer outras pessoas que perderam os pais sempre mexe comigo. Até pessoas completamente estranhas podem se tornar amigas instantaneamente, por conta dessa afinidade.

– Não tenho a menor ideia, Livie. Só sei porque uma vez eu estava ouvindo escondida, quando ele e meu pai conversavam numa noite, no escritório lá de casa. Mas isso foi tudo o que meu pai conseguiu tirar dele. Ele leva jeito para se esquivar dos assuntos. Quer dizer... você conheceu o Ashton. Sabe como ele é.

– É, eu sei. – Com uma dor crescente no estômago, eu também sei que evitar falar sobre coisas assim, geralmente, tem um motivo. Um motivo ruim.

– Vamos. – Ela me dá uma palmada e começa a correr de novo.

Sou forçada a acompanhá-la, embora eu não esteja mais com vontade de correr. Quero sentar e pensar. Lembrando-me vagamente do que Connor me disse no Tiger Inn, eu continuo.

– Você conheceu o pai dele?

– Na corrida de outono. Ele geralmente vem com uma mulher.

– Esposa?

– Já vi algumas diferentes nos últimos quatro anos. Talvez sejam esposas. Quem sabe? Mas, por outro lado, filho de peixe... – Ela se vira para me olhar diretamente.

– E como ele é?

– Parece normal. – Há uma pausa. – Mas eu sinto uma vibração estranha quando eles estão juntos. Como se Ashton fosse muito cauteloso com o que diz e faz.

Então, Connor não é o único que sente algo errado...

– Mas e se rolou?

– Se rolou... o quê? – repito devagar, sem entender.

– E se ele terminou com a Dana?

– Ah.

Reagan sabe evitar situações estranhas, mas ela não deixa de fazer perguntas difíceis. Gosto disso nela. Mas, nesse momento, eu até que dispensaria o interrogatório.

– E aí, nada. Estou com Connor. Eu acho.

– É. Afinal, o que está havendo entre vocês dois? Vocês... – Ela ergue uma sobrancelha sugestiva.

– Você é tão terrível quanto a minha irmã. Não. Nós estamos levando tudo tranquilos e calmos – murmuro, balançando a cabeça.

– Se quer saber minha opinião, parece bem chato – ela diz, secamente. – Aposto que você ia cair matando com o Ashton.

– Reagan! – Dou um empurrãozinho de brincadeira e ela começa a rir. Mas só de pensar faz minha barriga dar cambalhotas. E se eu estivesse com o Ashton em vez de Connor? *Não. Impossível.*

– Você parece tão diferente perto do Ashton. E de qualquer coisa que tenha a ver com Ashton.

Dou uma fungada.

– Zangada?

Ela sorri.

– Apaixonada.

– Então, você e Grant estão juntos? – pergunto, desesperada para mudar de assunto.

– Ainda não sei. Somos bem tranquilos – Reagan diz, pulando por cima de uma poça. – Não estamos prontos para dar um rótulo. Ainda. – Ela ergue a cabeça com um sorriso tímido nos lábios. – Mas eu sou louca por ele, Livie. Se eu o pegar com outra garota, acho que vou pirar. Sou capaz de matar os dois.

Franzindo o rosto, penso em Grant com outra pessoa. Não consigo imaginar, pelo jeito que ele anda atrás de Reagan, parecendo um cachorrinho apaixonado. Então, imagino se Connor está saindo com outras garotas, porque não definimos nada. E se estiver? Será que "tranquilo" e "calmo" significa "aberto para sair"? Se eu o vir com outra, será que vou pirar? As garotas que se apresentaram no Tiger Inn me fizeram perceber que Connor provavelmente escolheria as mulheres que quisesse, mas isso realmente não me incomodou. Uma imagem de Ashton beijando Dana surge em minha cabeça e, na hora, sinto um nó. Sei que não está certo, mas agora eu reconheço o que foi. Ciúme. Aquilo me incomodou. Assim como aquela garota no bar, falando dele. E depois pegando em seu braço.

O suspiro de Reagan me traz de volta à nossa conversa.

— Seja o que for, nós temos que ficar na moita, até que Grant se forme.

Minha careta em resposta diz que eu não entendo o motivo.

— Meu pai! Você não está ouvindo? Ah, Livie. — Ela me dá uma olhada aflita. — Às vezes, eu fico me perguntando onde você está com a cabeça... meu pai não morre de amores por ele.

— Por quê?

— Ele acha que o Grant não leva a vida a sério. Grant tem receio de que ele o expulse da equipe, se descobrir.

— Mas... ele estuda em Princeton. Como ele pode ser mais sério que isso? — digo, com um suspiro de incredulidade.

— Sério o suficiente para não ficar com a filha do treinador na biblioteca — ela diz, acelerando o passo.

Aí, está certo.

A chuva começou novamente. É uma garoa fresca e não demora muito para que minha camiseta azul-marinho fique encharcada. Mas eu não me importo. O trajeto que Reagan escolheu é uma rua tranquila que passa por um bairro agradável, de belas casas e jardins bem cuidados, árvores grandes, que estão começando a mudar de cor. É uma sensação boa estar longe do campus. Parece que um peso saiu dos meus ombros. Talvez eu esteja passando tempo demais por lá, deixando que se torne uma bolha. Deixo o ambiente tranquilo me envolver, enquanto aproveito minha escapada, focando na respiração, surpresa por conseguir acompanhar Reagan tão bem.

E penso em Ashton. Fico imaginando sua vida, seus pais, sua mãe. Como ele a perdeu. Será que foi uma morte súbita, como um acidente de carro? Ou foi uma doença, como câncer? Pensando em nossa conversa na primeira semana, em sua reação, quando eu lhe disse que estava pretendendo fazer pediatria, me especializar em oncologia, tenho que pensar que foi câncer.

Ainda não chegamos ao fim da rua, quando Reagan berra:

– Vamos dar a volta. Estou ficando com frio e nós temos um quilômetro e meio até em casa. – Ela atravessa a rua e volta pelo lado oposto. – Acha que consegue ir um pouquinho mais rápido? Essa chuva está uma droga.

– Talvez você não deva mais confiar nessa estação de meteorologia – grito, tomando uma golada de água. Minha boca está tão seca que a minha língua dói, mas eu não quero exagerar no líquido pelo medo de ter câimbras.

– Que estação? – Ela dá uma olhada para trás e me dá uma piscada travessa, enquanto acelero, tentando alcançá-la. Isso só faz com que ela corra mais depressa. Rápido demais para mim, eu concluo, me mantendo alguns passos atrás, olhando a rua tranquila à frente. É comprida, com elevações e descidas que teremos que passar, e eu preciso manter meu foco ou vou acabar tropeçando nos meus próprios pés.

No lado oposto da rua, onde estávamos agorinha, eu avisto uma silhueta solitária correndo. Meus olhos desviam da silhueta e para a rua, enquanto prossigo. Logo está bem perto e dá para identificar que é um homem. Mais perto, vejo o cabelo escuro e despenteado.

É Ashton.

Com passos ritmados, movimentos graciosos e um rosto sério. Ashton corre como um atleta bem treinado. De camiseta branca encharcada colada em todos os músculos de seu peito. Não consigo tirar os olhos dele. Meu coração já está disparado da corrida, mas agora eu sinto uma onda de adrenalina percorrendo meu corpo, me dando uma injeção de energia. Eu me sinto como se pudesse correr vinte quilômetros hoje, como se eu pudesse saltar por cima de carros, como se eu...

Minhas mãos mal impedem que meu rosto bata na calçada.

Acho que caí fazendo tanto estardalhaço que Reagan nota, porque ela grita meu nome e volta correndo.

– Você está bem?

Eu me retraio ao levantar, com uma dor aguda no tornozelo e uma pontada na palma da mão.

– Sim, eu... – Minhas palavras terminam num chiado, com outra pontada de dor. – Eu devo ter tropeçado naquela rachadura da calçada.

Ela se aproxima e inspeciona o concreto e franze o rosto.

– Você quer dizer essa pequena rachadura imperceptível?

– Eu te avisei – murmuro, xingando baixinho.

– Avisou. E, agora, o que vamos fazer? – Ela tira o telefone do bolso, mordendo o lábio. – Vou ver se Grant está por aí. Talvez ele possa pegar a gente.

– Essa foi demais, Irish! – Ashton grita, ofegante, atravessando a rua em nossa direção. Reagan ergue os olhos para ele, surpresa, como se não tivesse notado que ele estava correndo para cá. Vejo que ela baixa os olhos, ligeiramente arregalados. *Exatamente. Como você não notou* isso *correndo pela rua, Reagan!* Ela me olha fixamente, com um olhar esperto, me dizendo que sua mente pervertida de quem dá uns amassos na biblioteca ligou os pontos e viu por que eu caí.

— Oi, Ashton — diz ela, num tom brincalhão, ainda olhando para mim.

Ele sacode a cabeça rapidamente, antes de agachar-se num dos joelhos. Enquanto ele inspeciona meu joelho, ouço sua respiração arquejante e a saliva se acumula em minha boca. Por que a saliva está se acumulando em minha boca? Há um minuto, eu estava de boca seca! Mas a pressão suave de seus dedos me faz retrair, me trazendo de volta à realidade.

— Consegue ficar de pé? — pergunta ele, com aqueles olhos castanhos deslumbrantes repletos de preocupação.

— Não sei — sussurro, me esforçando para levantar. Num instante, ele coloca as mãos na minha cintura, para me ajudar. Logo fica óbvio que eu não vou voltar para casa correndo, nem andando. — Acho que torci. — Eu já torci o tornozelo muitas vezes, para saber a sensação.

— Estou ligando para Grant — diz Reagan, segurando o telefone.

Subitamente, estou fora do chão, aninhada nos braços do Ashton, e ele está caminhando pela rua, e, de alguma forma, suas mãos queimam minha pele, através da minha roupa.

— Não vou ficar aqui em pé, na chuva, esperando Cleaver aparecer — Ashton diz.

— Para onde estamos indo? — pergunto, sabendo que nosso alojamento está a quase dois quilômetros para trás, na direção oposta.

— Vou leva-la lá para casa, Irish — ele diz, olhando para frente. Pelo sorriso torto, eu sei que o tom é intencional. Mas logo some, quando ele continua, num tom mais leve: — Coloque o braço no meu ombro. Fica mais fácil.

Obediente, ergo o braço e passo em volta do pescoço dele, pousando a mão em seu ombro, com meu polegar ao lado de um rasgo na gola. Sinto seus músculos se contraindo com

meu peso. Fico imaginando quanto tempo ele vai conseguir me carregar.
— Mas é muito longe! — Reagan diz enquanto vem correndo, provavelmente achando a mesma coisa.
— Um quilômetro, no máximo. Pode ir. — Ele aponta o queixo para frente, depois pisca para ela. — Você não vai querer que Grant veja essa bunda engordar de novo, vai?
Mencionar a gordura lendária é motivação suficiente. Ela mostra a língua para ele e me lança um olhar direto, depois sai correndo pela rua, ainda mais depressa que antes, me deixando sozinha com Ashton.
— Desculpe pelo suor, Irish. Você me pegou no meio de uma corrida longa — diz ele, desviando os olhos castanhos para mim, antes de olhar de novo para a rua.
— Tudo bem. Eu não ligo — digo com a voz falhando. E percebo que não ligo mesmo, embora ele esteja encharcado, dos pés à cabeça. Não tenho certeza se é da chuva ou de suor. Seu cabelo está colado na cabeça e no rosto, mas ainda há umas pontas espetadas de um jeito sexy. Vejo uma gota de água escorrendo em seu rosto e sinto o ímpeto de limpar, mas não sei se vai parecer íntimo demais, então não faço. Mas meu coração está batendo mais forte do que quando eu estava correndo.
— Pare de me encarar, Irish.
— Eu não estava encarando. — Viro-me para olhar a rua, com o rosto vermelho, constrangida por ter sido flagrada. De novo.
Ele me sacode ligeiramente, ajustando a pegada.
— Você quer me colocar no chão?
Ele dá uma risadinha.
— Com oito anos de remo fica bem fácil carregar você.
— Imagino. — Oito anos. Isso decididamente explica seu corpo absurdamente malhado. — Você deve gostar muito.

– É, ficar na água, focado num objetivo, relaxa. É fácil se abstrair de tudo – ele diz, suspirando.

A cabeça de Ashton dá um impulso para o lado. Vejo outra gota escorrendo em seu rosto e percebo que ele está tentando se livrar dela, já que não pode passar a mão.

– Pronto – digo, estendendo a mão para ajudar. Os olhos escuros viram-se para mim, uma cara feia, e minha mão instantaneamente recua. Devo ter interpretado mal. Eu não devia... Mas logo noto que ele não está olhando feio para mim. Ele está olhando o ralado vermelho na palma da minha mão, por causa da queda. Distraída pelo tornozelo e por Ashton, tinha me esquecido da mão.

– Você deveria pensar em nunca mais correr, Irish – fala.

– E você deveria pensar em usar mais roupas para correr – respondo, com a raiva fluindo inesperadamente, seguida por um calor que sobe até minha testa.

– E por quê?

Passo a língua nos dentes para ganhar tempo e resolvo ignorar a pergunta.

– Eu poderia ter esperado o Grant.

– E morreria de pneumonia – ele responde ofegante, ajustando novamente a pegada. O movimento sacode a minha perna que sacode meu pé, dando uma pontada de dor pela perna. Mas eu luto contra o ímpeto de me retrair, porque não quero que ele se sinta mal.

Ashton segue quieto, com um passo rápido, olhos fixos à frente, então presumo que a conversa acabou.

– Lamento pelos seus pais – ele fala tão baixinho que quase não dá para ouvir.

Dou uma espiada de canto de olho, e vejo que ele está olhando para frente, o rosto sério.

Também lamento pela sua mãe.
Está na ponta da minha língua, mas me contenho. Afinal, Reagan estava ouvindo escondida. Ela não deveria saber. *Eu* não deveria saber. A menos que ele me conte.
Então, não digo nada. Simplesmente concordo e espero, em silêncio, para que ele dê o próximo passo. Mas ele não dá. Há uma pausa bem comprida e estranha, sem que nenhum de nós fale. Enquanto Ashton olha direto em frente, e segue caminhando, meus olhos desviam de seu rosto para as árvores que estão mudando de folhagem e cor. Meu corpo absorve o calor do corpo dele, sabendo que estou coberta com o seu suor. Sinto seu batimento cardíaco e tento não sincronizar o meu com o dele. Então, percebo que isso é profundamente ridículo.
Não consigo lidar com esse silêncio.
– Não posso acreditar que o pai da Reagan os conheceu – digo, casualmente. – E que ele reconheceu a minha mãe em mim. Eu não sabia que éramos tão parecidas.
As sobrancelhas de Ashton franzem profundamente.
– Você se lembra de como ela é, não?
– Lembro. Mas meus pais perderam todas as fotos de infância e da faculdade numa inundação, então eu nunca pude vê-la com a idade que eu tenho agora.
Sinto a ponta dos meus dedos passando na pele morna e percebo que, em algum ponto durante meu devaneio, minha mão se amotinou contra meu bom senso e escorregou para debaixo da gola da camiseta do Ashton. Olho meus dedos fazendo pequenos círculos por conta própria. E, já que hoje estou me sentido corajosa, e vendo que é uma pergunta relativamente inócua, que alguém que não soubesse faria, eu decido perguntar, mantendo a voz leve e casual.
– E seus pais?
Há uma pausa.

– O que têm eles? – Ele tenta parecer entediado, mas, pela forma como seus braços se contraem à minha volta, o jeito com que seu pescoço dá um espasmo, eu noto que toquei num ponto fraco.

– Eu não sei... – digo, casualmente, virando para olhar a rua. – Conte-me sobre eles.

– Não há muito que contar. – O tom entediado passou para irritado. – Por quê? O que foi que Reagan ouviu?

Mantendo meu foco à frente, eu respiro fundo e decido não mentir.

– Que sua mãe... se foi?

Sinto Ashton exalar.

– Isso mesmo. Ela se foi.

É um tom bem casual, que não deixa abertura para mais perguntas. Não sei o que me faz forçar minha sorte.

– E quanto ao seu pai?

– Ele não... infelizmente. – O desprezo é inequívoco. – Deixa isso pra lá, Irish.

– Tudo bem, Ashton.

* * *

Até chegarmos à casa deles, eu perguntei a Ashton, pelo menos mais cinco vezes, se ele queria descansar os braços e ele me disse, pelo menos mais cinco vezes, para calar a boca e parar de perguntar se ele precisava me colocar no chão.

E não dissemos mais nada.

Ele passa marchando por Reagan – que está de banho recém-tomado e com uma calça de moletom de Grant, imensa nela – e Grant, curioso. Lá em cima, passamos pelo banheiro comum e seguimos até o banheiro do quarto dele. Ele delicadamente me coloca em cima da bancada.

O gemido de Ashton me diz que ele deveria ter me soltado há muito tempo.
— Desculpe — digo, cheia de culpa.

Reagan e Grant aparecem na porta, enquanto Ashton alonga os braços na frente do peito, depois acima da cabeça, com outro gemido.

— Olhem só que bração forte — diz Grant exageradamente, estendendo a mão para apertar o bíceps de Ashton.

— Vai se ferrar, Cleaver — Ashton estrila, dando um tapa na mão de Grant. Depois pega uma toalha no gancho e começa a passar no meu rosto e cabelo.

— O quê?! Eu ia buscar vocês, mas Reagan disse que vocês dois queriam... — A cotovelada que Reagan acerta nas costelas dele o faz parar no meio da frase.

— Aqui. Chá. — Reagan me entrega uma caneca fumegando. Um gole me diz que não é só chá.

— Você batizou o chá de uma enferma — digo, sentindo o álcool queimando minha garganta. — Quem faz uma coisa dessas?

— É melhor do que um cavalo ruim ganha — Reagan responde, enquanto desamarra o cadarço do meu tênis e tira minha meia. O ar passa chiando entre meus dentes cerrados. — Está muito ruim? Será que não é melhor a gente te levar para o hospital?

Olho o hematoma no lado interno do tornozelo inchado.
— Não, é só uma torção, eu acho.

— Você ainda não é médica, Irish — Ashton murmura, se inclinando para a frente, para olhar, e eu vejo que sua camiseta parece uma segunda pele na parte de trás. Cada sulco e cada músculo estão visíveis. Perfeito. Enquanto meu corpo protegia sua frente, suas costas recebiam a força da chuva. Mas se ele está com frio, não demonstra.

— Por enquanto, vamos colocar gelo, mas se piorar, eu vou levá-la ao hospital.

Eu concordo, notando como Ashton assume a situação, como se eu não tivesse qualquer dúvida na questão.

– Isso vai te ajudar. – Grant mostra um par de muletas. Vendo minha expressão, ele explica: – São do Ty. Ele torce o pé pelo menos duas vezes por ano em alguma festa. Ainda bem que ele é baixo. Devem ser da altura certa para você.

– Ele não vai se importar?

– Que nada, ele não vai precisar delas até novembro. Precisamente – diz Grant, olhando para o meu pé. E sorri.

Subitamente, fico constrangida.

– O que foi?

– Você tem o pé sexy, Irish – ele diz, dando de ombros. Suas palavras são rapidamente seguidas por uma fungada, enquanto Reagan lhe dá um tapa no peito, de brincadeira.

– Pare de ficar cobiçando os pés da minha colega de quarto!

– Tudo bem, deixe-me cobiçar os seus.

– Uuhh! – ela dá um gritinho, passando por baixo de seu braço e saindo correndo, com Grant atrás dela.

– Tragam um pouco de gelo! – Ashton grita, atrás deles, e depois diz, baixinho: – O idiota vai acabar sendo expulso da equipe.

Fico olhando, enquanto ele procura no armário do banheiro e arranja uma caixa de primeiros socorros.

– Não vai, se o treinador não descobrir. Eles estão felizes juntos.

Ashton para. Passam uns quatro segundos até que ele mexa novamente as mãos, tirando antisséptico e ataduras.

– Você quer ligar para Connor e dizer que está aqui?

Connor.

– Ah, sim. – Eu nem tinha pensado em ligar para ele. Meio que me esqueci dele... Meio, não. Totalmente. – Ele está fazendo um trabalho na biblioteca, não é? Não quero incomodá-lo.

– Tem certeza? – pergunta ele baixinho enquanto me olha, segurando minha mão machucada.

Ashton me dá a impressão de que está perguntando algo totalmente diferente. Se estou certa quanto ao Connor, talvez.

O clima ali dentro subitamente fica mais denso e meus pulmões se esforçam para puxar e exalar o ar, com aqueles olhos escuros sondando os meus, à espera de uma resposta.

– Acho que sim. – E é tudo que consigo dizer.

Ele estremece e eu novamente me lembro de que ele está encharcado.

– Você precisa mudar de roupa. Vai ficar doente – digo com os olhos fixos em sua camiseta.

Ele pousa minha mão machucada, estica as mãos para trás, puxa a camiseta pela cabeça e a joga num canto. Vira de volta e pega minha mão. E eu estou de frente para o peito que não conseguia tirar da cabeça havia semanas. O peito que instantaneamente me tira o fôlego. O peito que nunca tive a chance de encarar tão descaradamente, sóbria. E agora eu olho. Como uma corsa flagrada por faróis, não consigo desviar, notando todos os músculos definidos.

– O que significa isso? – pergunto, apontando meu queixo na direção de um símbolo pintado em cima de seu coração.

Ashton não responde. Ele ignora totalmente a pergunta, deslizando o polegar em meu lábio.

– Você está com um pouquinho de baba aqui – murmura, antes de voltar a olhar o ralado na palma da minha mão, deixando meu rosto vermelho ardendo.

– Não está tão ruim como parece – ouço minha voz dizer, enquanto ele vira minha mão para a pia. A pulseira de couro, que ele não tira, chama minha atenção. Estendo minha mão livre e a toco, perguntando: – Para que isso?

– Está cheia de perguntas hoje, Irish. – Pelo jeito com que ele contrai o maxilar, eu sei que é outra resposta lacrada em seu cofre.

Reagan estava certa. Ele não fala de nada pessoal. Com um suspiro, observo enquanto ele destampa um vidro de antisséptico e estende minha mão.

– Nem está... – A palavra "doendo" deveria ter saído de minha boca, mas, em vez disso, soltei um monte de palavrões, que deixariam um marinheiro com vergonha. – Que porra você está fazendo? Merda! Não despeje assim, seu cuzudo! *Porra!* – Estou morrendo de dor, a ardência é agonizante.

Ashton não está nem aí, vira minha mão pra lá e pra cá, olhando mais de perto.

– Parece limpo.

– É... porque você quase arrancou a merda da pele!

– Calma. Logo vai parar de arder. Você pode se distrair olhando para mim, enquanto espera passar. Foi assim que você arranjou isso... – Os olhos entretidos viraram-se para os meus, por um segundo, antes de olhar minha mão. – Aliás, belo repertório. "Cuzudo"? Sério?

– Não foi por mal – digo, mas não demora para que eu relute para não sorrir. Acho que até que *é* meio engraçado. Ou será, quando eu voltar a andar... Decidida a não ceder à tentação, deixo meus olhos percorrerem o banheiro, olhando os ladrilhos dentro do boxe de vidro, as paredes brancas, as toalhas brancas felpudas...

Então, olho de volta para o corpo de Ashton, porque, convenhamos, é bem mais atraente que azulejo e toalha. Fico olhando o negro pássaro nativo americano no interior de seu antebraço. É grande, tem uns doze centímetros, cheio de detalhes complicados. Quase tão complicados a ponto de esconder a marca por baixo.

A cicatriz.
Abro a boca para perguntar, mas a fecho na mesma hora.
Olhando a escrita chinesa em seu ombro, eu vejo outra marca habilmente coberta. Outra cicatriz escondida.

Engulo a náusea que sobe em minha garganta, pensando no dia em que minha irmã voltou para casa com uma tatuagem gigante de cinco corvos negros na coxa. O desenho cobre uma das piores marcas daquela noite. Cinco pássaros – um para cada pessoa que morreu naquele carro, naquela noite. Incluindo um para ela. À época, eu não sabia o que significava. Ela não me disse, até dois anos atrás.

Com um suspiro profundo, meus olhos desviam novamente para o símbolo em seu peito, para observá-lo mais atentamente.

E ver outra cicatriz habilmente encoberta.

– O que há de errado? – pergunta Ashton ao desenrolar uma atadura. – Você está pálida.

– O que... – Eu paro, antes de perguntar o que houve, porque não terei uma resposta. Desvio os olhos para minha mão ralada, para pensar. Talvez não seja nada. Provavelmente não é. Todo mundo faz tatuagens para cobrir cicatrizes...

Mas minhas vísceras dizem que há alguma coisa.

Observo enquanto ele cobre o ralado com a atadura. Já não está mais ardendo, mas não sei se é pelo tempo, ou minha cabeça em turbilhão, pensando nas peças do quebra-cabeça, para ver se elas se encaixam. Mas faltam muitas. Coisas simples como essa pulseira de couro...

A pulseira de couro.

Percebo que não é uma pulseira de couro, olhando atentamente.

Pego a mão de Ashton e a ergo, analisando a tira fina de couro marrom – a costura na borda, o jeito como as bordas estão unidas com pequenos pontos –, dá para ver que deve ter sido um cinto.

Um cinto.

Um ofego escapa dos meus lábios, enquanto meus olhos voam de seu braço para seu ombro e param em seu peito, nas longas cicatrizes escondidas por baixo da tinta.

E eu subitamente entendo.

Dr. Stayner diz que eu vejo e sinto a dor alheia de forma mais aguda que uma pessoa comum, pelo que passei com a Kacey. Que reajo à dor com mais intensidade. Talvez ele esteja certo. Talvez seja por isso que meu coração aperta, a náusea revira meu estômago e as lágrimas escorrem pelo meu rosto.

O sussurro baixinho de Ashton atrai minha atenção ao seu rosto, para ver o sorriso triste.

– Você é esperta demais, para seu próprio bem, sabia disso, Irish? – Vejo que ele engole em seco. Ainda estou segurando seu punho, mas ele não recua. Nem se desvia do meu olhar. E quando minha mão livre pousa em seu peito, sobre o símbolo, sobre seu coração, ele não se retrai.

Quero perguntar tantas coisas. *Quantos anos você tinha? Quantas vezes? Por que você ainda usa isso no punho?* Mas não pergunto. Não consigo, porque a imagem de um menininho se encolhendo diante do cinto sob meus dedos faz minhas lágrimas escorrerem mais depressa.

– Você sabe que pode falar comigo sobre tudo, não sabe, Ashton? Eu não direi a ninguém – ouço minha voz dizer, num tom trêmulo.

Ele se aproxima e beija uma lágrima em meu rosto, depois outra, e outra, passando à minha boca. Não sei se é a intensidade desse momento, com meu coração doendo por ele e meu corpo reagindo e meu cérebro apagando completamente, mas quando seus lábios aproximam-se dos meus, e ele diz "Você está me encarando de novo, Irish", eu automaticamente me viro para ele.

Ele reage imediatamente, sem perder tempo, colando a boca na minha, forçando para abri-la. Sinto o gosto salgado das minhas lágrimas, enquanto ele desliza a língua para dentro e enrosca na minha. Uma das mãos segura meu pescoço, enquanto ele aprofunda o beijo, forçando minha cabeça para trás, beijando mais forte. E eu deixo, porque quero ficar perto dele, ajudá-lo a esquecer. Nem me preocupo em como estou fazendo, se estou beijando direito. Deve ser direito com essa sensação.

Minha mão não deixa seu peito, o coração acelerado sob os meus dedos, enquanto o único beijo dura eternamente, até que minhas lágrimas secam e meus lábios doem e eu decorei o sabor delicioso da boca de Ashton.

Então, ele subitamente recua, me deixando ofegante.

– Você está tremendo.

– Eu não tinha notado – digo baixinho. E não tinha notado mesmo. Ainda não estou notando.

Só noto seu coração disparado embaixo dos meus dedos e o rosto lindo à minha frente, e o fato de que estou me esforçando para respirar.

Ele me pega nos braços e me carrega até seu quarto, me deitando na cama. Determinado, ele marcha até a cômoda, fechando a porta ao passar. Não digo nada. Nem olho ao redor do quarto. Simplesmente fico olhando a definição de suas costas, com a mente vazia.

Ele vem e coloca uma camiseta cinza e uma calça de moletom ao meu lado.

– Isso deve te servir.

– Obrigada – digo vagamente, passando os dedos no tecido macio, com a cabeça girando.

Não posso explicar os momentos seguintes. Talvez seja pelo que aconteceu há um mês, e o que acabou de acontecer no banheiro, mas quando Ashton diz "Levante os braços, Irish", meu corpo obedece em câmera lenta, como se eu fosse um soldado bem treinado. Dou um ofego ao sentir a ponta de seus dedos passando embaixo da minha camiseta, erguendo o tecido molhado, subindo, subindo... até passar pela minha cabeça, me deixando só de sutiã rosa. Ele não fica encarando, nem faz nenhum comentário para me deixar nervosa. Silenciosamente, desdobra a camiseta cinza ao meu lado e a coloca pela minha cabeça, depois desce pelos meus ombros. Meus braços ainda não estão na camiseta quando Ashton se ajoelha à minha frente. Engolindo, eu vejo suas mãos indo atrás do meu sutiã, habilmente abrindo o fecho, mantendo os olhos nos meus. Ele tira a peça e a joga no chão, depois espera que eu enfie as mãos nas mangas.

– De pé – diz ele baixinho, e novamente meu corpo responde. Eu coloco uma das mãos em seu ombro para me apoiar e proteger meu tornozelo torcido. A camiseta é pelo menos cinco tamanhos maiores que o meu, e bate no meio das minhas coxas. Então, quando ele leva as mãos até o elástico do cós da minha calça e a puxa para baixo, eu não me sinto exposta. Ele ainda está de joelhos e seus olhos estão fixos nos meus. Nunca desviam. Nem quando minha calça cai no chão. Nem quando suas mãos deslizam para cima, passando pelas minhas coxas e subindo por baixo da blusa, ou tocando minha calcinha. Um segundo ofego me escapa, enquanto os dedos dele se enroscam no elástico. Ele a puxa para baixo, até simplesmente deixá-la cair no chão. Inalando profundamente, ele fecha os olhos apertados por um momento, antes de abri-los novamente.

– Sente-se – sussurra ele, e eu me sento.

Ele desvia o olhar só para delicadamente pegar minha roupa molhada e tirar do meu tornozelo machucado. Desdobrando sua calça de moletom, ele a veste em meus tornozelos e puxa para cima.

– Levante-se, Irish. – Faço o que ele diz, me apoiando nele outra vez, enquanto ele puxa a calça para cima e amarra o cadarço. Sem jamais me tocar inapropriadamente.

E, se tivesse tentado, acho que eu não o teria impedido.

Quando ele termina, quando estou vestida e sem ar, e incerta do que aconteceu, mas ainda à sua frente, ele pega minha mão, ergue e a coloca sobre o coração, exatamente como eu havia feito antes. Só que ele a segura ali, sua mão cobrindo inteiramente a minha, tremendo de frio ou de outra coisa, com o coração disparado também. Olho em seus olhos tristes e resignados.

– Obrigado.

– Por quê? – pergunto, engolindo meu nervosismo.

– Por me ajudar a esquecer. Mesmo que só por um tempinho. – Beijando os nós dos meus dedos, ele acrescenta: – Isso não tem como dar certo, Irish. Fique com Connor.

Sinto um aperto no estômago quando ele solta minha mão. Ele vira-se e caminha até o banheiro, o corpo tenso, a cabeça ligeiramente baixa, como se estivesse derrotado.

Receio que, se eu não perguntar agora, talvez nunca mais tenha a oportunidade.

– O que quer dizer uma "garota para sempre"?

Seus pés hesitam quando ele chega à porta, com uma das mãos na maçaneta e a outra segurando umbral, o bíceps contraído. Seu corpo curva-se para frente, para dentro do banheiro, e eu imagino que não terei uma resposta.

– Liberdade. – Ele fecha a porta.

Minha garota para sempre. Minha liberdade.

Só consigo pegar as muletas que estão na cama e sair cambaleando dali. Preciso de tempo para pensar e é impossível pensar perto de Ashton.

Isso não tem como dar certo, Irish. Fique com Connor.

Droga. Connor.

Eu me esqueci dele. De novo.

Capítulo catorze

***

APENAS DIGA DE UMA VEZ

– Fui dar uma corrida. Sabe, tentar algo novo, me divertir.
– Ah, é? E se divertiu?
– Estou de muletas, Dr. Stayner. Torci o tornozelo.
– Humm. Bem, isso não parece muito divertido. Mas correr também não é.
– Não, é bem o oposto de diversão. – Entre sacos de gelo e aulas, e alguns momentos estranhos no chuveiro com Reagan, a última semana e meia tem sido um pesadelo. Perdi minhas horas como voluntária no sábado, porque estava com muita dor. Teria perdido essa semana também, se Connor não tivesse se oferecido para me levar de carro.
– E no mais?
– Confuso.
– Qual garoto a está confundindo?
– Qual deles você acha? – pergunto, esperando o Audi branco de Connor. Eu disse que ficaria nesse banco do parque, para que ele só precisasse encostar e me deixar entrar. Ainda estou

muito grata por ele tirar um sábado inteiro por mim em vez de fazer o trabalho da faculdade. Sei que ele tem um trabalho gigante para entregar semana que vem.

E eu não mereço um cara como ele, depois do que aconteceu com Ashton. Seu melhor amigo.

Atribuo isso à insanidade temporária. Um lapso momentâneo de julgamento originado pelo ataque de Ashton, tanto ao meu coração quanto à minha libido.

Depois que escapei da situação, Grant me trouxe para o alojamento com Reagan, onde fiquei lutando para colocar gelo no pé, fingindo que estava estudando, inquieta com os olhares da Reagan e reprisando as lembranças daquela tarde.

E eu continuo fazendo basicamente isso – e perdendo algumas aulas – pelos últimos oito dias. Tenho me desviado do caminho de Ashton. Ele não veio me procurar, o que é bom; não consigo encará-lo e morro de vergonha perto de Connor. Todo dia, Connor dá uma passada para me ver, me traz flores e cupcakes, e trouxe um urso com escrito "melhore logo". É como se ele tivesse uma lista de "como matar a Livie de culpa, depois de ficar escondida com meu melhor amigo", e estivesse dando baixa em cada item. A culpa me faz trincar os dentes para não contar esse monte de mancadas, a culpa me faz cobri-lo de beijos – tantos beijos que meus lábios já estão inchando.

O problema é que não há beijo que eu dê em Connor que se compare à intensidade do beijo de Ashton. Por isso, eu quase contei tudo.

Mas não consigo fazer isso. Sou medrosa demais. Sou fraca demais. Tenho medo de estragar uma coisa legal – *a* coisa –, pelo calor da hora, por um beijo que nunca mais vai acontecer mesmo. Afinal, Connor disse "tranquilo e calmo". Isso poderia facilmente ser interpretado como "relacionamento aberto". Se eu ficar repetindo na cabeça, talvez comece a acreditar nisso.

Ou posso fingir que o incidente com Ashton nunca aconteceu. Abstrair, completamente.
— Quer me contar o que aconteceu? — pergunta Dr. Stayner, casualmente. — Sem julgamentos da minha parte, é claro.
— Não posso — digo, suspirando. Receio que, se eu começar a falar, vou acabar contando o segredo de Ashton. Prometi a ele que não diria a ninguém.
— Certo... bem, como posso ajudar?
— Não pode. Só preciso ficar longe dele. Acho que ele está arrasado. Como a Kacey.
— Entendo. E você, sendo a pessoa que é, já se envolveu emocionalmente, sem nem notar.
— Acho que é isso... — Quando meu coração dói, toda vez que penso nele, quando imagino mil cenários para que Ashton tenha ficado do jeito que é, quando me dá vontade de ir atrás do pai dele e falar tudo, sabe? É, acho que é isso.

— Isso, junto com a atração que você sente por ele, piora o fato de as coisas saírem rapidamente do controle, principalmente por você estar num relacionamento com o melhor amigo dele.

Abaixo a cabeça, constrangida, porque, mais uma vez, meu terapeuta vidente resumiu uma semana de tumulto interior em duas frases.

— Não posso me prejudicar por um cara bonitão e seus problemas. Isso me distrai demais. Simplesmente tenho que evitá-lo pelo próximo... ano.

— Isso será difícil, já que ele mora com Connor.

— É melhor que a alternativa — digo, baixinho, esfregando a testa.

— Humm... — Há uma longa pausa, depois, ouço Dr. Stayner espalmar as mãos. Ele deve ter me colocado no viva-voz. — É isso! Já sei qual será a sua tarefa para essa semana.

– O quê? Nada de tarefa, Dr. Stayner. Você disse que não teria mais. Você disse...
– Eu menti. Você vai encontrar cinco qualidades redentoras em Ashton.
– Não estava me ouvindo?
Ao verdadeiro estilo de Dr. Stayner, ele ignora minha pergunta.
– Como parte de sua tarefa, você vai dizer o que está pensando o tempo todo. A verdade. Não fique racionalizando demais, nem escolha as palavras. Apenas diga de uma vez. E, se ele lhe fizer uma pergunta, você tem que responder honestamente.
– O quê? Não. Por quê?
– Vamos chamar de experiência.
– Mas... Não! – digo.
– Por que não?
Porque o que eu fico pensando perto de Ashton geralmente tem a ver com partes de seu corpo!
– Porque... não!
– Espero um relatório completo em um mês.
– Não. Eu mal vou vê-lo este mês. Tenho provas. Estou ocupada.
– Tenho certeza de que ficará.
– Não.
– Colabore comigo.
Eu ergo o queixo, teimando.
– Sempre colaborei com você, Dr. Stayner. Dessa vez, eu estou dizendo que não. É uma péssima ideia.
– Bom. Um mês.
– Não pode me obrigar.
– Ah, não?
Fecho a boca e respiro fundo.
– Eu poderia mentir para você.

— E eu poderia aparecer em seu alojamento com uma camisa de força com seu nome escrito.
Dou um ofego, sentindo meus olhos arregalarem.
— Não faria...
Ele totalmente poderia fazer.
— Não vamos descobrir, está bem? Um mês, Livie. Vá conhecê-lo.
— E quanto a Connor?
— Eu não disse para você cair matando no Ashton ao aproveitar para conhecê-lo.
Eu me retraio.
— *Aimeudeus.*
— Desculpe, é assim que meus garotos falam. Não é legal falar assim?
— Nada dessa conversa é legal, Stayner — digo num gemido.
— Tenho que ir. Connor vai chegar a qualquer minuto.
— Apenas confie em mim nessa, Livie. Só mais uma vez. É uma boa ideia.
— Claro.
Desligamos, sem despedidas. Mergulho o rosto nas mãos, pensando em como me meti nisso. Não vou fazer, eu me recuso. Ele pode vir com a camisa de força. Até lá, vai servir perfeitamente. O mais irônico é que eu fico tagarelando coisas que não deveria, quando estou com o Ashton, mas nunca é intencional. Se eu dissesse *tudo*...
Ouço uma buzina.
Ergo os olhos, esperando ver o Audi branco. Mas é um preto, de quatro portas e frisos prateados. A porta do motorista se abre e uma silhueta alta e morena desce, de jaqueta de couro e óculos de aviador, contornando o carro para abrir a porta para mim.
— Irish! Entre.

E eu concluo que Dr. Stayner é um mago do mal, com uma bola de cristal e marionetes amarradas aos dedos. De alguma forma, ele bolou toda essa situação. A essa hora, ele decididamente está às gargalhadas em seu consultório.

Estão buzinando atrás do carro de Ashton.

– Vamos. – Há um tom de irritação em sua voz.

– Droga – digo, seguindo em direção ao carro, mantendo os olhos fixos no interior de couro claro, enquanto entrego as muletas para ele. Ao pegá-las, seus dedos roçam nos meus, disparando uma corrente elétrica em meu braço. No momento em que sento no banco e prendo meu cinto, Ashton entra no lado do motorista. Meu pulso está disparado.

– Como está seu tornozelo? – pergunta ele, entrando no fluxo do trânsito, desviando os olhos para as minhas pernas. Eu tinha resolvido vestir uma saia curta xadrez, porque meia-calça é mais fácil de passar no tornozelo do que meias grossas e calça comprida. Agora, com um flash da cena em que estou sentada em cima de Ashton, eu gostaria de estar vestindo um macacão de esqui.

– Melhor. Comecei a andar um pouquinho. – Noto que o carro está uma sauna, comparado ao ar frio de fora e tiro a jaqueta. – Torção leve. Como eu tinha pensado.

– Connor disse que você foi ao hospital?

Ah, sim, Connor.

– O que você está fazendo aqui? – disparo, depois respiro. – Quer dizer, o que aconteceu com Connor?

Ele dá de ombros.

– Ele tem um trabalho para entregar na terça, então eu disse que levaria você. Pode ser?

– Ah. Claro. Obrigada. – E agora eu me sinto uma grande idiota. Eu teria perdido mais uma semana com os gêmeos, se não fosse pelo Ashton. Ele está sendo legal. Já tinha provado isso ao me carregar um quilômetro na chuva. Agora está me levando de carro até Manhattan.

– Nada de mais, Irish – diz ele, seguindo as placas para a estrada.

Eu silenciosamente brinco com o zíper do meu casaco, enquanto fico imaginando o que Dana diria de tudo isso. Será que a incomodaria? Será que eles ainda estão juntos? Ele não confirmou, nem negou. Será que eu devo perguntar a ele?

Dou uma olhada para Ashton e vejo que ele está olhando para os meus peitos.

– Olha o volante! – protesto, tomando um susto com o calor subindo pelo meu pescoço e cruzando os braços.

– Então, você pode ficar me encarando, mas eu mal posso olhar para você? – ele pergunta com um sorriso divertido.

– Isso é diferente. Não estou nua.

– Eu também não estava nu quando você caiu de nariz na calçada.

Eu me afasto dele para olhar pela janela, balançando a cabeça. *Dá para ouvir sua risada daqui, Dr. Stayner.*

– Ei. – Ashton coloca a mão no meu antebraço. – Desculpe, está bem? É que... faz tempo que eu não vejo você.

Percebo a sensação boa desse gesto simples e o quanto também senti falta dele.

– Olha o volante – digo outra vez, agora, bem menos irritada.

Ganho o sorrisinho torto típico, que agora me parece menos arrogante e mais brincalhão. Ele dá um apertãozinho no meu braço, antes de soltar.

– Obrigada por abrir mão do seu sábado por mim.

– Não é nada – diz ele, checando o retrovisor ao mudar de faixa. – Sei que é importante para você. – E acrescenta, meio

hesitante: – Tenho um compromisso mais tarde, então eu estaria em Manhattan de qualquer jeito.
– Um compromisso?
Uma ruga surge no meio das sobrancelhas dele.
– Você parecia bem aborrecida quando fui buscá-la. Por quê?
Está evitando minha pergunta. Dou um suspiro.
– É... nada. Só uma conversa telefônica estranha.
Eu me ocupo dobrando a jaqueta no colo.
– Quem é Dr. Stayner?
Minhas mãos ficam paralisadas.
– *O quê?*
– Você acabou de resmungar: "Dá para ouvir sua risada daqui, Dr. Stayner." Quem é Dr. Stayner?
– Eu... é... ele é... – *Eu falei em voz alta! Já estou tagarelando meus pensamentos, sem perceber! Marionetes! Aimeudeus. Será que eu também disse isso alto?* De canto de olho, eu dou uma olhada na expressão de Ashton. Ele está desviando o olhar da estrada para mim, com uma sobrancelha erguida. *Não dá para saber. Preciso parar de pensar. Tenho que parar de pensar em tudo!*
– Relaxe, Irish. Você está com cara de maluca. Agora está me dando medo.
Não posso contar. Acho que não. Forço para respirar fundo, ordenando para que meus olhos não saltem do meu rosto.
– Pela sua reação, imagino que seja um psiquiatra, não?
Kacey estava certa. Você não é só um rosto bonito.
– Você acha que eu tenho o rosto bonito, Irish?
Eu coloco a mão na boca. *Fiz de novo!*
Quando a gargalhada vai diminuindo, Ashton dá um suspiro.
– Então... você faz terapia?
Será que quero que Ashton saiba sobre o Dr. Stayner? Como respondo a essa pergunta? Tecnicamente, não faço terapia, mas,

sim, Dr. Stayner é um psiquiatra. Que eu posso, ou não, ter na discagem rápida. De qualquer forma, explicar quem é Dr. Stayner e os quatro últimos meses vai me fazer parecer uma doida varrida.

– É um trajeto bem longo até Nova York – ele me avisa, tamborilando os dedos no volante.

Eu não devia ter que explicar nada para Ashton. Não é da conta dele. Ele tem seus segredos e eu tenho os meus. Mas talvez isso seja uma *entrada*. Talvez, se eu falar dos meus problemas, possa ajudá-lo a falar dos seus. E, por todo o tempo que já passei tentando decifrá-lo, eu preciso de uma entrada...

– Sim, ele é meu psiquiatra – digo baixinho, enquanto olho para a frente. Não consigo encará-lo agora. Não quero ver julgamento.

– E por que você está indo a um psiquiatra?

– Meu ímpeto sexual desregrado, talvez?

– Irish... – O jeito que ele fala meu apelido me faz dar uma olhada, a tempo de vê-lo se erguer ligeiramente do banco e puxar discretamente o jeans, como se para ficar mais confortável. – Conte.

Talvez possa haver uma negociação aqui.

– Só se você me disser por que me chama de Irish.

– Eu lhe disse que explicaria isso, mas, primeiro, você tem que admitir que me quer.

Fecho a boca. Não, com o Ashton não tem negócio.

– Sério, Irish. Conte-me sobre seu psiquiatra. – Há uma pausa. – A menos que você queira detalhes explícitos sobre o *meu* ímpeto sexual desregrado e como você pode me ajudar.

Ele diz isso em tom sério, de um jeito que seca minha boca na hora, e aquece minhas coxas, enquanto as imagens da primeira noite e do sonho da semana passada se misturam na minha cabeça, num bolo constrangedor e excitante. Droga, Ashton!

Ele sabe exatamente como me deixar nervosa. E gosta. Fica rindo baixinho, enquanto fico vermelha. Subitamente, falar do Dr. Stayner não parece nem um pouco constrangedor.

– Você não vai contar para ninguém?

– Seus segredos estão seguros comigo. – Pelo jeito que ele contrai o maxilar, eu instantaneamente acredito nele.

– Tudo bem. Em junho passado, minha irmã teve uma ideia maluca... – Começo a explicar meio vacilante. Mas, conforme vou entrando no assunto, e os risinhos bonitinhos de Ashton vão ficando mais frequentes, ao ouvir como passei o verão com a Kacey, mergulhando de uma ponte, e fazendo compras no mercado, com fantasias de Oscar Mayer, fica mais fácil falar, mais fácil me abrir, mais fácil rir de tudo.

Ashton não me interrompe nem uma vez. Ele não faz com que eu me sinta imbecil ou maluca. Simplesmente me ouve e sorri, ou ri baixinho, enquanto dirige. Na verdade, ele é um ótimo ouvinte. Essa é uma qualidade redentora. *Uma já foi, faltam quatro.*

– Esse cara parece um lunático... – Ashton diz, balançando a cabeça.

– Eu sei. Às vezes, fico imaginando se ele sequer tem licença médica.

– Então, por que continua falando com ele?

– Porque é barato? – brinco. Na verdade, eu já me perguntei isso, mil vezes. Só consigo arranjar uma resposta. – Porque ele acha importante e eu devo a ele a vida da minha irmã. Você não entende o que... – Minhas palavras vão sumindo, enquanto engulo o bolo na minha garganta. – Minha irmã estava no acidente de carro que matou meus pais. Foi ruim, Ashton. Outras quatro pessoas morreram. E ela quase morreu. – Eu paro para olhar meus dedos entrelaçados no colo. Falar disso ainda é difícil para mim. – De certa forma, ela *morreu* naquela noite. Ficou no hospital durante um ano, até ficar forte o suficiente para ser liberada... – Não consigo evitar a fungada de deboche e sacudo a cabeça, ainda amarga com os médicos que a liberaram. *Forte o suficiente...* Para o que ela estava forte? Para erguer garrafas e cachimbos até a boca? Ficar com um monte de caras que eu nem quero saber? Esmurrar um saco de areia? – Minha irmã ficou perdida por um bom tempo. Anos. Então, o Dr. Stayner... – Engulo as lágrimas que brotam em meus olhos, tentando contê-las. Algumas escorrem mesmo assim. Eu me apresso para limpá-las, mas a mão de Ashton chega antes e seu polegar passa pelo meu rosto devagarzinho, antes de colocar a mão de volta no colo. – Dr. Stayner a trouxe de volta para mim.

Há um silêncio longo, mas tranquilo, enquanto eu olho o céu azul e a ponte que vai nos levar a Manhattan.

– Nossa, nós já chegamos – digo vagamente.

– É, você não cala a boca – Ashton diz, mas dá uma piscada. – Então, era com ele que você estava falando quando fui te buscar?

– Era.

– O que tem de tão esquisito nisso? Do que vocês estavam falando?

Eu suspiro profundamente.

– Você. – Vejo que ele segura o volante com força quando digo isso, e rapidamente confirmo. – Eu não disse nada sobre... aquilo. – Meus olhos passam pela tira de couro em seu punho. – Prometi que não falaria.

Vejo que ele engole em seco.

– Bem, então, por que estavam falando de mim?

Olho pela janela e dou um gemido.

– Isso é muito constrangedor.

– Mais constrangedor do que o que você já me disse? – Ashton se inclina para frente em seu banco, totalmente intrigado, com um sorriso curioso no rosto.

– Talvez. – Será que eu conto? Eu enrolo, coçando o pescoço e colocando o cabelo atrás das orelhas, e esfregando a testa, até que Ashton finalmente pega minha mão e pousa no console entre nós.

Limpo a garganta e não consigo evitar notar que minha mão ainda está na dele. Quando me vê olhando, ele a aperta.

– Eu vou soltar quando você me contar.

– E se eu não contar?

– Então, boa sorte para explicar para Connor por que estamos de mãos dadas.

– Ficar de mãos dadas é o que menos me preocupa – digo, antes de olhar para o rosto dele e admitir o que vem a seguir. – Eu tenho que encontrar cinco boas qualidades em você.

Ele faz uma careta de *só isso*?

– Por que isso é constrangedor?

– Porque eu também tenho que te contar tudo o que estou pensando – digo, olhando para o teto.

Há uma longa pausa. Ashton se endireita no banco, deslizando um pouco para baixo, mais relaxado, com a perna mais dobrada. Então, um sorriso endiabrado se abre em seu rosto.

– Isso vai ser divertido.

Já estou negando com a cabeça, em resposta.

– Não, não vai, porque eu não vou fazer.

– O quê? – Ashton senta-se ereto, olhando-me com olhos arregalados. – Você tem que fazer!

– Não... – Puxo minha mão da dele e cruzo os braços. – Não tenho.

– Ora, então, como vai saber quais são as minhas cinco melhores qualidades?

– Tenho certeza de que você vai me dizer – respondo num tom atravessado.
Ele dá de ombros, como se estivesse analisando isso.
– Você está certa, eu poderia. Vejamos... – Ele passa a língua pelos dentes e um nó no meu estômago me avisa que eu vou me arrepender disso. – Tem o jeito com que eu faço uma mulher gritar, quando deslizo meu...
– Cale a boca! – Eu lhe dou um soco no braço e ele geme.
– Sério, Irish. Vamos. Isso será divertido! – Os olhos de Ashton brilham e seu rosto está radiante, com verdadeira empolgação. Eu nunca o vi tão feliz assim e estou prestes a concordar com qualquer coisa, incluindo a insanidade do Dr. Stayner.
– Então, você sonha comigo? – pergunta ele, enfim.
Meus dentes imediatamente mordem minha língua. Com força.

* * *

– Você pode me deixar na frente e eu desço – digo quando percebo que ele está pretendendo estacionar.
Ele franze o cenho.
– Ah, não. Eu vou entrar.
– Ah, o seu compromisso é aqui? *Ashton está doente? Será que precisa ir ao médico?*
– Não. Tenho umas duas horas de tempo para matar. – Há uma pausa. – Imaginei que poderia conhecer esses garotos que fazem você vir até aqui.
– Você não pode. – Eu sinto como se dois mundos estivessem colidindo, e precisam ser mantidos separados.
– Está com vergonha de ser vista comigo, Irish?
– Não, quer dizer... – Eu me viro e vejo uma ponta de mágoa nos olhos dele. *Jamais.* – Eles não deixam ninguém entrar.

Ele estaciona numa vaga.
– Não ferva sua linda cabecinha com isso, Irish. Eles vão me deixar entrar.

* * *

– Eu... é... trouxe uma pessoa. Espero que... – Olho para Gale, inexpressiva. Não sei o que dizer.
Ela desvia o olhar de mim para Ashton e já está sacudindo a cabeça. O alívio percorre meu corpo. Acho que meus sentimentos não conseguem lidar com uma porção de crianças doentes e Ashton ao mesmo tempo.
Então, ele lança aquele sorriso sexy e torto, com as covinhas.
– Oi, eu sou Ashton. Na verdade, estou aqui em nome do meu pai, David Henley, da Henley and Associates.
Gale engoliu o que ia dizer.
– Ora, mas isso é fantástico! Somos muito gratos pelas contribuições que seu pai dá para nós. É um prazer conhecê-lo.
– Olhando à direita e à esquerda, ela diz: – Geralmente, não permitimos visitantes lá dentro, mas eu vou deixar dessa vez.
– Ótimo.
Nada de ótimo.
– Os gêmeos estão ansiosos para vê-la, Livie.
– Também senti falta deles – acrescento, gesticulando para o meu pé. – Desculpe pelo outro fim de semana.
– Ah, sem problema. Ainda bem que já está conseguindo andar. Divirta-se! – ela diz, abanando suas pastas à minha frente. – Estou voltando ao trabalho!
Gale segue na direção oposta. Ela dá uma olhada para trás, para ver se Ashton já virou e está indo até o elevador, quando pisca para mim e gesticula um "nossa" com a boca.

Sinto meu rosto empalidecer. Agora todos vão achar que nós estamos juntos.

Eu o alcanço bem na hora em que ele aperta o botão do elevador.

– Então, você sabia que dizer o nome do seu pai o faria entrar aqui?

O charme de um instante atrás sumiu, substituído por desprezo.

– Pelo menos, serve para alguma coisa.

– É... legal da parte dele doar para o hospital.

Já que Gale reconheceu o nome imediatamente, ele deve ser um contribuinte significativo.

– Dedução no imposto de renda. E bom para sua imagem.

Eu o observo e o vejo pegando na tira de couro. Não posso evitar. Estendo a mão e dou um apertãozinho em seu braço. As portas do elevador se abrem. Entrando logo atrás de mim, Ashton aperta o botão do andar que eu digo.

– Era isso, ou eu teria que levar a enfermeira para a sala dos fundos por alguns minutos e... – ele fala.

– Ashton! – Dou um tapa em seu antebraço e me retraio com o impacto. O remo o deixou todo definido. – Decididamente, uma rasteira nas suas boas qualidades.

– Ora, vamos. Você não acha mesmo que estou falando sério, acha? – diz ele, dando uma risadinha.

– Tão sério quanto uma meia vermelha na sua porta...

Uma expressão aflita surge em seu rosto.

– Aquela noite foi para me esquecer de você. Com Connor – ele diz, baixinho. – E, desde aquele dia, nunca mais fiz nada parecido.

Será que acredito nele?

– Por que não?

Virando para mim com um olhar excitado, Ashton ergue a mão e segura meu queixo, com o polegar roçando meu lábio.

– Acho que você sabe exatamente por quê, Irish.

– Você ainda está com a Dana?

Aquele tom rouco está de volta, o tom que faz minha pele pinicar.

– E se eu dissesse que não?

– Eu... eu não sei. – Eu hesito, antes de perguntar: – Por que você disse que nós não podemos dar certo?

Ele abre os lábios e eu acho que terei uma resposta.

– Seus peitos estão fantásticos com essa camisa.

Não essa resposta.

Ele sai do elevador e segura a porta, enquanto saio de pernas moles, com o rosto parecendo um pimentão. É bem típico de Ashton sair de fininho. Mordo a língua e o ignoro, até chegarmos à entrada da sala de recreação.

Uma nova onda de ansiedade me invade, o mesmo aperto no meu peito que sinto toda vez que me aproximo desses garotos, só que agora está mais forte.

– Certo, temos algumas regras, antes que você se aproxime desses menininhos.

– Vamos lá.

– Um: – conto nos dedos, para dar ênfase – nada de falar sobre morte. Nem de entrar em conversa de morte, nenhuma menção à morte.

Seus lábios se apertam e ele concorda.

– Não precisa se preocupar.

– Dois: não vá ensinar um monte de palavrões para eles.

– Fora os que eles já aprenderam com você?

Revirando meus olhos, termino:

– Três: seja legal com eles. E não minta. São só menininhos.

Uma expressão nebulosa cruza seu rosto, mas ele não diz nada.
Eu empurro a porta e encontro os gêmeos no chão com os LEGOs. Eric olha para cima primeiro. Cutucando o irmão, eles levantam e vêm me encontrar. Faz duas semanas desde que eu os vi pela última vez, e eu noto que os dois estão se movendo mais devagar, as vozes estão ligeiramente mais fracas.

– Ei, pessoal! – digo, contendo o súbito nervosismo, torcendo para que a mudança neles seja só a quimioterapia.

– O que aconteceu? – pergunta Derek, pegando a minha muleta direita.

– Eu tropecei e torci meu tornozelo.

– Ele é seu namorado? – pergunta Eric, apontando para Ashton.

– É... não. Ele é um amigo. Esse é...

– Você é amiga de um garoto? – Eric me interrompe.

Dou uma olhada para Ashton, pensando em tudo o que aconteceu entre nós.

– Sim, acho que sou.

Ashton se abaixa e estende e mão.

– Pode me chamar de Ace. Assim que meus amigos me chamam.

Os dois olham para cima, depois para mim, interrogativos, e dou uma risada, lembrando como eles são novinhos, antes de sacudir a cabeça na direção do Ashton.

Eric pega a mão de Ashton primeiro, gesticulando para ele se aproximar, como se tivesse um segredo para dizer em seu ouvido. É claro que o segredo de um garoto de cinco anos poderia até ser dito num megafone.

– Qual é o seu problema? A Livie é bem bonita, para uma garota.

Tento não rir. Ashton desvia os olhos rapidamente para mim e há um brilho travesso neles. Sinto uma ponta de pânico.

– Eu tentei, amiguinho. Mas a Livie não gosta muito de mim. Com tantas maneiras que ele tinha para responder, ele diz logo isso.

– Ela é sua amiga e não gosta de você? Por que não? – pergunta Derek, franzindo profundamente a testa.

Ashton dá de ombros.

– Não sei. Tentei tudo que pude, mas... – Então, ele deixa os ombros curvos e seu sorriso some, enquanto interpreta o papel perfeito de garotinho magoado, digno de um Oscar.

Os gêmeos inclinam as cabeças e olham para mim, num movimento sinistramente igual.

– Por que você não gosta dele, Livie? – pergunta Derek.

E, agora, eu que sou a vilã.

– Boa pergunta. Vamos tentar descobrir, garotos. – Ashton os leva até uma mesinha infantil, enquanto eu chamo a atenção de Diane com um aceno.

– Gale disse que não tinha problema! – grito, apontando para Ashton.

Com uma piscada, ela volta a olhar para a sua criança, mas eu não deixo de notar os olhares frequentes e curiosos na direção de Ashton. É o mesmo tipo de olhar que ele recebeu de Gale e das enfermeiras pelo corredor, da funcionária do estacionamento, de uma médica e... de um médico.

Encosto minhas muletas na parede e sigo alegremente até a mesa, onde Ashton já está à vontade, com as pernas compridas esticadas e a jaqueta de couro estendida ao lado dos pés. Ele dá uma batidinha na cadeira ao seu lado, me mostrando. Eu sento, não porque quero sentar ao seu lado, mas para poder cutucá-lo, se precisar.

Os meninos puxam duas cadeiras de frente para Ashton e, a julgar pelas expressões sérias em seus rostinhos, acham que vão desvendar um grande problema.

– Então, meninos. – Ashton se inclina à frente, se apoiando nos cotovelos. – Algum palpite?

– Você gosta de cachorrinhos? – Derek pergunta baixinho.

– Gosto.

– Você é forte? Como o Super-Homem?

– Como o Super-Homem, eu não sei, mas... – Ashton flexiona os braços e, apesar da camisa fina cor de carvão, dá para ver os músculos. – O que acham?

Os dois garotos estendem a mão para tocar seus braços e dizem "nooossa", ao mesmo tempo.

– Sinta os músculos dele, Livie.

– Ah, não. – Eu aceno, descartando, mas Ashton já está pegando minha mão e colocando em seu bíceps. Meus dedos mal conseguem segurar metade do contorno do braço. – Nossa, que forte – concordo, revirando os olhos para ele, mas não consigo evitar um sorrisinho. Nem o calor que sobe pelo meu pescoço.

– Você é rico? – pergunta Eric.

Ashton dá de ombros.

– Minha família é, então acho que também sou.

– O que você vai ser quando crescer? – pergunta Derek.

– Cara, ele já é grande! – Eric dá uma cotovelada no irmão.

– Não, ainda não sou – diz Ashton. – Ainda estou estudando. Mas vou ser piloto.

Eu estranho. *E quanto a ser advogado?*

– Você tem mau hálito? – pergunta Eric.

Ashton sopra nas mãos e inala.

– Acho que não. Irish?

– Não, você não tem mau hálito. – Dou um sorriso, curvando-me para prender uma mecha de cabelo atrás da orelha e esconder o rubor. Ele tem uma boca com gosto de menta e céu. *Céu mentolado.*

– Por que você a chama de Irish?

– Porque ela é irlandesa e, quando fica bêbada, fica muito malvada.

– Ashton!

Os meninos começam a rir. Pela fungada da Diane, acho que ela também ouviu.

– Francamente.

Eu mergulho meu rosto nas mãos por um instante, e isso só faz os meninos rirem mais e Ashton abrir mais o sorriso, e logo eu estou rindo com eles.

As perguntas acabam ficando mais sérias.

– Você tem mãe e pai? – pergunta Eric.

Ashton não esperava essa pergunta. Dá para notar, porque ele hesita e eu vejo que engole em seco.

– Todo mundo tem mãe e pai.

– Onde estão eles?

– É... meu pai está na casa dele e minha mãe não está mais por aqui.

– Ela morreu? – pergunta Eric, com total inocência.

Um lampejo de tristeza passa pelo rosto de Ashton.

– Lembrem-se do trato, meninos – alerto, erguendo a sobrancelha.

– Achei que fosse só com as nossas mortes – diz Derek, sério.

– Não, é uma regra geral. Vale para todos.

– Certo, desculpe, Ace – diz Eric, baixando a cabeça.

Ashton se inclina para frente e aperta o ombro dele.

– Não se preocupe, rapazinho. Ela é meio severa com as regras, não é?

Eric revira os olhos, dramático.

– Você não tem ideia.

Os meninos continuam fazendo perguntas, daquele estilo inocente infantil e Ashton continua respondendo. Eu descubro que a mãe de Ashton é da Espanha, por isso ele tem os olhos escuros e a pele morena. Fico sabendo que ele é filho único. Que nasceu e foi criado em Nova York. Estou descobrindo mais sobre ele nesse breve interrogatório feito por dois meninos curiosos de cinco anos do que achei que pudesse descobrir. Talvez seja mais coisa que qualquer pessoa tenha descoberto sobre Ashton Henley.

– Desculpe ter que sair, mas eu preciso ir a um lugar – diz Ashton, finalmente se levantando. – Foi muito legal ficar com vocês, rapaziada. – Ele estende a mão fechada para bater na deles.

– É, foi mesmo – Eric o imita casualmente, enquanto ele e o irmão retribuem o gesto, com os punhos miúdos, ao lado do de Ashton. Os três viram para me olhar e eu percebo que devo ter feito um som idiota.

– Voltarei em três horas para pegá-la na entrada principal, está bem? – Ashton diz, beliscando de leve meu cotovelo. Ao dizer isso, ele vai embora.

O resto do turno de voluntariado vai rapidamente ladeira abaixo. Lola chega, parecendo menor e mais pálida e frágil do que da última vez em que a vi. Derek cochicha para mim que ela tem vindo cada vez menos. Os meninos só ficam mais uma hora e dizem que não estão se sentindo bem, me dando um aperto no estômago. Passo o resto do turno com outras crianças – uma se recuperando de uma cirurgia, após um acidente de carro, outra que tem uma doença rara no coração.

E eu me vejo olhando o relógio por mais de um motivo.

* * *

Um cara diferente me encontra na saída principal, três horas depois. Não aquele brincalhão e provocador que dividiu uma mesinha com dois garotos doentes e os fez rir. Não o que ouviu tranquilo e silencioso, enquanto eu contava minhas aventuras constrangedoras, inspiradas por um psiquiatra.

Não... o cara sentado ao meu lado mal diz uma palavra, quase nem me olha, enquanto deixamos a cidade. Não sei o que aconteceu, mas alguma coisa mudou. Algo que faz seu maxilar contrair e deixa seus olhos inexpressivos. Algo que o deixou tão descontente que meu peito dói de tensão. Mais do que eu já sentia ao deixar o hospital.

Consigo ficar uma hora em silêncio, olhando o céu escurecendo e as luzes da rua, colocando o cabelo atrás da orelha uma dúzia de vezes, me endireitando no banco, antes de resolver fechar os olhos e fingir dormir, quando estamos nos aproximando de Princeton.

– Você arranjou remédio para dormir no hospital, antes que eu fosse buscá-la, Irish? – É mais o som da voz do que a pergunta que faz meus olhos abrirem num estalo. Viro e vejo o sorrisinho abrindo, em meio àquela nuvem, e dou um suspiro de alívio.

– Lamento – murmuro. Mas não lamento nada. Estou feliz em ver Ashton mais relaxado.

– Como foi o resto de sua sessão com os meninos?

– Difícil. Às vezes, eu me pergunto se vai ficar mais fácil. Adoro ficar com crianças e quero ajudá-las, mas... – As lágrimas escorrem pelo meu rosto. – Não sei se consigo ficar imaginando quais sobreviverão.

Ashton fica em silêncio, enquanto eu passo a mão no rosto.

– Fiquei imaginando isso quando você me disse o que quer ser – diz ele baixinho. – É preciso ser uma pessoa especial para conseguir sentar e esperar alguém morrer, principalmente se você não pode evitar que isso aconteça.

Foi isso que aconteceu com você, Ashton? Você teve que ficar olhando sua mãe morrer? Não falo nada.

– Não tenho certeza de que sou esse tipo de pessoa – confesso. – Nossa. Nunca admiti isso em voz alta. Para ninguém.

– Nem para o seu médico?

– Não! Principalmente para ele. Ele acha que me conhece totalmente – digo.

– O que quer dizer?

Balanço a cabeça.

– Sem chance, Ashton. Você já tirou muita coisa de mim em um dia.

Tamborilando a ponta dos dedos no volante, ele suspira.

– Tudo bem. Como os gêmeos ficaram depois que eu saí?

Dou um sorriso.

– Eles perguntaram se você podia voltar – respondo com uma risadinha.

Um sorriso largo se abre no rosto dele.

– É? Eles gostaram tanto assim de mim?

Eu reviro os olhos.

– Acho que gostaram mais de você do que gostam de mim. Eric disse que eu devo mesmo ficar muito zangada, quando viro uma irlandesa, se você não quer ser meu namorado.

Uma risada profunda escapa dos lábios de Ashton e meu corpo instantaneamente se aquece.

– O que você disse?

– Ah, eu garanti a ele que fico bem zangada, mesmo quando não sou irlandesa e você está por perto.

Isso rende outra risada.

– Adoro quando você não se censura. Quando simplesmente diz o que vem à cabeça, sem se preocupar.

– Então, você e o Stayner se dariam bem...

Nós passamos pelas placas do campus, indicando que não estamos longe e meu dia com Ashton está quase terminando. Não sei quando voltarei a vê-lo. Pensar nisso dói.

– Isso mesmo. Você deveria me contar tudo, certo?

Minha cabeça recosta no banco, enquanto digo, mais para mim mesma:

– Primeiro você.

Eu realmente não quis dizer nada com isso. Ashton é cheio de segredos, mas eu sei que ele não vai contá-los tão cedo. Mesmo assim, sinto que a temperatura do carro subiu.

– O que você quer saber? – Seu tom é baixo e tranquilo. Hesitante, talvez.

– Eu... – Minha voz falha. Começo com o que acho ser uma pergunta inocente, com a voz mais casual possível. – Você disse aos meninos que quer ser piloto. Por quê?

– Porque você me disse para não mentir para eles – ele diz, expirando.

Certo.

– Mas e quanto a ser advogado?

– Serei advogado, até que eu possa ser piloto. – Seu tom é tão calmo e baixo que até me dá um certo conforto.

– Qual é a sua lembrança favorita de sua mãe? – pergunto, mudando a direção da conversa.

Há uma breve pausa.

– Essa eu vou passar, Irish. – Ainda calmo, mas a ponta de tensão está ali.

Fico olhando, enquanto ele começa a mexer na tira de couro, distraído.

– Quantos anos você tinha?

– Oito. – A resposta vem com uma pequena abertura. Fecho os olhos e viro para ver as luzes das casas passando, torcendo para que elas substituam a visão do garotinho assustado que está ardendo em minha mente.

A mão de Ashton envolve a minha.

— Ele só perdeu o controle uma vez. Quer dizer, as cicatrizes. Ele nunca tinha deixado cicatrizes das outras vezes. — *Das outras vezes.* — O armário era geralmente o seu predileto. Ele me deixava lá dentro durante horas. Geralmente, com uma fita isolante para que eu ficasse quieto.

Eu tento conter o choro com a minha mão livre, mas não consigo e sai com um som visceral, estranho. Ficamos em silêncio por um instante, mas eu preciso saber mais sobre Ashton. Tudo.

— Por que você usa isso? — pergunto, engolindo o bolo na garganta.

— Porque sou uma porra de um prisioneiro na minha vida, Irish! — Como se esse rompante súbito tivesse revelado mais do que ele pretendia, seus lábios se fecham. Ele solta minha mão.

Eu alterno entre olhares furtivos entre ele e alisar as pregas da minha saia, mas não digo nada, enquanto ele entra no estacionamento. Quando para numa vaga de canto, mais ao fim do estacionamento, eu acho que ele vai desligar o motor e pular do carro, ansioso para se livrar de mim, mas ele não o faz. Deixa o carro ligado, com o rádio tocando baixinho, enquanto seus dedos seguram o osso do nariz.

— Você provavelmente acha que estou exagerando, não é? — Seu tom está novamente temperamental. Fico parada ouvindo. — Que eu estou aproveitando, certo? Essa escola, o dinheiro, a namorada... essa porra desse carro. — Ele bate no painel com o punho, zangado. — Pobrezinho de mim, certo? — Ele enlaça as mãos atrás da cabeça, recostando e fechando os olhos. — Ele me controla, Irish. A minha vida. E tudo nela. Estou encurralado. — Agora, não há dúvida quanto à mágoa em sua voz. É agonizante e aperta meu peito.

Nem preciso perguntar de quem ele está falando. Tenho certeza de que é a mesma pessoa que lhe deu as cicatrizes. Quero muito perguntar como ele está encurralado e o porquê, mas não quero forçar demais. Ele pode se fechar.

– Como posso ajudar? – pergunto.

– Só me faça esquecer. – Ele olha para mim. A tristeza que eu tinha visto em seus olhos, uma semana antes, se revela outra vez.

– Eu... – Minha voz falha. O que ele está me pedindo para fazer? Ele usa o sexo para esquecer, já disse isso. Mas eu não... não posso... o pânico está borbulhando por dentro e deve estar claro em meu rosto.

– Não é isso, Irish – diz ele baixinho. – Não quero isso de você. Nunca vou lhe pedir isso. – Ele solta o cinto de segurança e estica o braço para soltar o meu. Pega minha mão e leva até seu peito. Sem hesitar e com grande alívio, eu me viro no banco, até poder colocar a mão em seu coração. O órgão reage imediatamente e começa a bater mais depressa, com mais força, enquanto Ashton aperta a mão sobre a minha, aquecendo-a.

– Sua mão assim... Não dá para descrever a sensação incrível – ele diz baixinho, com um sorriso melancólico. Mordo o lábio, com uma onda de vibração revolvendo por dentro, sabendo que o faço se sentir tão bem, que me sinto tão ligada a ele.

– Você pensa em mim, Irish? – pergunta ele baixinho, recostando a cabeça no banco e fechando os olhos.

– Sim. – A resposta sai mais rápido do que eu pretendia e eu sinto a palpitação sob os meus dedos.

– Muito?

Eu hesito com essa, tentando engolir meu constrangimento.

– Você só tem que me responder – diz ele, abrindo um dos olhos para me encarar.

– Certo. – Sorrio comigo mesma. – Sim.

O coração palpita de novo.

– Não tive a intenção de fazer você chorar por minha causa, Irish – ele diz depois de uma pausa. – Faz bastante tempo que as coisas ruins aconteceram. Ele não pode mais me machucar. Mas existem outros meios...

Com um suspiro ofegante, eu dou um sorriso.

– Desculpe. Eu choro muito. Minha irmã debocha de mim. Acho que foi um dia emotivo. Às vezes, é difícil parar de pensar em coisas ruins.

Os lábios dele se abrem, como se fosse responder, mas depois ele os fecha. Fico imaginando o que ele está pensando, mas não pergunto. Só observo uma expressão de calma passar em seu rosto, enquanto seu coração ainda bate forte.

– Quer que eu te ajude a esquecer por um tempo?

– Eu... – Meus olhos arregalados descem até sua boca.

E, subitamente, ele vira-se em seu banco e me empurra devagarzinho contra o meu, dizendo-me para relaxar, antes que eu possa notar que meu corpo inteiro se contraiu.

Ashton não hesita ao colar os lábios nos meus, a língua forçando a entrada. Meu peito parece leve, mas, ao mesmo tempo pesado, e meu corpo parece em brasa, mas também gélido. De repente, eu não ligo para nada, para ninguém, além de mim, e de estar com ele.

Fico silenciosamente maravilhada com sua língua delicada, ao mesmo tempo entrando, habilmente deslizando e se enroscando à minha. Ele tem a boca tão mentolada e deliciosa como eu me lembrava. Tão deliciosa que eu mal percebo que meu banco está reclinando. Ele está acomodado numa inclinação confortável, onde ainda estou sentada, mas consigo me esticar.

– Vou fazer uma coisa e você pode me dizer para parar. – Ele passa da minha boca para a minha orelha, lambendo o lóbulo, falando baixinho numa voz grave que vibra por dentro de mim. Eu inspiro com força, enquanto uma de suas mãos pousa em minha coxa e começa a subir. – Mas vou torcer para você não dizer.

Acho que sei o que ele quer fazer e não posso acreditar que isso esteja acontecendo. Vou deixar isso acontecer? Um instinto natural me faz juntar os joelhos por um instante, mas logo Ashton começa a me beijar com outro nível de intensidade. Meus joelhos relaxam, enquanto meu corpo anseia por seu toque, acolhendo sua mão, conforme ela lentamente começa a roçar por cima da minha meia-calça.

Sinto minha reação a cada toque de sua mão e imagino se o Ashton nota. Minha mão vai instintivamente até sua nuca, onde o cabelo escuro é farto e o puxo levemente. Seu beijo se aprofunda ainda mais, sua mão sobe mais depressa, e quando um pequeno gemido me escapa, isso parece fazê-lo perder a cabeça.

Ashton se mexe e estende a outra mão. Ele puxa minha meia-calça com os dedos e o som de rasgado ecoa no carro. Talvez eu ficasse meio irritada com isso, mas não tenho a chance, porque ele não perde tempo e desliza os dedos por baixo da minha calcinha.

Ofegante, eu recuo de seus lábios e olho em seus olhos, com o corpo tenso e trêmulo.

– Eu nunca... – Mas ele me cala com um beijo.

– Eu sei, Irish. Lembra? Os drinques de gelatina são sua criptonita para segredos.

Fecho os olhos com um gemido e encosto minha testa na dele, com as bochechas em brasa.

– Eu disse *mesmo* que ninguém nunca...? – Nem consigo dizer as palavras.

Como em resposta, Ashton desliza um dedo, entrando devagar.

— Ninguém nunca o quê, Irish? — sussurra ele num tom brincalhão, deslizando outro dedo para dentro de mim. Meu gemido em resposta faz com que ele cole novamente a boca na minha.

No fundo da minha mente, eu tenho consciência de que estou sentada no banco do passageiro de um carro num estacionamento. Eu devia estar horrorizada. Mas rapidamente racionalizo que os vidros são escuros e não há ninguém por perto. Com o jeito que Ashton habilmente mexe a mão, sabendo exatamente a velocidade e a pressão, ele não demora para deixar meu corpo relaxado e abrir minhas coxas, e percebo que o carro poderia estar cercado de zumbis que eu não ligaria.

Ele não reclama quando eu puxo seu cabelo e mordo seu lábio sem querer. Pela forma como sua respiração acelera e seus lábios estão mais urgentes, sei que ele está gostando. E quando noto a sensação aumentando em meu ventre, Ashton sabe, de alguma forma, e sua mão acelera o ritmo, fazendo com que eu me remexa, roçando meu corpo na mão dele.

— Quero ouvir, Irish — diz ele num sussurro contido, enquanto meu corpo começa a estremecer na mão dele. Com os lábios em meu pescoço, eu grito em resposta, cravando as unhas em seu bíceps, sentindo a sensação em ondas.

— Que tesão, Irish — ele murmura em meu ouvido, com a testa colada no alto do encosto do meu banco. Fico vermelha e fecho as pernas. Mas ele não tira a mão e eu também não a afasto. — Isso te ajudou a esquecer?

Meu riso nervoso é a única resposta que consigo dar. Esquecer? Meu cérebro *esvaziou*. Eu me esqueci dos meus problemas, dos problemas dele, e do apocalipse de zumbis. Se isso é o que os orgasmos fazem, então, não posso acreditar que as pessoas saiam de casa. Ou do carro.

— Acho que essa é mais uma primeira vez sua comigo — diz ele. *Que eu nunca vou esquecer.*

Com um beijinho no meu nariz, ele finalmente tira a mão e alisa minha saia, deixando-a arrumada.

– E para mim também – diz ele em tom de deleite ao baixar os olhos para o próprio corpo. Quando ele nota minha expressão confusa, começa a rir baixinho. – Isso *nunca* aconteceu.

Meus olhos se arregalam de choque quando olho para as pernas dele. Isso só faz com que sua risadinha se transforme em gargalhada.

* * *

Foram exatamente três horas.

Três horas deitada em minha cama, olhando para o teto, com meus livros fechados ao meu lado, esperando que a onda de orgasmo passe e a náusea se instale, quando percebo o que acabei de deixar acontecer. O que eu *quis* que acontecesse. O que eu *não me arrependo* de ter acontecido.

E quando atendo a ligação de Connor e ele se desculpa profundamente por não ter me levado a Nova York, e promete me compensar, eu só sorrio ao telefone, e digo que está tudo bem. Eu lhe desejo boa sorte com o trabalho. Penso no cara bom e meigo que ele é, e o quanto meus pais o adorariam. Penso em como devo terminar tudo com ele, diante do que eu fiz.

Desligo o telefone.

E choro.

Capítulo quinze

* * *

PURO-SANGUE

– No que você estava pensando?
– Não pensava em muita coisa, obviamente.
Ouço a angústia na voz da Kacey.
– Você, não sei, não, Livie... Às vezes, você é tão graciosa quanto um flamingo de uma pata só na areia movediça. Eu reviro os olhos. Minha irmã sai com cada uma...
– É só uma torção leve. Já está melhorando. Nem preciso mais das muletas.
– Quando foi?
– Há três semanas, eu acho. Talvez quatro. Não tenho certeza.
– O tempo parece se arrastar e voar ultimamente. Só tenho certeza de que não vejo Ashton há duas semanas, desde que ele me levou para o dormitório naquela noite, deu-me um beijo de boa--noite no rosto e foi embora. E não tive mais notícias dele desde a manhã seguinte, quando ele mandou uma mensagem que dizia:

Um único encontro não muda nada. Fique com o Connor.

– Três ou quatro semanas, e você só está me dizendo agora?

– O tom da Kacey é uma mistura de irritação e mágoa, fazendo aumentar o bolo de culpa em minha garganta. Ela está certa. Não posso acreditar que não falo com ela há quase um mês. Não contei sobre a torção. Não falei de Connor. Certamente não falei sobre Ashton.

– Desculpe. Fiquei enrolada com as provas e tudo mais.

– Como foram?

– Bem, eu acho. – Nunca tive dificuldades com provas, nem cheguei para fazer uma me sentindo despreparada. Mas, semana passada, saí de todas as provas com um aperto na barriga. Não sei se foi nervosismo pela pressão. Só sei que passei tempo demais pensando em coisas que não fazem parte das aulas, como meus sentimentos por Ashton e o que Connor faria se soubesse o que aconteceu. Será que ele terminaria comigo? Provavelmente. Penso em contar para que ele termine, porque sou covarde demais para tomar uma atitude. Mas isso poderia causar problemas entre Connor e Ashton, e não quero fazer isso. Afinal, eles moram juntos e eu é que estou no meio.

Depois, pensei em minha irritação com Ashton, por encostar suas mãos habilidosas em mim. Deixei a irritação aumentar, até virar raiva. Depois me lembrei do cinto de couro, das cicatrizes, das tatuagens e de qualquer outra coisa que ele esteja escondendo, e tudo isso aumentou o bolo de aflição na minha cabeça e no meu coração, dissolvendo minha raiva, fazendo-me sofrer por ele. Desesperada para querer voltar a vê-lo.

Fiquei com raiva de mim mesma por querer vê-lo, por deixar que ele fizesse o que fez, por ser tão egoísta e medrosa para terminar com Connor. Por me perder no meio do certo e do errado em vez de me ater ao preto no branco, que eu consigo entender.

– Você acha? – pergunta Kacey depois de uma longa pausa.

— É. Por quê?
— Não sei. É que você nunca... *achou* antes. — Outra pausa longa. — O que está havendo, Livie?
— Nada, estou cansada. Não tenho dormido muito ultimamente. — Deitada na cama é quando mais penso em Ashton. Quando fico preocupada com ele. E o desejo. Tenho ficado muito tempo deitada na cama.
— Você tem falado com Dr. Stayner ultimamente?
— Não — admito com um suspiro profundo. Porque terei que mentir para ele e também não quero fazer isso. O jeito é me esquivar. *Reagan está aprontando alguma.* Olho para o relógio e sussurro: — Tenho aula em vinte minutos.

Minha aula de literatura inglesa. Não estou a fim de ir. Só li um quarto do que deveria, então vou ficar perdida. Olho para a minha cama. Um cochilo agora seria ótimo.
— Bem... nós sentimos sua falta, Livie.

Dou um sorriso triste, pensando na barriga de Storm crescendo e nos trabalhos de ciências da Mia, nas noites com a minha irmã na varanda dos fundos, olhando o mar, e um vazio dói no meu peito. Por mais bonito que seja o campus de Princeton, simplesmente não se compara.
— Também sinto falta de vocês.
— Eu te amo, irmãzinha.

Estou subindo no beliche de cima para cochilar, quando meu telefone apita com uma mensagem de texto:

Você está no seu quarto? É o Ash.

Sinto uma onda de empolgação ao digitar:

Sim.

A resposta vem imediatamente:

Vou acompanhá-la até a aula. Te vejo em alguns...

O quê? Ele está vindo aqui? Agora? Meus olhos arregalados disparam pelo nosso quarto, para a pilha de roupa suja da Reagan, o meu moletom, minha pele pálida e o ninho de rato de cabelo preto refletido no espelho. Correndo, visto um jeans e uma camisa que Storm comprou para mim e eu nunca usei. É azul-clara, combina com meus olhos e é justa, com decote V generoso. Porque eu subitamente sinto vontade de provocar Ashton. Então, começo a ajeitar o cabelo, esforçando-me para puxar a escova. Sério, acho que devo ter um rato aninhado aqui.

Uma batida ruidosa na porta faz meu coração saltar. Olho meu reflexo no espelho uma última vez, rapidamente passo o brilho labial da Reagan para dar uma cor no meu rosto. Então, respirando fundo, vou até a porta e abro.

Ashton está de costas, olhando o corredor. Quando ele se vira de frente para mim, meu estômago dá um nó, como na primeira vez em que vi essas feições morenas inebriantes. Só que o sentimento agora é muito mais intenso, porque está misturado a uma atração magnética que puxa meu corpo e meu coração.

– Pensei em acompanhá-la até a aula por causa desse pé ruim – diz ele, com um sorriso de esguelha, os olhos percorrendo meu corpo sem a menor vergonha.

– Obrigada – respondo com um sorriso tímido, virando-me para pegar os livros e o casaco na mesa. Verdade seja dita, meu pé já está quase bom. Mas não estou a fim de dizer a verdade, se isso significa uma caminhada de dez minutos com Ashton.

Nossa conversa é normal, segura. Ele me faz algumas perguntas sobre as provas; responde algumas sobre as suas. Ele me pergunta dos gêmeos. Quando vejo a porta da sala de aula logo à frente, meu coração murcha. Não quero dez minutos com Ashton. Quero dez horas. Dez dias. Mais.

Mas Ashton não se afasta. Ele entra atrás de mim no auditório, desce a escada, vai direto até a primeira fileira e senta-se ao meu lado. Não o questiono. Não digo uma palavra. Só observo enquanto ele estica as pernas compridas, novamente invadindo meu espaço. Dessa vez, meu corpo vira em sua direção, acolhendo-o. Querendo.

– Então, como vai a lista das minhas qualidades? – pergunta ele baixinho, enquanto o professor caminha até o pódio com suas anotações.

Penso na resposta que quero dar.

– Eu te conto, quando encontrar uma – enfim digo.

O professor bate três vezes no pódio, sinalizando o início da aula. Claro que Ashton não se importa.

– Quer que eu conte a você? – sussurra ele se aproximando, seus lábios roçando minha orelha.

Afasto seu rosto com a palma da mão, fingindo irritação, e o calor que emana de minhas coxas me deixa desconfortável o suficiente para me fazer remexer na cadeira. A risadinha de Ashton me diz que ele notou e tem uma boa ideia do que essa proximidade está causando em mim.

Hoje a aula inteira é sobre Thomas Hardy e não consigo me concentrar numa porcaria de palavra com a colônia do Ashton entrando pelo meu nariz, com seu joelho encostando no meu, com aqueles dedos habilidosos tamborilando na carteira. Às vezes, vejo que ele está rabiscando em seu livro. Anotando o quê? Ele nem está nesta turma.

Numa hora, o professor desvia para tomar um gole de água. Ashton arranca uma folha do caderno e a coloca em minha frente, sem dizer nada. Franzindo o rosto, eu olho.

Como sou boba. Eu devia ter esperado até depois da aula.

1. sou brilhante
2. sou charmoso
3. tenho porte de puro-sangue
4. deixei de ser pilantra
5. sou altamente habilidoso, como você descobriu naquela noite.

OBS: Pare de ficar olhando para as minhas mãos. Eu sei o que você quer que eu faça com elas.

O professor continua sua aula a poucos centímetros de mim, enquanto o sangue me sobe à cabeça, pela barriga e coxas. O que ele está fazendo? Por que ele escreveria *isso* e me daria no meio de uma aula? A última coisa que quero pensar, enquanto o professor está falando no Thomas Hardy idiota, é em Ashton e suas mãos, e naquela noite no carro...

Uma das mãos aperta o meu joelho e me faz dar um pulo na cadeira. Instintivamente, meu cotovelo se abre e bate nas costelas de Ashton. É o suficiente para chamar a atenção do professor.

– Há algo que vocês gostariam de compartilhar com a turma? – pergunta ele calmamente, olhando para nós por cima dos óculos.

Balanço a cabeça quase imperceptivelmente, enquanto setenta e tantos alunos se inclinam para frente em suas cadeiras, olhando para nós dois.

Isso poderia ter dado certo. O professor poderia deixar pra lá. Mas, então, tive que cobrir o bilhete sobre o meu livro, como se tentasse disfarçar as indiscrições escritas.

Vejo que os olhos do professor recaem no bilhete.

Meu estômago dá um nó que me tira a respiração.

– Estão passando bilhetes na primeira fila da minha aula. Posso? – Sua mão experiente se estende à minha frente, indo até a prova do meu comportamento escandaloso com o cara sentado ao meu lado.

Fico olhando assustada para aquela mão, enquanto meu cérebro freneticamente repassa minhas opções. Não há muitas. Não posso sair correndo da aula, por causa do pé, então só me resta engolir o bilhete ou cravar minha caneta na mão de Ashton, para arranjar uma distração. Qualquer um dos dois garante minha dispensa dessa turma; um vai incluir uma camisa de força especial e uma noite de bônus com Dr. Stayner.

Então, com um olhar fulminante na direção de Ashton, eu entrego o bilhete ao professor e rezo a Deus para que ele não comece a ler em voz alta, ou terei que colocar em prática minhas táticas de distração.

– Vejamos o que temos aqui...

A sala começa a balançar e a ficar embaçada, meus ouvidos estão zunindo com o barulho do sangue circulando. Não duvido de que o salão esteja fervilhando com sussurros animados, todos esperando como se fossem espectadores de um enforcamento, mas não consigo ouvir nada. E não me atrevo a olhar para Ashton, porque, se ele estiver com aquele sorrisinho estampado no rosto, eu vou socá-lo bem no meio da cara.

– Sr. Henley, sugiro que realize suas tentativas de conquista fora da minha sala de aula – o professor finalmente diz, lançando um olhar direto para Ashton, enquanto amassa o bilhete numa bolinha e o joga no lixo. O ar escapa dos meus pulmões. *Claro que ele conhece o Ashton. Todos o conhecem...*

Ashton limpa a garganta, enquanto o burburinho aumenta atrás de nós.

– Sim, senhor. – Não dá para saber se ele está constrangido ou não. Eu me recuso a encará-lo.

Enquanto o professor volta para o pódio, um coro de decepção enche a sala quando os alunos percebem que nada vai acontecer. Mas antes de continuar a aula, o professor acrescenta:

– Se eu fosse essa mocinha, pensaria seriamente sobre o número 1.

* * *

– Você tem noção do quanto chegou perto de eu enfiar essa caneta na sua mão? – Ergo a caneta para dar ênfase, enquanto caminhamos para fora do prédio.

– Eu estava entediado. Hardy também foi um saco na primeira vez em que ouvi.

– Bem, você não precisava me humilhar no meio da sala de aula, precisava?

– Você preferia que eu não tivesse vindo? Diga a verdade... o médico mandou.

Eu cerro os dentes.

– Não – digo baixinho, apesar de tudo, com um sorriso.

– Não o quê?

– Não, estou contente por você ter vindo.

– Eu que ainda não fiquei tão contente... como eu queria.

Bato com meu livro em seu braço, vermelha como um pimentão.

– Você é impossível.

– E você é incrível. – Pelo jeito como a respiração de Ashton falha e ele pisca, acho que ele não pretendia dizer isso em voz alta.

Tenho que lutar contra o ímpeto de me jogar em seu peito. Mas não luto com as palavras.

– Senti sua falta.

– Também senti a sua. – Há uma longa pausa. – Irish... – Seus pés vão parando e ele me lança um daqueles olhares intensos. Minha barriga se contrai instantaneamente, de ansiedade e medo, pelo que ele vai dizer. – Você não vai atender?
– O quê?
– Seu telefone. – A mão dele toca no bolso do meu jeans onde está meu telefone. – Está tocando.
Assim que ele comenta, meus ouvidos captam o toque exclusivo de Connor.
– Ah, sim. – Tiro o telefone e olho o visor, vendo o sorriso radiante de Connor, e seus olhos verdes. Aperto o botão para atender. – Oi, Connor.
– Oi, gatinha. Estou correndo para a aula, mas queria ter certeza de que você vai à corrida no próximo sábado, certo?
–Ah, claro. Vou passar a manhã lá. Meu turno de voluntária é à tarde.
Ouço alívio na voz dele.
– Ótimo. Meus pais mal podem esperar para conhecê-la.
Meu estômago dá uma cambalhota.
– O quê? Você falou de mim para eles? – *"Tranquilo e calmo" significa "conhecer os pais"?*
– Claro. Preciso correr. Falo com você mais tarde. – Ouço o clique no telefone, e fico olhando para Ashton, enquanto ele chuta as folhas caídas do caminho.
– O que foi? – Ele franze o rosto quando olha para mim.
Olho para o telefone e de volta para ele.
– Connor quer que eu conheça os pais dele – digo e ouço a hesitação em minha voz. Sei por que estou dizendo isso a Ashton. Quero saber o que *ele* acha sobre isso.
Ele dá de ombros, se distraindo com uma loura que está passando.

– Ei! – protesto, fazendo uma cara feia. – Eu estou bem aqui!

Baixando a cabeça, Ashton suspira.

– O que você quer que eu diga, Irish? – Ele ergue os olhos para mim com um sorriso resignado e a mágoa mal disfarçada que ele costuma esconder da maioria das pessoas. – Conheça os pais dele. Provavelmente faz sentido. – Ele para, com os lábios comprimidos. – Você e Connor estão juntos.

Ouço as palavras não ditas, como se ele as gritasse. *Eu e você não estamos.*

– E se eu não estivesse com ele? Faria diferença para você?
– É a mesma frase que ele usou comigo algumas vezes. Agora é a minha vez.

Ashton ergue as mãos e as enlaça atrás do pescoço. Ele fecha os olhos e levanta a cabeça para o céu azul de outono. E eu espero, quieta, observando, memorizando as curvas de seu pescoço, lutando contra o ímpeto de esticar o braço e tocar seu peito, de dividir aquele momento íntimo com ele outra vez.

Ele abaixa os braços e me olha com o maxilar visivelmente contraído.

– Não posso lhe dar o que você quer, Irish. – E continua com um suspiro profundo: – Acha que pode andar sozinha pelo resto do caminho?

Mordo o lábio, enquanto o bolo se forma em minha garganta, e baixo os olhos para os meus livros.

– Claro. Obrigada, Ashton.

Ele abre a boca para dizer algo, mas desiste. Vejo um balanço quase imperceptível de sua cabeça, como se ele estivesse alertando a si mesmo.

– Eu te vejo por aí. – Ele se vira e sai andando.

Capítulo dezesseis

* * *

MEDÍOCRE

C *menos.*

Pisco várias vezes, olhando mais de perto, para ter certeza de que não estou tendo uma alucinação.

Não, não estou. Ainda está ali, no alto da minha prova bimestral de química, com toda sua glória horrenda, em vermelho.

Minha primeira nota numa prova de faculdade é quase um D. Eu nunca tirei outra nota, exceto A.

Nunca.

Engulo uma vez, duas, três, até que a náusea se apossa do meu corpo e o sangue flui em meus ouvidos, meu coração descompassado. Talvez eu não seja compatível com Princeton. Sei que não estudei tanto quanto deveria, com tantas coisas acontecendo. Meu pai estava certo. Garotos sugam o cérebro de garotas inteligentes. Se não for isso, eu matei todas as minhas células cerebrais inteligentes com a bebida. Só sobraram as burras, que gostam de dar risadinhas e se excitarem... em carros.

Saio depressa pela porta, passo por outros alunos, minhas pernas se movendo o mais rápido que posso, sem correr. Irrompendo pela garoa fria, eu me forço a desacelerar quando sinto uma pontada no tornozelo. Vou acabar machucada de novo se eu não tomar cuidado.

Pontualmente, meu telefone toca. Connor sempre me liga depois dessa aula, porque está saindo da aula dele. Não quero atender, mas atendo mesmo assim.

– Ei, gatinha, o que houve?

– Tirei uma nota horrível na prova de química! – Luto para conter as lágrimas que estão brotando em meus olhos. Não quero começar a chorar aqui no meio de todo mundo.

– Sério? Foi muito mal? – O tom de voz dele é de choque.

– Bem... quase! – disparo, sem ar.

– Certo, fique calma, Livie – diz Connor numa voz composta. – E me diga o que aconteceu.

– Tirei um C menos – sussurro, depois de respirar fundo algumas vezes para me acalmar.

Connor dá um suspiro longo.

– Você me deixou preocupado, Livie! Está tudo bem! Também tirei algumas notas baixas no meu primeiro ano. Isso não é nada.

Eu cerro os dentes. *Claro que é importante!*, tenho vontade de gritar. É minha primeira nota baixa. A primeira de todas. E numa das minhas matérias preferidas! Pelo aperto no meu peito, começo a desconfiar de que estou tendo um ataque cardíaco aos dezoito anos.

– Você vai se sair melhor da próxima vez, Livie. Você é inteligente.

Sugo meu lábio inferior, assentindo ao telefone.

– É, tudo bem.

– Está melhor?

Não.
– Claro, obrigada, Connor.
– Certo, que bom. – O telefone fica com o som abafado e ouço Connor gritando com alguém. – Precisa de uma carona? É... – Voltando-se para mim, ele diz: – Preciso ir. Temos um treino extra hoje. O treinador ameaçou quem chegar atrasado com uma corrida de vinte quilômetros na chuva.
– Tudo bem.
– Falo com você mais tarde, Liv. – O telefone faz um clique.
Não me sinto melhor. Nem um pouco. Na verdade, de alguma forma, eu me sinto pior.

Sigo de volta ao meu quarto no alojamento de cabeça baixa, lutando contra as lágrimas, enquanto o bolo em minha garganta cresce. Connor tem essa confiança automática em mim, como todo mundo. Será que ele não entende que um quase D é muito sério para mim? E se eu *não conseguir* melhorar? E se isso for o começo do fim?

Até chegar ao meu quarto, ignoro quem viu meu rosto molhado de lágrimas. Sei que eu poderia ligar para o Dr. Stayner, mas ele vai associar isso aos meus pais e hoje não quero ouvir suas teorias de sempre. Eu deveria ligar pra Kacey, mas... não posso. Depois de tudo o que ela fez para me ajudar a chegar aqui, não quero decepcioná-la.

Então, eu recorro à única coisa que posso nesse momento: o pote de sorvete novinho da Reagan, terapia de chocolate da Ben & Jerry's. Minha festa de autopiedade está completa quando visto meu pijama, prendo o cabelo para trás e entro embaixo das cobertas para encarar o papel amassado no chão. Penso em tacar fogo nele, mas ouvi dizer que o alarme de fumaça é muito sensível.

Tenho mais dois potes me esperando quando esse terminar. Resolvi comer até morrer. Em cinco minutos, eu estou na metade do primeiro pote – Reagan vai me matar – quando alguém bate na porta.

Eu ignoro. A única pessoa com quem eu gostaria de falar está no treino de remo. Eu quase grito "Vá embora!", mas a pessoa vai saber que eu estou aqui. Então, fico quieta, lambendo a colher na minha mão. Mas a batida não para. Continua sem parar, até eu ter certeza de que Dr. Stayner está lá fora, cumprindo sua promessa anterior.

Com um gemido, rolo para fora da cama e vou cambaleando, com a colher na boca e o pote na mão, e escancaro a porta.

É Ashton.

Minha boca se abre e a colher voa. Mas Ashton tem reflexos rápidos e consegue pegá-la antes que caia no chão.

– O que está fazendo aqui? – Percebo sua calça e camiseta de remo. Ele devia estar treinando.

– Evitando que você engorde *cinco quilos* – diz ele ao passar por mim, olhando diretamente para o pote em minha mão.

Eu fecho a porta.

– Você não tem treino?

– Tenho. O que está fazendo?

– Tomando sorvete de pijama na cama. No escuro. Claro – resmungo ao arrastar os pés de volta à cama.

Ashton se aproxima e acende um abajurzinho na mesa, lançando uma luz suave e aconchegante na sala.

– Connor disse que você está mal por causa da prova.

Suas palavras me trazem de volta à realidade e meu lábio começa a tremer. Não consigo responder. Simplesmente aponto o negócio no chão e deixo a letra horrenda falar por si.

Ele agacha-se para pegar e minha respiração falha, enquanto encaro sua bunda. Não me importo se ele me flagrar olhando. Posso até escrever "pervertida" embaixo de "reprovada" na lista de coisas que me definem.

— Merda, eu achei que você fosse um supergênio, Irish.

Pronto. As lágrimas começam a escorrer pelo meu rosto, sem que eu consiga controlá-las.

— Ai, Deus, Livie, eu estou brincando! Nossa! — Ele enfia o papel embaixo do braço, e suas mãos grandes seguram meu queixo, os dois polegares delicadamente afastando as lágrimas.

— Você realmente chora muito.

— É melhor você ir — digo aos prantos, ciente de que estou prestes a começar a chorar fazendo careta e prefiro ser enterrada viva a deixar que Ashton veja isso.

— Opa! — Ele me pega pelos ombros. — Espere aí. Eu não estou perdendo o treino para você me expulsar. Vem cá. — Ele tira o pote de sorvete da minha mão e o coloca em cima da cômoda. Com as mãos na minha cintura, ele me ergue ao beliche de cima. — Fique confortável — diz ele, pegando o pote e subindo a escada.

— Acho que isso não vai aguentar nós dois — murmuro, em meio aos soluços, enquanto ele sobe e senta-se ao meu lado, empurrando-me para mais perto da parede.

— Você ficaria surpresa com o que esses beliches aguentam.

O sorrisinho me diz que não quero saber os detalhes. Então, fico quieta, enquanto ele puxa as cobertas por cima de nós dois, arruma os travesseiros embaixo dele, depois passa o braço por baixo da minha cabeça, para que eu fique com a cabeça em seu peito.

Ele não diz uma palavra. Só fica deitado, quieto, os dedos fazendo círculos em minhas costas, enquanto eu me acalmo. Fecho os olhos e ouço o ritmo de seu coração — devagar e contínuo, terapêutico.

— Nunca tirei um C menos. Nunca tirei nada abaixo de A.

— Nunca?

— Nunca. Nem uma vez.

– Sua irmã estava certa. Você é de uma perfeição do cacete.
– Fico tensa, com as palavras. – Estou brincando, Irish. – Ele suspira. – Sei que você não acredita em mim, mas não precisa ser perfeita. Ninguém é perfeito.
– Eu não sou, estou tentando ser... extraordinária – ouço minha voz dizer.
– O quê?
Eu suspiro.
– Nada. É só... – *Algo que meu pai costumava dizer.* – E se não parar por aí? E se eu tirar uma nota ruim atrás da outra? E se eu não conseguir entrar na faculdade de medicina? Então, o que vou fazer? O que vou ser?
Estou começando a entrar novamente em pânico.
– Você ainda será você. E, pode acreditar, você sempre será extraordinária. Relaxe.
– Não consigo! – Eu afundo o rosto em seu peito. – Você já fracassou em alguma coisa?
– Não, mas isso é porque sou brilhante, lembra? – Seu braço me aperta um pouquinho, para dizer que ele está provocando. – Já tirei alguns Cs. Um D. Curvas gradativas são um saco.
– Ele pega um pouco de sorvete derretendo e o enfia na boca.
– Já recebeu a nota de algum outro teste?
Nego com a cabeça, junto ao seu peito.
– Qual a sua sensação em relação aos outros?
– Antes de hoje, eu estava meio preocupada. Agora? – Minha mão sobe e enlaça seu ombro, querendo ficar mais perto dele, para absorver a sensação de segurança que ele está me oferecendo, mesmo que temporariamente. – Terrível. Horrível. E se fui tão mal na matéria em que sou melhor, então, decididamente, fui péssima em inglês.
– Bem... – Ele coloca mais um pouco de sorvete na boca. – Você fez algo diferente para se preparar para um teste? Você estudou?

— Claro que estudei — protesto.
— Calma. — Eu o ouço engolir com força. — Você estava... distraída?
— Sim. — Fecho os olhos e sussurro.
Há uma longa pausa, antes que ele pergunte:
— Por quê?
Você. Não posso dizer isso. Não é culpa de Ashton que meus hormônios e meu coração estejam tumultuando meu cérebro.
— Muitas coisas. — Minha mão segue casualmente até seu peito, pousando onde está a tatuagem. Onde está a cicatriz.
Os músculos do peito de Ashton próximos à minha bochecha se contraem.
— Eu disse que queria que você se esquecesse disso.
Por um bom tempo, eu não ouço nada além de seu coração, enquanto meus dedos tracejam e afagam aquele ponto em seu peito, memorizando o sulco. É o suficiente para que eu quase pegue no sono.
— O pai de Dana é um cliente importante do meu pai e deixá-la feliz deixa seu pai feliz. — Por um segundo, minha mão hesita, quando o ouço falar o nome dela, a culpa me revirando por dentro. Mas eu continuo, enquanto controlo minha respiração. — Se o pai dela está feliz, então faz com que *o meu* seja feliz. Se ele está feliz... — Ashton diz isso como se fizesse total sentido. Isso me diz que esse homem, seu pai, maltratou uma criança pequena e ainda tem controle sobre o filho, já adulto.
— Então, você está com ela... mas não por escolha — digo, ainda mexendo lentamente a mão.
— Para um relacionamento arranjado, ela é perfeita. É meiga e bonita. E mora longe. — Ele parece anestesiado com isso. Dá para ouvir em sua voz. Ele é submisso e anestesiado.
— Ela sabe desse arranjo?
Uma fungada de desprezo escapa.

– Ela acha que nós vamos nos casar. E se... – Ele fecha a boca. Mas imagino o que ele estava pensando. Se seu pai quer que ele se case com ela... Um arrepio percorre minha nuca, estendendo-se pelas minhas costas, ao redor das costelas, em minha garganta, deixando-me gelada. Deus, o que ele usa para controlar Ashton?

Meu corpo instintivamente se enrosca ao dele, me apertando junto a ele. Eu viro a cabeça para dar um beijo solidário em seu peito. Ou será um beijo de alívio? Alívio por eu não estar estragando um lar feliz, por ser tudo uma farsa?

– Você não pode se afastar dele?

– Um dia. Pode levar meses, anos. Só saberei na hora. Mas eu estava indo bem. – Ele para. – Então, a garota mais linda do planeta me deu um soco no queixo.

Uma risadinha me escapa.

– Você mereceu, seu ladrão de gelatina.

O som de sua risada reverbera em meu corpo.

– Nunca senti uma garota tremer daquele jeito para mim, completamente vestido, Irish.

– Fica quieto e me dá esse sorvete. – Ergo o corpo para pegar a colher, mas seu braço longo a tira do meu alcance.

– Acho que você já fez estrago suficiente para uma noite.

– Quem sabe disso sou eu. E por que mesmo você está aqui e não no treino?

– Porque eu sabia que encontraria uma gata de peitos gostosos e o rosto borrado de sorvete de chocolate.

Eu congelo. Meus olhos descem à minha blusa. Meu pijama branco deixa claro que não estou de sutiã. E meu rosto? A julgar pela camisa do Ashton, ele deve estar dizendo a verdade.

– Estou muito suja?

– Sabe como os palhaços usam batom pra fora dos lábios...

Aimeudeus! Eu apoio a palma da mão no peito dele para me erguer.

Suas mãos em meu bíceps me fazem parar.

– Aonde acha que vai?

– Lavar o rosto!

Numa fração de segundo, Ashton me coloca deitada de volta sem qualquer esforço, segurando meus punhos, prendendo-me com seu peso.

– Deixe-me ajudar com isso. – Ele se curva e percorre a ponta da língua pelo contorno da minha boca, começando pelo lábio superior, passando da esquerda para a direita, depois descendo, da esquerda para a direita, delicadamente lambendo o sorvete.

Se existe piranha virgem, acho que eu me encaixo na descrição.

Como foi mesmo que me meti nisso novamente? Fecho os olhos com o ímpeto de rir e gritar ao mesmo tempo. Essa manhã, como todas as outras desde a última vez que vi Ashton, disse a mim mesma para não me importar, parar de pensar nele e seguir em frente. Com o tranquilo e calmo Connor.

Então, como vim parar na cama, relutando para estabilizar a respiração, enquanto Ashton lambe sorvete de chocolate do meu rosto? Enquanto tento meu próprio truque mental Jedi para ter uma reprise da nossa noite no carro? Eu não disse uma palavra para fazê-lo parar. Eu poderia chamá-lo de galinha. Poderia dizer que ele está fazendo com que *eu* me sinta uma piranha.

Mas não falo nada disso porque não quero que ele pare.

Solto um gemidinho, quando ele recua.

– Está quase bom – diz ele, com a respiração acelerada. Ele vai até a minha boca, passando a língua pelo lábio superior, da esquerda para a direita, descendo pelo lábio inferior, da esquerda para a direita. Não consigo evitar separar os lábios para ele. Não consigo evitar que minha língua deslize automaticamente para fora, em busca da dele.

É quando ele recua e me encara com aquele olhar.

Acho que sei a resposta, mas quero que ele diga.

– Por que você veio? Quero a verdade – questiono.

Ele engole em seco.

– Porque eu não aguentei saber que você estava mal. Mas...

– Eu o vejo fechar os olhos e pender a cabeça para a frente. – Não posso jogar esse jogo com você, Irish. Vou magoá-la.

Sua barba espetada roça na palma da minha mão quando ergo seu queixo para olhá-lo nos olhos.

E eu ignoro.

Ignoro suas palavras. Ignoro a culpa em meu estômago e os gritos em minha cabeça. Ignoro a batalha interna que o vejo travar dentro de si. Quero esquecer todas as incertezas aumentando em minha vida e fazê-lo esquecer de armários escuros, fitas isolante e cinto, e sua prisão silenciosa.

Ignoro tudo, enquanto passo a mão em volta de seu pescoço e o puxo para mim, para beijá-lo e passar a língua pelo seu lábio. A respiração de Ashton falha e sinto seus músculos se contraírem sob meus dedos, enquanto ele hesita e fecha o punho no travesseiro, relutante, ao lado da minha cabeça.

Não quero mais que ele lute. Estou desesperada para reencontrar seu lado vulnerável. Preciso senti-lo próximo de mim outra vez. Quero fazer com que ele se sinta bem. Quero *me* sentir bem. Só quero... deixar tudo pra lá.

Essa é a sensação que eu tenho quando estou com Ashton.

Como se eu estivesse deixando tudo pra lá.

– Ajude-me a esquecer por um tempo – peço ao encará-lo nos olhos.

Ele para de relutar.

E mergulha em minha boca com uma voracidade desenfreada. Eu o acompanho, beijando-o como se eu precisasse do ar de seus pulmões para sobreviver. Uma parte em mim tem medo. Sinto isso lá no fundo. Não sei onde isso vai dar e não sei se estou pronta para isso.

Mas acho que não vou evitar.

É como se ele pudesse ler meus pensamentos.

— Nós não vamos... — sussurra ele ao recuar, me olhando. — Não quero nada de você hoje, Irish. Jamais farei isso enquanto eu ainda não for... livre. — Noto que ele não usa palavras como "transar" ou "trepar", como costuma dizer. Porém, o Ashton que todos conhecem se foi. Estou com aquele que se esconde do mundo.

Fecho os olhos, enquanto seus lábios encontram meu pescoço e me deleito com seu jeito suave e, ao mesmo tempo, forte. Meu peito arfa ao senti-lo chegar à minha clavícula. Ashton tira minha blusa com facilidade. Ao jogá-la no chão, ele ergue-se o suficiente para curvar-se sobre mim, observando meu colo nu, excitando todas as terminações nervosas dos meus seios.

— Naquela manhã em que acordei aqui... — Ele desvia o olhar para mim para flagrar-me o encarando, depois desce os olhos outra vez. — Eu estava a ponto de cair de joelhos e implorar para você me deixar vê-los.

Um gemido escapa da minha boca, enquanto ele segura e acaricia meus seios com as duas mãos, primeiro um, depois o outro, como se estivesse memorizando o formato, o tamanho e a sensação. Seu polegar roça o mamilo rijo e um tremor me percorre. Dou um pequeno gemido, enquanto Ashton coloca a boca ali, mexendo a língua habilmente. Enlaço sua cabeça com meus braços para puxá-lo mais para perto, gritando quando seus dentes provocam uma onda aguda que vai até meu âmago.

Percebo que meus sons fazem Ashton reagir. Dessa vez, ele recua para arrancar sua camiseta. No mesmo segundo, sua mão segura a parte de trás da calça do meu pijama. Ele a puxa pelas minhas pernas junto com a calcinha. Em segundos, estou totalmente nua e seus lábios voltam ao meu mamilo.

Passo novamente os braços pela sua cabeça e recosto a minha no travesseiro, sentindo sua pele quente junto à minha, sua ereção pressionando a minha coxa. Tenho vontade de descer minha mão para segurá-lo, mas estou confortável demais para me mexer. Então, continuo parada, tentando imaginar como seria a sensação de ter Ashton dentro de mim. Minhas coxas se retraem e relaxam na mesma hora, e começo a ficar molhada.

Ashton me sente úmida ao deslizar as mãos por entre as minhas pernas.

– Puta merda, Irish... – eu o ouço dizer, e seguro sua cabeça com mais força, enquanto jogo a minha para trás, gemendo. Silenciosamente, agradeço ao professor pela nota horrível em química.

– Isso não vai dar certo... – Ashton subitamente rola e sai da cama.

O pânico transborda. Acho que fiz algo errado. Será que ele vai me deixar assim?

– Sente-se, Irish.

Eu obedeço e ele dá um gemido, enquanto vira meu corpo e puxa minhas pernas para a lateral da cama, parando para me encarar inteira.

– Recoste para trás e deite sobre os cotovelos.

Ofego de leve, mas faço o que ele pede. Acho que sei o que ele está fazendo. Ashton se aproxima, mantendo os olhos nos meus, enquanto coloca as mãos nas minhas coxas.

– O problema dessas porcarias de camas... – Sinto a força nos músculos das coxas, enquanto as mãos de Ashton começam a afastar as minhas pernas. Fico na expectativa, subitamente petrificada. Eu sei o que ele está fazendo e estou tendo um troço. Mas os olhos de Ashton ainda estão fixos nos meus, por isso não resisto a ele. – ... é que elas não são boas... – Com um puxão rápido, ele traz meus quadris à beirada da cama. Seus dedos deslizam pelas minhas pernas e ele as apoia em seus ombros. Pela primeira vez, ele desvia o olhar do meu, e começa a beijar a parte interna da minha coxa, lentamente se aproximando, sua respiração me arrepiando, enquanto sobe. – ... para essas coisas.

Eu solto um suspiro alto quando sua língua me toca. No começo, estou totalmente desconfortável, exposta assim. Fico nervosa ao ver o rosto de Ashton tão intimamente *naquele lugar* em especial. Mas é uma sensação... incrível. Com sua língua hábil e dedos experientes agindo juntos, logo começo a sentir aquela sensação familiar crescendo, aquela sensação de quando me desligo do mundo. Deixo minha cabeça pender para trás e fecho os olhos, um suspiro trêmulo escapando dos meus lábios, enquanto tento memorizar essa sensação incrível. Isso deve ser um sinal para Ashton, pois sua boca se agita e suas mãos apertam minhas coxas, me puxando para mais junto de si.

Quando outra onda está prestes a me arrebatar, ergo a cabeça e o encaro. Seus olhos estão fixos nos meus, com aquela expressão estranha de paz.

E isso me faz gritar seu nome.

Pareço uma boneca de pano quando Ashton vira meu corpo na cama. Ele me coloca sob as cobertas, depois ergue os braços para descansar na beirada.

– Você não quer que eu...? – Mordo o lábio, enquanto o rubor aquece meu rosto.

Com um sorriso reticente, ele afasta o cabelo da minha testa.

– Andei ocupado nas últimas noites e estou atrasado com um trabalho. Preciso terminá-lo. – Fecho os olhos e sinto seu polegar afagar meu rosto, deleitando-me nessa intimidade profunda que está surgindo entre nós dois. E pego no sono.

* * *

Reagan chega por volta de onze da noite. Em algum momento, eu me vesti novamente, ainda deitada na cama, mantendo o rosto mergulhado no travesseiro para sentir o cheiro da colônia do Ashton, repassando minha tarde com ele. Estou me agarrando à euforia após o nosso encontro, segurando-a com as duas mãos, desesperada para evitar que a culpa, a dúvida e a confusão voltem a circular pelos meus pulmões, como uma fumaça negra sufocante.

– Ei, Reagan. Como vai?

Ela despenca em sua cama.

– Fui expulsa da biblioteca por fazer barulho demais.

Eu fungo.

– Barulho demais em que sentido exatamente? – Afinal, os trabalhos da faculdade não são o passatempo preferido da Reagan.

– Estudando sozinha. Dá para entender? – Dou uma risadinha, sabendo exatamente por quê. Reagan tende a falar alto quando está estudando com seus livros. Eu acho bonitinho, mas a maioria das pessoas acharia irritante. – Se eles soubessem... – Há uma pausa, depois ela casualmente menciona: – Eu vi Connor lá essa noite.

– Ah, é? – Tento falar num tom leve, enquanto a *piranha virgem culpada* aperta em meu peito.

O beliche range, quando Reagan se mexe na cama embaixo da minha.

– Ele perguntou como você estava. Você sabe, por causa da nota ruim na prova.

Eu suspiro.

– Estou... melhor.

– Que bom.

Paro e respiro fundo.

– Acho que vou terminar as coisas com Connor – simplesmente falo.

– Ah, é? Talvez você deva esperar até depois do fim de semana. – Ela se remexe outra vez e ouço o barulho dos lençóis, como se Reagan não conseguisse ficar confortável.

Acho estranho ela não perguntar o motivo, mas Reagan não parece nem um pouco chocada com a minha afirmação. Por que não? *Eu* que estou chocada. Se eu tivesse escrito numa folha de papel as qualidades do meu homem ideal, e depois tivesse feito uma caricatura, Connor estaria no desenho.

– Ele quer que eu conheça seus pais. – Como posso fazer isso agora? A mãe dele vai saber! Mães têm radares para essas coisas. Ela vai me expor publicamente. Será o primeiro apedrejamento na história do remo de Princeton.

– Então, conheça os pais dele, depois termine. Você não está prometendo casamento. Do contrário, vai criar uma situação bem constrangedora para o Connor e para você no dia da corrida. Vai ser bem esquisito.

– Por quê?

– Porque a Dana estará lá.

Esse nome... é como um soco na boca do estômago.

– E daí, se ela estiver lá? Não há nade entre mim e Ashton.

– *Mentirosa, mentirosa, mentirosa!*

Há uma pausa.

– Bem, isso é bom, porque, de qualquer jeito, Ashton estará morto até amanhã.

– O quê? – O pânico explode dentro de mim.

– Ele faltou ao treino dessa noite. Meu pai foi atrás dele. Ele provavelmente ainda está lá fora correndo, e está bem frio.

Não tenho certeza de como devo me sentir em relação a isso. Certamente culpada, porque ele está sendo punido por minha causa. Mas... minhas mãos apertam minha barriga, enquanto meu coração transborda de emoção. Ele sabia que isso aconteceria e fez mesmo assim.

Reagan ainda está falando.

– E não se esqueça da festa de Halloween no sábado. Você não vai querer criar um clima estranho. Você e Connor não dormiram juntos ainda... certo?

– Certo... A Dana vai estar lá?

– Não, eu ouvi Ashton dizendo que ela vai visitar a família no Queens.

Dou um suspiro de alívio.

– De qualquer forma, essa é a minha opinião. Espere até a semana que vem para dispensar o garoto bonito.

Eu suspiro.

– É, acho que sim. – O que são mais alguns dias sentindo culpa? Na verdade, é uma boa ideia para me punir. Eu mereço. Viro de lado, continuo, com o cérebro fritando: – Boa-noite, Reagan.

– Boa-noite, Livie.

Há uma pausa.

– Ei, Livie? – Reagan limpa a garganta algumas vezes, como se estivesse lutando para não cair na gargalhada. – Da próxima vez, será que você poderia pendurar uma meia na porta para me alertar?

* * *

— São lindas – digo. Estou encolhida na cama, segurando um buquê de íris e com Connor ao telefone. *E eu não mereço as flores. Nem mereço você.*

— Eu me lembro de você dizer que adorava íris. Elas estão fora de época no outono, sabia?

Dou um sorriso, enquanto as lágrimas escorrem pelo meu rosto. Meu pai costumava surpreender minha mãe com buquês de íris roxas em todas as primaveras. Só que não era realmente uma surpresa, porque ele fazia isso toda sexta-feira, por umas cinco semanas seguidas — pelo tempo que durasse a época da flor. Mas, a cada vez, minha mãe abria um sorriso e balançava a cabeça em empolgação, como se ele a estivesse pedindo em casamento. Kacey e eu costumávamos revirar os olhos, imitando a reação exagerada da minha mãe.

Agora, a minha lembrança da íris roxa vai ficar ligada à minha traição.

— Eu sei que estão. — Isso significa que Connor gastou uma grana para comprar a flor importada ou de cultivo especial. — Por que as flores?

— Ah... — Connor para de falar e eu posso até imaginá-lo recostando na bancada da cozinha. — Só para que você saiba que eu estava pensando em você e para não se preocupar com aquela nota.

Eu engulo em seco.

— Obrigada. — *Aquela nota.* Desde o C menos, eu já recebi as notas de todas as minhas provas bimestrais. Todas C. Todas, menos inglês, em que tirei B. O professor até me deixou uma anotação, dizendo que gostou do jeito como eu abordei o tema complexo. Ele fez parecer que um B é bom. Aparentemente, minha abordagem dos dilemas morais enfrentados pelos personagens de *O morro dos ventos uivantes* e suas escolhas o fascinou. Talvez por eu não conseguir mais dominar minha própria moral é que eu faça observações interessantes sobre a situação dos outros. Eu me sinto como se tivesse adentrado um tipo de zona crepuscular onde tudo o que conheço foi virado de cabeça pra baixo. Pensei em mandar uma mensagem de texto para Ashton, para que ele saiba que eu precisava de mais animação, mas resisti ao impulso.

– Meus pais estão na expectativa de conhecê-la amanhã.

– Eu também – minto ao fechar os olhos e apertá-los.

Capítulo dezessete

* * *

31 DE OUTUBRO

Dr. Stayner sugeriu uma vez que todas as pessoas enfrentam um dia na vida que as define, que molda quem elas virão a ser, que as conduz ao caminho. Ele diz que esse dia vai guiar ou assombrá-las até o último suspiro. Eu disse que ele estava sendo dramático. Disse que não acreditava nisso. Que faz com que a pessoa pareça um bolo moldável de argila – apenas sentada, à espera de passar pela queima no forno para solidificar curvas e sulcos que guardam sua identidade, sua estabilidade. Ou instabilidade.
    Teoria altamente implausível. E vinda de um profissional da medicina.
    Mas talvez ele esteja certo.
    Agora, olhando para trás, acho que eu poderia concordar que meu dia de queima no forno foi no dia em que os meus pais morreram.
    E 31 de outubro foi o dia em que o desenho foi estilhaçado.

* * *

– Vou ficar muito bêbada essa noite! – Reagan anuncia com os braços erguidos, jogando a cabeça para trás sob o sol do começo de manhã. Ela nem liga para o fato de estarmos na linha de chegada lotada de espectadores, aguardando que os caras saiam de seu barco vencedor. Reagan tinha me avisado que essa corrida era importante, mesmo assim fiquei surpresa ao saber que mais de quatrocentos barcos estariam na disputa de hoje.

– E qual é a diferença do fim de semana passado? – provoco, fechando a jaqueta fina junto ao corpo. Três anos na temperatura de Miami me deixaram mal-acostumada ao clima frio do lado Norte, onde eu cresci. O fato de ser o meio da manhã e estarmos perto do rio só aumenta o frio.

– O que você quer dizer? É completamente diferente. Temos uma semana de folga das aulas e a festa dessa noite será épica. – Ela pula pra cima e pra baixo, toda animada, com suas covinhas sob os olhos, seu cabelo louro-mel balançando no rabo de cavalo. – E eu tenho a fantasia mais lindinha de enfermeira travessa. – Só me resta sacudir a cabeça. Eu já vi a fantasia. É, sim, lindinha, e certamente travessa. E altamente irrealista. Grant nem vai saber o que o atropelou. – Você vai se fantasiar de colegial travessa, não é?

Aparentemente, o tema de todas as fantasias femininas precisa terminar em "travessa" – ideia de Grant e Ty. O pior é que serei do contra, se não concordar.

– Uma colegial até consigo encarar. Sem a parte travessa. – Reagan viu minha saia xadrez, e decidiu completar a fantasia com cintas-ligas, meias sete oitavos e salto fino vermelho. Eu suspiro. Verdade seja dita, acho que não quero ir. Quanto mais depressa esse fim de semana tiver passado, mais rápido eu me livro dessa culpa que está me sufocando. Mas Reagan não quer nem ouvir falar disso.

Ela vira-se e me olha com aqueles olhos de cachorrinho, geralmente reservados para o Grant.

– Não se atreva a me abandonar, Livie. É Halloween!

– Eu... não sei. Tenho esse negócio e depois meu trabalho de voluntária... – Sem mencionar que mal dormi nas últimas quatro noites, a cabeça se recusando a desligar, meu estômago revirando. Pavor. É isso que está me dilacerando. Pavor de conhecer os pais de Connor, pavor de ver Ashton com a namorada meiga, sem desconfiar de nada.

Pavor de ver o pai de Ashton.

Não sei se ele estará aqui; não perguntei. Mas fico mal só em pensar. Há poucas coisas que me deixam agressiva. Uma delas é ferir alguém de quem eu gosto. Ferir uma criança é outra. Ele fez as duas coisas. Talvez, se eu atacar o pai de Ashton, eu consiga evitar de conhecer os pais de Connor. Será?

– Relaxe! – diz Reagan, me dando um empurrãozinho. – Diga oi, prazer em conhecer, tchau. Fim de papo.

– E depois, Reagan? Como eu termino com ele? Ele não fez nada de errado que eu possa usar contra ele. – Ao contrário de mim. Um gosto amargo vem em minha boca. Terei que olhar em seus olhos e *magoá-lo*. Será que posso evitar essa parte? Só faz dois meses. O que diz a etiqueta? Talvez eu possa fazer isso por e-mail... Kacey seria a pessoa certa com quem conversar, mas, como deixei minha irmã sem saber de nada até agora, isso provocaria uma tarde inteira de perguntas que não estou pronta para responder e coisas que não estou disposta a admitir.

– Livie! – Eu me viro e vejo Connor com sua camiseta regata laranja e branca, short preto, uniforme da equipe, abrindo caminho em meio à multidão, com um sorriso imenso no rosto. Ele está passando a toalha para secar o suor de seu corpo lustroso.

Eu respiro fundo, me acalmando. *Você consegue fazer isso. Apenas continue sendo agradável a ele.* Só mais alguns dias, até que eu arranque o coração dele e pise em cima.

– Quer um abraço?

Eu lhe dou um sorriso enrugando o nariz e encolho o ombro, recuando dele. Na verdade, não é fingimento. Connor suado é muito menos atraente. Ele ri e me dá um beijo na testa.

– Tudo bem, talvez mais tarde. O que achou da corrida?

– Foi incrível. – Eu tinha assistido aos caras com as mãos cerradas, remando rumo ao primeiro lugar. Seus movimentos sincronizados, fortes, graciosos.

– Foi mesmo – diz ele, olhando o mar de cabeças. – Volto já. Fique bem aqui. Está bem? – Um leve franzido surge em sua sobrancelha. – Você está bem? Parece meio desligada hoje.

Eu imediatamente forço um sorriso.

– Estou bem. Só... nervosa. – Fico na ponta dos pés para lhe dar um beijinho nos lábios.

Os olhos verdes mostram um lampejo de animação.

– Não fique. Eles vão adorá-la. Fique bem aqui. – De muitas formas, eu estou mais preocupada que sua mãe me aponte um dedo acusador, enquanto grita "piranha" na frente de milhares de pessoas.

Vejo sua silhueta esguia passar por entre a massa.

Então, viro para procurar meu lindo homem alto. E o vejo quase instantaneamente. É impossível não o ver. Seu cabelo está úmido e puxado para trás, espetado para todos os lados, em volta de seu rosto. Seus músculos estão retesados do esforço recente. Uma fina camada de suor cobre seu corpo, como cobria o de Connor. Mas percebo que eu não hesitaria um segundo para me jogar em Ashton.

Ele está vindo da água com uma toalha em volta do pescoço, secando o suor. Quando ergue a cabeça, seu olhar cruza com o meu e me falta o ar por um instante. Eu não o via havia dias e meu corpo instantaneamente gravita em sua direção.

– Parabéns – digo ao dar um sorriso aberto.

Ele apenas concorda com a cabeça. Em seguida, vira-se e afasta-se em direção à bela loura que o espera com um grupo de pessoas. Vejo a Dana ao seu lado, só sorrisos. Sem hesitar, ele passa o braço em volta de seus ombros e sorri para ela, como se não houvesse mais ninguém no mundo. Como se eu não estivesse aqui, a dez metros de distância, vendo tudo.

Sendo ou não um relacionamento de verdade, isso me faz lembrar que Ashton não é meu. Nunca foi.

Provavelmente, nunca será.

O ar some dos meus pulmões.

Lutando contra as lágrimas – lágrimas que não tenho direito de derramar –, engulo em seco e volto minha atenção para os dois outros casais mais velhos que estão com eles. Um deles, eu logo deduzo, são os pais de Dana – ela tem muitos traços deles. Olho o outro casal, para a loura estilosa, com uns trinta anos talvez. Ela está olhando para o telefone com uma expressão de tédio, parecendo ter sido arrastada para cá e mal conseguindo esperar para ir embora. Ao seu lado está um homem mais velho, bem-vestido e atraente, com mechas grisalhas.

– Aquele é o pai do Ashton – murmura Reagan para mim, enquanto o vejo estender um braço rijo para o filho. Ashton logo o segura, e noto que, ao fazê-lo, ele baixa a cabeça. Um sinal de respeito ou submissão, não tenho certeza.

Observo o homem à procura de sinais do demônio escondido por dentro, da algema que ele prendeu em volta do pescoço do filho. Não vejo nada. Mas sei que isso não faz sentido, porque eu vi a prova. Vi as cicatrizes, o cinto, a resignação e a dor na voz de Ashton nas poucas vezes em que ele deixou transparecer. E também notei que o sorriso desse homem não chega aos olhos.

Desvio o olhar para o pai de Dana e imagino como foi o desenrolar dessas conversas. Será que o pai dela sabe que, na cabeça de Ashton, a filha está sendo usada como uma forma de segurança?

A mão de Reagan afaga minhas costas.

– Ele é um babaca, Livie. Um babaca absurdamente gostoso, para quem até eu teria dificuldade de dizer não, se me fizesse gritar daquele jeito... – Eu preciso desviar o olhar de Ashton, porque minhas bochechas ardem com esse lembrete. Pelas provocações dela, logo deduzo que Reagan entrou bem na hora. Ela suspira. – Não há nada que valha a pena por baixo daquilo tudo. Ele é simplesmente assim. Gosta do jogo.

Será que ela está certa? *Não posso jogar esse jogo com você, Irish.*

Será que eu caí no teatrinho de Ashton? Tudo no meu coração diz que não. Mas minha cabeça... Tudo isso é uma confusão tão grande, quando não precisava ser. Tenho um cara maravilhoso trazendo seus pais para me conhecer, enquanto luto contra as lágrimas por um cara que me faz perder totalmente o controle, toda a sensibilidade. Que me faz *sofrer*.

– Gidget! – O chamado sonoro de Grant me acorda do meu turbilhão interno por um segundo, para vê-lo pegá-la por trás, dobrando os braços esguios ao redor do corpo dela, num abraço forte.

Ela dá um gritinho e se vira, enlaçando os bracinhos curtos ao pescoço dele.

– Pare com isso! Papai está por aí. – Ela lhe dá um beijo no rosto.

– Grant! – o pai de Reagan grita atrás, como se tivessem combinado.

Reagan se solta depressa, arregalando os olhos por um segundo.

– Merda – ela diz baixinho, afastando-se de Grant, antes que Robert surja ao lado dele.

– Boa corrida, filho – diz o homem, colocando a mão no ombro de Grant.

– Obrigado, treinador. – Grant mostra seu sorriso pateta, mas noto que ele não consegue olhar Robert nos olhos, desviando-os na direção da aglomeração.

Se Robert percebe o nervosismo de Grant, não demonstra.

– Ty está te procurando – diz Robert, apontando para a água. – Ali embaixo.

Longe de sua filha.

Fazendo uma saudação, Grant dá meia-volta e some na multidão.

– Mocinha... – Robert começa a dizer, franzindo as sobrancelhas, olhando a filha miúda.

Ela joga os braços em volta de seu barrigão.

– Ótima corrida, papai! Eu vou procurar a mamãe.

Como uma criança pequena numa multidão, ela facilmente passa entre duas pessoas e some, antes que ele possa dizer mais alguma coisa, deixando-o balançando a cabeça em sua direção.

– Fico imaginando quanto tempo vai levar até que ela admita para mim que eles estão juntos.

Fico de queixo caído e meus olhos sem dúvida se arregalam de choque. Será que ele está me testando? Será que ele quer que eu confirme sua suspeita?

– Ah, não diga a ela que eu sei. – Robert sacode a cabeça, descartando. – Enquanto ela achar que eu não aprovo Grant, continuará com ele.

Tenho que fechar bem a boca para evitar cair na gargalhada. Estou vendo como Reagan tornou-se tão habilidosa em enganar.

– Então, gostou da corrida, Livie?

– Muito empolgante, senhor.

Ele sorri.

– É mesmo, não? Agora preciso fazer esses meninos trabalharem duro para que estejam prontos para a temporada de primavera. – Escuto gritos de "treinador!" vindos da multidão. Ele ergue a mão para agradecer a pessoa e dá um suspiro. – Nunca há um momento de tédio em dia de corrida... – Virando-se de volta para mim, seu sorriso é substituído por uma expressão séria. – Antes que eu me esqueça... – Ele enfia a mão no bolso da jaqueta e tira um envelopinho. – Estava torcendo para encontrar você aqui.

Franzindo a sobrancelha, eu abro o envelope com cuidado e tiro uma foto. É claramente uma foto antiga pelo tipo de revelação. Um jovem casal recostado a uma árvore, o braço do cara em volta do ombro da garota. Ela está com a cabeça e seu cabelo negro junto ao peito dele e os dois sorriem para a câmera.

Minha respiração falha.

São meus pais.

Por um momento, eu não consigo falar e levo uma das mãos à boca, enquanto encaro os dois rostos, dos quais me lembro, mas ainda são tão novos para mim.

– Onde você... – Minha voz some.

– Tenho caixas e caixas de antigas fotos da faculdade, no meu sótão. Há anos eu queria olhá-las.

Não consigo falar.

– Achei que eu podia ter uma foto antiga de seus pais, mas não tinha certeza. Levei uma semana para olhar tudo.

– Você fez isso? – Eu ergo os olhos para o pai da Reagan.

– Quer dizer... – As lágrimas simplesmente começam a cair. – Obrigada. Eu não tenho nenhuma foto deles na faculdade.

Ele abre a boca. Vejo uma hesitação momentânea.

— Eu sei, Livie.
Meu rosto franzido só dura um momento antes de cair a ficha.
Só uma pessoa sabia disso.
Ashton disse a ele.
— E não fui eu quem olhou as caixas. — Sua voz está equilibrada, as sobrancelhas erguidas, numa expressão de sabedoria.
Respiro ofegante.
— Ashton?
Depois de um momento, Robert assente.
— Na mesma hora ele soube que eram eles. É impossível não notar a semelhança entre você e sua mãe.
Eu olho novamente para a foto. Poderia ser eu ali sentada. *Ashton fez isso? Passou uma semana inteira revirando fotos empoeiradas de alguém, procurando isso, sem sequer saber se existiam? Por mim?*
— Não sei muita coisa sobre aquele garoto, mesmo depois de três anos. Ele não é muito de falar. Mas algo me diz que nada é bem como se parece com ele. — Robert fecha os lábios, que formam uma linha firme. — O que sei é o que vejo. Que ele se preocupa muito com seus colegas de equipe, que os incentiva ao máximo para se superarem, e faz qualquer coisa por eles. Todos eles sabem disso e o respeitam. Ele é um líder nato quando está na água. Por isso é o capitão. Acho que ele daria um bom treinador algum dia. Se quisesse fazer isso. — Uma expressão pensativa surge em seus olhos. — É como se ele... deixasse de lado o que o detém quando está aqui fora. De qualquer forma — continua, quando seus olhos se voltam para mim —, ele me pediu para não lhe contar isso. Disse para que eu inventasse uma história tola qualquer, depois de ter me deparado com a foto. — Ele me dá um sorriso melancólico. — Mas eu achei importante que você soubesse.

Minhas mãos limpam as lágrimas escorrendo pelo meu rosto, antes que uma caia na foto.

– Obrigada – sussurro.

Robert dá uma piscada.

– Agora, se você me der licença, eu preciso encontrar minha filha teimosa e tirar algumas fotos. – Ele se afasta, com a aglomeração se abrindo para lhe dar passagem.

O rio, a multidão, tudo ao meu redor desapareceu, enquanto olho a foto tamanho 10 x 15 em minhas mãos, passando o dedo pelas bordas, tocando as pessoas ali. Estou tão perdida na imagem que mal percebo o braço de Connor passando em volta da minha cintura.

– Você está bem? – Preciso desgrudar os olhos da foto e olhá-lo, para perceber que o sorriso permanente de Connor está hesitante. – Você parece meio pálida.

– É, só estou... – Respiro fundo, tentando assimilar a intensidade dessa emoção transbordando em meu coração. *Estou o quê?*

– São seus pais? – Ele se aproxima para ver melhor a foto na minha mão. – Nossa, olhe a sua mãe! Onde você arranjou isso?

Eu limpo a voz.

– Foi o pai da Reagan.

– Nossa, muito legal da parte dele.

– É, legal – repito. *Não, não é legal, Connor. É maravilhoso, inacreditável, extraordinário. É tudo isso, Connor. É de tremer a terra. A minha terra. A terra que achei conhecer e foi desintegrada.*

Será que o Connor passaria uma semana inteira revirando caixas, se atrasando em trabalhos da escola, arriscando suas notas, tudo por mim? Aquele comentário que Ashton fez sobre estar atrasado com seus trabalhos... por estar ocupado com alguma coisa à noite. Era *isso* que ele estava fazendo.

Tudo o que quero fazer agora é correr até Ashton e tocá-lo, ficar perto dele, agradecer. Fazer com que ele saiba o quanto significa para mim.

– Venha. – Connor pega minha mão, mudando depressa de assunto. Como se fosse trivial. – Venha conhecer meus pais.

Eu não tenho mais pavor de conhecer os pais de Connor; agora, essa se tornou a última coisa que eu quero fazer neste planeta. Mas estou encurralada. Engulo a súbita ânsia de vômito, e deixo que ele me leve pela multidão, mostrando o melhor sorriso falso que consigo, rezando para que qualquer olhar de deboche seja só meu nervoso por conhecê-los.

Ele para diante de um casal mais velho.

– Mãe, pai. Essa... – ele delicadamente coloca a mão na base das minhas costas – ... é Livie.

– Olá, Livie. Sou Jocelyn – diz a mãe de Connor, com um grande sorriso. Noto que Connor tem seus olhos e a mesma cor de cabelo. Ela não tem sotaque, mas eu me lembro de ele dizer que ela é norte-americana. Seus olhos rapidamente me percorrem, enquanto ela estende a mão. É um olhar inofensivo e nada desagradável, mas ainda assim me faz lutar contra o impulso de me retrair.

Ao seu lado está o pai de Connor.

– Olá, Livie – fala ele como Connor e meu pai, só que seu sotaque é mais carregado. Se eu não estivesse prestes a fugir como um raio, provavelmente o elogiaria e faria festa pelo sotaque. – Sou Connor pai. Nós dois estamos muito contentes em conhecer a jovem que finalmente fisgou o coração do nosso filho.

Fisgou o coração de nosso filho? O que aconteceu com o "tranquilo e calmo"? Dou uma olhada e vejo que Connor está ficando vermelho.

– Desculpe deixá-lo constrangido – diz o pai de Connor, pousando a mão no ombro do filho. – Mas é verdade.

O polegar de Connor desliza brincando em minhas costas, enquanto a ansiedade se acumula em meu estômago e sobe ao meu peito, me impedindo de respirar. Isso vai mal, muito mal. Parece totalmente *errado*.

Mostro meu melhor sorriso.

– Seu filho é um homem bondoso. Vocês devem se orgulhar.

– Ah. Nem posso começar a descrever o quanto nós nos orgulhamos dele – Jocelyn diz, radiante, olhando na direção do filho. – Ele tem um futuro brilhante. Mais brilhante ainda agora, com você.

Será que eles estão malucos? Eu só o conheço há dois meses! Meus olhos descem até o cardigã perfeito, o colar de pérolas e o casaco tipo *peacoat*, e tenho um vislumbre de gramados bem-cuidados e cãezinhos de colo – todos esses elementos que meu subconsciente compilou, como uma vida ideal que eu poderia compartilhar com a estrela principal em pé, ao meu lado. A *única* estrela em quem eu acreditava até agora. Que não esconde cicatrizes com tatuagens, que não usa um símbolo de sua infância sombria no punho, que não é submerso em segredos, incluindo como e quando sua própria mãe morreu. Que não passaria uma semana procurando um pedaço de papel que talvez não existisse, só por querer que eu o tivesse, não por querer que eu soubesse que ele passou uma semana procurando.

Bem ali, à minha frente, está a vida que eu achei que meus pais gostariam para mim. A única vida que me vi levando. Eu a encontrei.

E preciso dar o fora dali.

– Lamento, mas tenho um turno como voluntária no hospital. Preciso sair agora ou vou perder o trem.

– Claro, querida. Connor estava nos contando que você pretende estudar medicina, certo? – Jocelyn assente, aprovando. – Aluna brilhante.

Sim, só tiro C!
— Certo, pessoal — diz Connor. — Vocês já me deixaram bem envergonhado. — Inclinando-se para beijar meu rosto, ele continua: — Obrigado por vir me ver na corrida hoje, Livie. Você é demais.

Com um sorriso forçado e concordando com a cabeça, eu me viro e me afasto o mais rápido possível, sem sair correndo. Meus olhos percorrem a multidão, procurando minha linda estrela despedaçada.

Mas ele sumiu.

* * *

— Achei que vocês estivessem animados com o Halloween. Sabe... se fantasiar e tudo mais. — Dou um puxãozinho no colete de caubói de Derek. Ele responde dando de ombros, empurrando o carrinho com movimentos lentos, a cabeça baixa. Receio perguntar como ele está se sentindo.

— Eles não nos deixam comer muito doce. — Eric está cabisbaixo, sentado de pernas cruzadas, mexendo em seu tapa-olho de pirata. — E a enfermeira Gale me disse que eles iam tirar a minha espada se eu saísse correndo atrás de mais alguém.

— Humm. Essa regra é provavelmente boa.

— De que você vai se fantasiar, Livie?

— De bruxa. — Nem por um decreto vou explicar a um garoto de cinco anos por que uma roupa de colegial poderia ser uma boa fantasia de Halloween. Até posso imaginar as perguntas que isso causaria. — Tenho uma festa para ir essa noite — admito, relutante.

— Ah. — Eric finalmente tira o tapa-olho para inspecioná-lo.

— Nós teríamos uma festa hoje, mas eles cancelaram.

– Por que fizeram isso?
– Por causa da Lola.
Lola. O terror passa os dedos frios em minhas costas. Só há um motivo para que eles cancelassem uma festa para crianças que precisam disso mais do que tudo. Não quero perguntar. Ainda assim, não consigo evitar o tremor em minha voz.
– O que houve com a Lola?
Vejo a cabeça de Derek se mexer ligeiramente, quando ele e o irmão trocam um olhar. Quando Eric ergue novamente os olhos para mim, seu olhar está triste.
– Não posso dizer, porque nós fizemos aquele acordo.
– Lola... – Eu limpo a garganta, empurrando o bolo que se formou, enquanto uma dormência estranha me varre.
– Livie, por que não podemos falar disso? É porque você fica muito triste?
É porque você fica muito triste? Sua voz tão inocente e curiosa. Tão esclarecedora. *Boa pergunta, Eric.* Essa regra foi para benefício deles ou meu? Fecho os olhos lutando contra a onda de lágrimas ameaçadoras. *Não posso desmoronar na frente deles. Não posso.*
Então, as pequenas mãozinhas pousam em cada um dos meus ombros.
Através dos olhos marejados, eu vejo cada gêmeo em pé de um lado, Derek agora me olhando com as sobrancelhas franzidas.
– Está tudo bem, Livie – ele diz, com uma voz rouca. – Vai ficar tudo bem.
Dois meninos de cinco anos, os dois com câncer, que acabaram de perder uma amiga, estão me consolando.
– Sim. Não se preocupe. Você vai se acostumar – Eric acrescenta.

Você vai se acostumar. Palavras que roubam o ar dos meus pulmões e gelam meu sangue, como se tivesse congelado em minhas veias. Sei que não congelou, porque ainda estou viva e meu coração ainda está batendo.

Mesmo assim, em quatro palavras, num segundo, algo profundo acaba de morrer dentro de mim.

Eu engulo em seco e dou um apertão na mão de cada um deles, depois um beijo.

– Com licença, meninos – digo, com meu sorriso mais animador.

Vejo meu reflexo no vidro quando levanto e caminho em direção à porta da sala de recreação. Meus movimentos são lentos e firmes, quase mecânicos, como os de um robô. Viro à esquerda, seguindo pelo corredor, até os banheiros.

Continuo em frente.

Entro no elevador, saio do elevador, caminho pelo balcão da recepção e saio pela porta principal.

Deixo o hospital.

Para longe do meu futuro no piloto automático.

Porque eu jamais quero me acostumar a isso.

* * *

Por que diabo eu vim?
Eu me pergunto, com meus saltos finos vermelhos ridículos tilintando escada acima até a casa. Eu me pergunto ao passar por um grupo de festeiros já bêbados, um deles tentando passar a mão por baixo da minha saia quando eu passo. Eu me pergunto ao entrar na cozinha e encontrar Reagan sentada na beirada da bancada, com uma fatia de limão numa das mãos, um saleiro na outra e o rosto de Grant diante de seu decote avantajado.

Tequila. Por essa droga eu vim parar aqui esta noite. Para me afogar em tequila, para parar de pensar e apagar as dúvidas e a culpa corrosiva no meu estômago por uma maldita noite.

E para que eu possa agradecer a Ashton pela foto e conseguir ter a ousadia de dizer que devo estar apaixonada por ele. Porque há uma pequena esperança escondida em meu coração, de que, se eu disser, isso fará diferença.

Arranco o copo com a dose de tequila da mão de Grant, antes que ele tire o rosto do decote e mande a bebida para dentro. A queimação é quase intolerável. Roubo o limão da Reagan para matar o gosto perverso antes que eu vomite. Com tantas coisas para beber... *Arrrgh!*

– Livie! – Reagan grita, sacudindo as mãos, mandando sal para todo lado. – Olhe! A Livie chegou! – Um aplauso ruidoso de aprovação preenche a cozinha e eu automaticamente fico vermelha. Não faço a menor ideia de quem seja essa gente e duvido de que eles saibam quem sou.

– Eu sabia que essa fantasia ficaria bem em você. – Ela mexe as sobrancelhas de forma sugestiva, apontando o dedo para meu seio esquerdo. Provavelmente sem intenção. Talvez, não.

– O quanto ela bebeu? – pergunto a Grant. *O suficiente para não perceber que meus olhos estão vermelhos e inchados de chorar por uma hora. Ainda bem.*

– O suficiente para me dizer que, se algum dia ela mudasse de time, você seria uma boa experiência – diz Grant, me dando outra dose. Eu a viro imediatamente, apesar de saber que vou detestar. Mas detesto ainda mais essa culpa que me corrói por dentro.

– Isso! Eu realmente disse isso. Eu sei do que você gosta... – Ela dá uma piscada exagerada.

– Reagan! – Fico de queixo caído, desviando o olhar entre ela e o Grant.

Ele só revira os olhos, e joga as mãos para cima em rendição. Eu noto, pela primeira vez, que Grant está de roupa de cirurgião e um crachá escrito *Dr. Grant Preenche Seu Vazio Cleaver*.

– Ela não explicou. Eu não perguntei – ele resmunga. – Não quero saber o que está acontecendo debaixo desse teto.

– Aqui! Experimente esses. São deliciosos! – Como sempre, Reagan rapidamente muda de assunto, dessa vez com uma vasilha de ursinhos de goma. Às vezes, eu imagino vários esquilos perseguindo seus pensamentos dentro do cérebro dela, como se fossem nozes. Espero que os roedores peludos fiquem longe de Ashton ou, neste estado, ela pode dar com a língua nos dentes.

Suspirando e agradecendo, eu enfio a mão na vasilha, enquanto meus olhos percorrem a cozinha e qualquer outra sala à vista, na expectativa, procurando o cabelo castanho.

– Que tal? – diz Reagan enquanto mastigo e sinto uma textura gelada e suculenta na boca. *Estranho*. – Estão cheios de rum! São como os drinques de gelatina.

Nova criptonita. Fantástico. Mas, por outro lado, se eu comer bastante, tenho certeza de que posso dizer qualquer coisa para Ashton, sem qualquer reserva.

– Gidget! Concentre-se! – Grant grita, tomando outra dose. Esse é o alerta para que ela segure o limão nos dentes, antes que ele mergulhe em seus lábios para chupar a fruta, a mão embaixo da saia dela.

Eu me viro, sem querer participar da cena explícita. Reagan ameaçou mesmo dar o troco...

– Nossa, Livie!

Dou um pulo para trás quando um par de olhos verdes vidrados surgem, a dez centímetros dos meus.

Meu coração murcha de decepção. Eu estava torcendo para evitá-lo essa noite.

– Olá, Connor.

– Esta noite, eu sou o Batman, gatinha – ele diz, enquanto abre os braços e a capa, derrubando o drinque de alguém sem querer. Mas ele não se importa, ocupado demais olhando meu corpo. – Você está ótima. – Ele passa os braços pela minha cintura e me puxa para si. Seu hálito cheira a uma mistura de cerveja e destilado, e ele fala bem embolado. – Quer dizer... – Descendo a mão até minha bunda e apertando, ele me faz dar um pulo. – Ótima mesmo.

Não posso culpá-lo. Ele está bêbado e eu estou vestida com a fantasia da maioria dos caras, portanto acho que era de se esperar. Ainda assim, isso me faz recuar de cara feia. Consigo me livrar dele e me afasto, abrindo um pouco de espaço entre nós.

– Ótima festa, hein? – Ele abana a mão em direção à aglomeração e eu olho, dando outro passo para trás.

– É. Parece, mesmo.

– Mas você chegou um pouco tarde para as festividades. – E... ele está de volta em meu espaço, a boca na minha orelha. O que os ursinhos de bala de goma com rum e a tequila aliviaram, agora voltou.

Eu me retraio quando ele puxa uma das minhas marias-chiquinhas. Isso me dá a chance de empurrá-lo de brincadeira, e contorná-lo.

– Tive um dia difícil no hospital. – *Meu futuro, basicamente ruiu diante dos meus olhos.*

– Tenho certeza de que você se sentirá melhor amanhã.

Ele dá outro gole na cerveja e inclina a cabeça para olhar melhor as minhas pernas. Eu só balanço a cabeça. Sei que não devo levar a sério nada que Connor diga ou faça nesse momento, porque ele está bêbado, mas essa é uma resposta típica dele, com ou sem álcool. *Você vai ficar bem. Você é inteligente. Você é forte. Você blá-blá-blá.* Respostas genéricas, descartando o assunto.

Não sei se é porque vi minha futura vida quando conheci os pais dele ou por causa de Ashton, ou porque chorei o caminho todo até em casa voltando do hospital, enquanto meus sonhos ruíam, mas sinto como se uma névoa tivesse se dissipado e eu estivesse pensando com clareza pela primeira vez. Connor está parecendo mais *errado* a cada minuto. Ele parece perfeito por fora – inteligente, meigo, bonito, charmoso. Faz coisas bonitinhas, como me mandar flores, me ligar ao longo do dia para dizer oi. Nunca me forçou a fazer sexo ou outra coisa, além de me beijar, algo que, agora, ao pensar a respeito, parece bem estranho para um cara na faculdade. Talvez ele seja gay e eu seja o disfarce perfeito para seus pais. Será? De qualquer jeito, deu certo, porque eu nunca tive vontade de ir mais longe com ele. Só isso já deveria ter sido um alerta vermelho para mim.

Não... o cara com quem cresci sonhando é decididamente Connor. Mas descobri que não faço parte do sonho com ele.

Ty irrompe na cozinha com sua saia escocesa, causando comoção, e fico grata, pois isso força os olhos esbugalhados de Connor a se desgrudarem das minhas coxas.

– Sun! – ruge ele, com as bochechas rosadas. – Onde está você, minha Sun! – Quando ele avista a garota asiática vestida com um traje que parece de bibliotecária (completo, até com um chicote na mão), ele cai de joelhos e começa a cantar a letra de "Your Are My Sunshine", com um sotaque escocês exagerado.

O lugar explode em vivas e Sun fica vermelha. Apesar do meu humor, acabo rindo, porque é bonitinho, de um jeito para ficar envergonhado. Então, Connor volta e agarra minha cintura, falando arrastado em meu ouvido, e eu paro de rir.

– Dá para acreditar que eles estão juntos? Que dupla esquisita. – Eu me retraio com o comentário, mas ele não percebe. – Mas Ty disse que ela trepa bem.

O quê? Quem é esse cara? Não gosto nada do Connor bêbado.

Estou começando a me arrepender de ter vindo. Meu plano de afogar as mágoas no álcool está rapidamente sendo substituído por outro de simplesmente sair de perto de Connor e fugir dali. Mas não antes que eu veja o Ashton. Só uma vez.

– Onde está Ashton? – Imagino que seja uma pergunta inofensiva.

– Não sei... por aí. – A cerveja derrama da borda do copo de Connor, e molha sua fantasia quando ele dá um gole. – Ou trepando com alguém lá em cima.

Tento não me encolher diante das palavras, mas não consigo evitar. Só de imaginá-lo fazendo com alguém o que fez comigo, fico gelada por dentro. Espero que Connor não note.

– Ah, claro. – A resposta sai trêmula. Suspeita. *Merda.*

No fim das contas, não preciso me preocupar tanto com Connor, já que seus olhos estão fixados no meu peito. Eu gostaria de ter vindo com uma blusa menos decotada, mas Reagan tirou os primeiros botões sem que eu visse hoje de manhã.

– Você é tão gostosa, Livie. Como foi que encontrei alguém tão incrível? – Sinto seu peso recair sobre mim quando ele se recosta, caindo em cima de mim, me apertando contra a parede. – Você é meiga, pura e perfeita. E é toda minha. – Ele mergulha a boca no meu pescoço. – Às vezes, eu quero... – Ele encosta mais, pressionando a virilha na minha coxa, esmagando a teoria gay como se fosse um tomate maduro. A mão que estava no meu cabelo desliza até meu peito e começa a apertá-lo, como se fosse uma bolinha antiestresse, com força e de um jeito bem desagradável.

Acho que não tem tequila que melhore isso.

– Preciso ir ao banheiro – resmungo, me contorcendo para sair do espaço entre ele e a parede, disparando para fora da cozinha. Não posso mais ficar aqui. Não consigo ficar perto de Connor. Quero correr para casa, tomar um banho e esquecer o que acabou de acontecer.

Preciso do Ashton.

Pego o telefone e mando uma mensagem rápida para ele. Sem esperar pela resposta, vou olhando em cada sala, conseguindo me esquivar de Connor duas vezes. Mas não consigo encontrar Ashton em lugar algum, e ninguém o viu. Dou uma olhada rápida na garagem e vejo seu carro preto.

Ashton está aqui.

Isso significa que ele só pode estar em seu quarto.

E não responde à mensagem de texto.

A intenção de não sentir nada essa noite já era. O pavor voltou, multiplicado por dez, corroendo meu estômago como um redemoinho de ciúme, mágoa e desespero.

Só tenho duas escolhas: ir embora e presumir que ele esteja lá em cima com alguém, ou subir e descobrir.

De braços cruzados, subo a escada e cada degrau me aproxima do ápice de um dia desastroso ou de um mar de alívio. Acho que vou morrer se encontrá-lo com outra mulher.

Por que estou fazendo isso comigo mesma? *Porque você é masoquista.*

Vejo sua porta logo à frente, fechada. Não há meia vermelha ou outra indicação de que alguém possa estar lá dentro.

Mesmo assim...

Não preciso prender a respiração conscientemente, porque já havia parado de respirar quando grudo o ouvido na porta. Ouço uma música tocando baixinho, então sei que ele está lá dentro, mas, fora isso... silêncio. Nada de gemidos, suspiros ou vozes femininas.

Antes que eu desista, bato devagarzinho.

Nada de resposta.

Engolindo em seco, bato de novo.

Nada de resposta.

Coloco a mão na maçaneta e vejo que a porta está destrancada.

Essa é a sensação mais estranha que eu já tive. O sangue borbulha em meus ouvidos, enquanto meu coração bate loucamente, e meus pulmões congelam. Sei que isso não pode continuar para sempre. Sei que vou ficar tonta e desmaiar logo, se eu não tomar uma atitude.

Preciso tomar uma atitude. Posso virar e ir embora, agora – deixar essa casa porque não consigo lidar com Connor –, e não ver Ashton. Não tê-lo para me ajudar a esquecer esse dia horrível, do jeito que só ele sabe fazer.

Ou posso abrir a porta e arriscar vê-lo com outra pessoa.

Eu abro a porta.

Ashton está de banho recém-tomado, sentado na beirada da cama, de toalha, olhando o chão enquanto uma das mãos remexe a tira de couro. Ele está segurando um copo com um líquido âmbar.

Se eu estivesse mais animada, eu me derreteria no chão.

– Oi – digo bem baixinho, enquanto a atração por ele assume o controle.

– Feche a porta. E tranque. Por favor. Não quero ver ninguém esta noite – ele fala em tom baixo, vazio. Nem sequer ergue os olhos. Não sei que humor é esse. Nunca o vi assim.

Sigo sua instrução, trancando a porta e deixando lá fora a casa cheia de gente, a festa, Connor. Tudo. Ficamos só nós dois.

Eu me aproximo devagar, hesitante. Ele ergue os olhos escuros só quando estou a poucos centímetros, e me encara, desde o salto fino vermelho, subindo lentamente. Ele para nos meus seios.

– Você não devia estar aqui dentro – diz ele, antes de dar um gole em seu drinque.

– Por que você não está lá embaixo?
Ele gira o líquido no copo.
– Tive um dia de merda.
– Eu também.
Tomando o resto da bebida, Ashton coloca o copo na mesinha de cabeceira.
– Quer que eu te ajude a esquecer?
Um arrepio entre as minhas pernas instantaneamente confirma que meu corpo gostaria disso. Os olhos castanhos finalmente chegam ao meu rosto, sem qualquer expressão de diversão. Nada além de uma tristeza resignada e um olhar vidrado.
– Sou bom nisso, não sou? – Há um sentido por trás dessas palavras, que eu não consigo entender inteiramente.
– Eu sei que aquela foto veio de você.
Ele baixa a cabeça.
Agora que estou aqui, na frente de Ashton, a confusão com que venho lidando há semanas desaparece. Pela primeira vez, em muito tempo, eu sei exatamente o que quero. E não tenho dúvidas do que é o certo.
– Hoje, eu também vou lhe dar algo.
Ignoro o frio no estômago, comprometendo-me inteiramente com o que estou prestes a fazer, com o que estou prestes a dar a ele, se ele quiser, enquanto tiro os saltos. Não sei se é mais fácil ou mais difícil sem que ele me olhe, mas abro os quatro botões que Reagan deixou e a blusa justa cai no chão. Meus dedos abrem rapidamente a saia, que também cai.
Como se precisasse resistir, mas tivesse perdido a batalha, os olhos de Ashton erguem-se para mim, antes de virar o rosto para o canto do quarto.
– Jesus Cristo, Irish – ele murmura com os dentes cerrados, as mãos apertando a borda do colchão, tentando se conter. – Eu não vou conseguir me controlar.

Como resposta, eu coloco as mãos para trás e abro o fecho do sutiã, deixando-o cair no chão. As cintas-ligas ridículas vêm a seguir. Logo estou sem as peças dessa fantasia idiota e Ashton continua sem me olhar. Na verdade, ele está de olhos fechados.

Engulo em seco e estendo a mão, tracejando o pássaro em seu braço, intencionalmente evitando a cicatriz. Eu me curvo e dou um beijo no desenho.

– Diga o que isso significa. – Não é uma pergunta. Não estou lhe dando escolha.

Há uma longa pausa, enquanto ele não diz nada.

– Liberdade.

Deslizo o dedo subindo pelo seu ombro. Exijo de novo.

– E isso? Diga o que significa.

Um pouquinho mais alto.

– Liberdade.

Dou outro beijo, em resposta.

Deslizo a mão para puxar a toalha, que jogo longe. Silenciosamente, monto no colo dele. Ashton ainda não me tocou, mas agora seus olhos estão abertos, olhando meu corpo com uma expressão estranha, que não sei identificar. É quase choque, ou reverência, como se ele realmente não acreditasse que isso esteja acontecendo.

Coloco a mão sobre o símbolo em seu peito, sentindo seu coração bater.

– Liberdade?

Seus olhos encontram os meus, sua voz agora está mais desafiadora do que antes.

– Sim.

Mas não deixo que isso me distraia, enquanto minhas mãos vão até onde sei que meu nome está escrito. Não preciso perguntar o que isso significa, porque não tenho dúvida. Ele já me disse, de muitas maneiras.

Ele me diz, mesmo sem que eu o induza.
– Liberdade.
Não tenho todas as peças para consertar esse homem lindo, preso e arrasado, mas tenho algo que é meu para dar a ele. Por uma noite, por todas as noites. Pelo tempo que ele quiser.
Eu. Inteira.
Sei o que tenho que fazer em seguida. Não sei como ele vai reagir. Não sei se é ou não uma boa ideia, mas tenho que fazer. Com o olhar fixo no dele, tentando expressar nos olhos que vai ficar tudo bem, eu estendo a mão e seguro seu punho, tocando na tira de couro, no botão de pressão do fecho. Um lampejo de pânico cruza seu rosto e os músculos de seu pescoço se contraem. Por um instante, acho que talvez não tenha sido uma boa ideia. Mas cerro os dentes, e, usando toda a raiva que sinto pelo seu pai e pelo que ele fez com Ashton, pelo que ainda faz, arranco a maldita faixa de couro e a jogo ao outro lado do quarto.
– Estou lhe dando liberdade esta noite, Ashton. Então, aceite.
Não me arrependo, nem por um segundo.
Não me arrependo, quando ele me vira na cama de barriga para cima.
Nem quando ele entra em meu corpo sem hesitar.
Nem quando eu grito naquele momento de dor.
E certamente não enquanto ele declara sua liberdade.
E me dá parte da minha.

* * *

No escuro, com os sons abafados do fim da festa ao fundo, Ashton abre um pouquinho do seu cofre para deixar escapar uma lembrança, espontaneamente.

– Ela costumava cantar uma música em espanhol. – Seus dedos fazem círculos em minhas costas, enquanto descanso a cabeça em seu peito, ouvindo seu coração, ainda admirada por ele e por mim e por nós dois juntos. Foi... incrível. Parece tão *certo*, como nada que já senti. – Não me lembro da letra e até hoje não sei o que significa. Só me lembro da melodia.

Meu rosto vibra com o som baixinho que ele entoa.

– É bonito – sussurro, virando o rosto para beijar aquele peito perfeito.

– É – diz ele baixinho, concordando. Sua mão desliza devagar. – Quando ele colocava a fita isolante na minha boca, eu não podia fazer nada além de entoar o som de boca fechada. Então, eu fazia isso durante horas. Ajudava.

Durante horas.

– É a minha lembrança preferida da minha mãe.

Erguendo-me em meus cotovelos para olhá-lo no rosto, vejo as lágrimas escorrendo dos cantos de seus olhos. Quero muito perguntar o que aconteceu com sua mãe, mas não posso fazer isso agora. Só quero beijar as lágrimas.

E ajudá-lo a esquecer.

* * *

Nós descobrimos que, se ignorássemos as batidas, elas parariam depois de alguns minutos. Já deu certo três vezes. Agora, enquanto estou enroscada em Ashton, deitada em seus lençóis brancos macios ao meio-dia, dolorida de um jeito que nunca fiquei, estou torcendo para que dê certo pela quarta vez. Porque não quero sair dessas quatro paredes. Aqui dentro, ele e eu jogamos fora todos os nossos medos, nossos compromissos, nossas mentiras. Dentro dessas quatro paredes, nós dois encontramos nossa liberdade.

— Como está se sentindo? — sussurra Ashton em meu ouvido. — Está muito dolorida?
— Só um pouquinho — minto.
— Não minta, Irish. Não será vantagem para você. — Como se para provar, ele pressiona a ereção em minhas costas.

Dou uma risadinha.
— Está bem, talvez um pouquinho dolorida para isso.

Ele se senta e puxa totalmente as cobertas de cima de mim. Arrumando as minhas pernas, ele calmamente olha meu corpo, o calor em seus olhos intensificado, a cada segundo.

— Quero memorizar cada pedacinho de você e guardar a imagem gravada em meu cérebro vinte e quatro horas por dia.

— Isso não vai distraí-lo? — provoco, mas não me intimido com seu jeito de me olhar. Acho que meu corpo está começando a desejar isso. Agora, certamente já não fico tímida perto dele, depois de doze horas seguidas com Ashton nu.

— A ideia é essa, Irish — diz ele, passando as mãos grandes pelas laterais das minhas coxas.

— Até meus pés? — Dando uma risadinha e brincando, eu levanto a perna e passo a ponta do pé em seu queixo.

Ele agarra meu pé. Com um sorriso malicioso, passa a língua na sola. Eu coloco as mãos na boca para não morrer de rir, enquanto luto para me soltar, mas não adianta. Ele é forte demais.

Ainda bem que ele para a tortura e vem deitar ao meu lado, afastando as mechas de cabelo do meu rosto, enquanto passo o dedo na tatuagem com meu nome permanentemente em seu corpo.

— Diga por que você me chama de Irish.
— Claro, mas primeiro vamos ao começo. — Ele ergue a sobrancelha.
— Deus, como você é teimoso! — Dou um suspiro profundo. Já que estou deitada nua com o homem, imagino que será me-

lhor fazê-lo rir para ouvir a verdade. Fecho os lábios apertados para não deixar meu sorriso transparecer. – Tudo bem. *Talvez* eu queira você.

– Talvez? – Ele sorri para mim. – Você veio até mim e praticamente arrancou minha toga, me puxando e gritando "Venha me beijar, eu sou irlandesa!".

Eu resfolego, levando a mão à boca, enquanto as palavras me fazem lembrar da expressão chocada de Ashton naquele exato momento e do beijo que ele me deu em seguida. Meu primeiro beijo *de verdade*.

– Aimeudeus, você não está mentindo. – Minhas bochechas ardem, o que só faz Ashton começar a rir.

– Depois você simplesmente se virou e foi dançar. – Seus olhos brilham. – Eu ia deixá-la em paz, mas depois que você fez aquilo... – Ele passa o polegar pelo meu lábio com carinho. – De jeito nenhum essa boca beijaria outra.

Passo a ponta do dedo pelo seu peitoral definido, aceitando que eu comecei tudo isso. Minha fera libertada de alguma forma sabia exatamente o que queria, desde o começo, muito antes que eu entendesse.

Ele pega minha mão e beija a ponta dos meus dedos, olhando-me intensamente.

– Você sabe por que eu revirei o sótão empoeirado do treinador durante uma semana inteira, não sabe?

Meu coração se infla ao ouvir isso. O que esse homem querido fez por mim. Não tenho certeza do motivo por que ele o tenha feito, fora me fazer feliz. Mas sei o que significou para mim. Isso me ajudou a enxergar o que eu quero, e estava enterrado numa montanha de incertezas.

– Porque você está loucamente apaixonado por mim? – repito o que ele me disse naquele dia na aula, e dou uma piscada, para que ele saiba que só estou brincando.

Mas Ashton não responde com uma fungada, não ri, ou faz algo engraçado. Sua expressão é totalmente sincera, quando ele se inclina para dar um beijinho em meu lábio.

– Contanto que você saiba. – Então, ele me beija profundamente outra vez.

E eu logo me esqueço do mundo.

– Talvez eu não esteja tão dolorida – consigo dizer, em meio aos seus lábios famintos, mas delicados. Com um gemido, ele beija meu pescoço, meu peito, minha barriga, revolvendo meu desejo pela décima, milésima vez, desde que deitamos em sua cama.

E as batidas começam outra vez.

– Ace, abre aí! Eu sei que você está aí dentro. – Há uma pausa. – Não consigo encontrar a Livie. Ela não atende ao telefone.

Merda.

Connor.

Eu não pensei nele em momento algum. Nem uma única vez, desde que entrei neste quarto, ontem à noite.

– Se você não abrir essa porta em dois minutos, eu vou usar a porcaria da chave.

Ashton e eu nos olhamos, o fogo entre nós é apagado como um balde de água fria lançado nas chamas.

– Porra – diz Ashton baixinho, olhando em volta. Minhas roupas estão espalhadas por todo lado.

Nós saímos da cama e começamos a recolhê-las. Connor podia estar bêbado, mas acho que ele vai reconhecer essa roupa.

– Aqui. – Ashton me dá a jaqueta. Agradeço aos céus por ter resolvido vir com meu casaco preto comprido. Ele vai esconder tudo, menos os saltos e as meias pretas quando eu voltar ao alojamento. – Vá se esconder no banheiro. Vou tentar me livrar dele – sussurra ele, me dando um beijinho.

Eu entro depressa, enquanto ouvimos Connor mexendo na fechadura.

– Estou indo! – grita Ashton.

Fechando e trancando a porta do banheiro bem depressa, eu fico na expectativa, enquanto começo a me vestir silenciosamente. Dá para ouvi-los lá fora perfeitamente.

– Jesus, Ashton, cubra esse troço. Já estou com vontade de vomitar – ouço Connor resmungar e reviro os olhos. Será que andar pelado é um hábito do Ashton ou de todos os caras? – O que aconteceu com você ontem à noite, cara?

Ouço a batida de uma gaveta da cômoda e imagino que Ashton esteja vestindo pelo menos uma cueca. Até nessa situação estressante imagino a cena em que tiro a cueca dele, no instante em que Connor tiver ido embora.

– Eu não estava no clima – ouço Ashton dizer.

– Você... está sozinho aqui?

– Infelizmente.

– Bem, você perdeu uma boa festa, pelo que me lembro. O que não é muito. – Há uma pausa. – Acho que ferrei tudo com a Livie.

Fecho os olhos e respiro fundo, com a ansiedade revolvendo por dentro. Não quero ouvir isso.

– Ah, é? Que merda. – Ashton é fenomenal fingindo interesse.

– É, eu acho que talvez tenha forçado demais a barra. Ela foi embora da festa cedo e não está atendendo as minhas ligações, nem respondendo as minhas mensagens.

– Apenas dê um tempo para esfriar.

– É, acho que sim. Mas eu vou até lá para vê-la, hoje. Tenho que saber que está tudo bem.

Não está, Connor. Nunca esteve. Com um leve suspiro, eu aceito que não posso me esconder no quarto do Ashton pelo resto da vida, embora a ideia tenha me passado pela cabeça mais de uma vez. Preciso acabar de me vestir e voltar ao alojamento para terminar essa história com Connor.

E ele me deu a desculpa perfeita.

Posso culpá-lo pelo rompimento. Ele forçou demais. Ele sabia que eu queria levar as coisas devagar e ficou me apalpando como um garoto de treze anos, brincando de jogo do armário. Isso é perfeito. Então, não será culpa minha. Ele vai achar que é culpa dele. Ele vai...

Respirando fundo, eu viro para olhar meu reflexo no espelho – para a mulher de meia preta sete oitavos, o cabelo de acabei-de-perder-a-virgindade, escondendo-se no banheiro, enquanto seu namorado está do outro lado da porta, preocupado com ela, falando com seu melhor amigo, o moreno por quem ela se apaixonou loucamente. E tudo o que essa pessoa consegue pensar é como ela vai evitar admitir tudo de errado que fez.

Eu não a reconheço.

Ouço o suspiro profundo de Connor e sei que ele está coçando a cabeça. Esse é Connor. Previsível.

– Eu só... acho que estou apaixonado por ela.

Meu corpo se encolhe, como se eu tivesse tomado um soco. *Aimeudeus.* Ele simplesmente disse. Disse em voz alta. Em algum lugar do meu subconsciente, eu temia isso. Agora é real. Vou passar mal. Sério, eu estou a dois segundos de mergulhar no vaso.

Isso. Vai. Acabar. Com. Ele.

E Connor não merece. Ele pode não ser o cara certo para mim, mas não merece isso. Mas não importa o motivo que eu dê, independentemente de colocar a culpa nele ou em mim, se eu disser a verdade ou não, eu vou magoá-lo. Preciso me resignar com esse fato, porque, independentemente de qualquer coisa, eu e ele acabamos.

O tom irritado do Ashton me surpreende.

— Ama nada, Connor. Você *acha* que ama. Você mal a conhece.

Meu reflexo balança a cabeça para mim. Ela está concordando com Ashton. *Isso mesmo. Connor não conhece nada de mim. Não como Ashton conhece.*

— Do que você está falando? É a Livie. Quer dizer, como *não* a amar? Ela é perfeita, porra.

Fecho os olhos apertados. *Uma perfeição do cacete, Connor.* Silenciosamente visto o casaco e o seguro bem junto ao corpo, ansiando pelo calor do Ashton.

Há uma longa pausa, depois ouço a cama ranger e um suspiro do Ashton.

— É. Tenho certeza de que ela é legal. Então, você deve dar uma olhada no campus. Talvez ela esteja na biblioteca.

— É. Você tem razão. Valeu, irmão.

Dou um suspiro bem leve de alívio, enquanto recosto na parede.

— Vou tentar o telefone mais uma vez.

Meu telefone.

Porra.

Vejo o reflexo no espelho dessa garota estranha, passando de levemente pálida a branca como cera, quando o toque de Connor começa a ecoar baixinho na minha bolsa. Minha bolsa, que está na mesinha de cabeceira do Ashton.

Toca, toca e toca. Depois para.

Silêncio mortal.

Mais mortal que mortal. Tão mortal que eu poderia ser a última pessoa neste mundo.

— Por que a bolsa da Livie está aqui? — ouço Connor perguntar lentamente. A voz dele está com um tom que eu nunca ouvi. Não sei como descrever, mas subitamente deixa meu corpo frio de pavor.

– Ela passou para dar um oi e se esqueceu, eu acho. – Ashton é um mentiroso fantástico, mas dessa eu acho que nem ele vai conseguir se safar.

O som de passos se aproximando faz com que eu me afaste da porta.

– Livie?

Eu comprimo os lábios e coloco as mãos na boca, fecho os olhos e paro de respirar. Então, conto até dez.

– Livie. Você precisa sair daí agora mesmo.

Balanço a cabeça e o movimento faz escapar um gemido contido.

– Estou te ouvindo, Livie. – Depois de uma longa pausa, ele começa a esmurrar a porta, estremecendo a parede inteira. – Abra a maldita porta!

– Deixe-a em paz, Connor! – Ashton berra atrás dele.

Isso faz com que os murros parem, mas não os gritos. Os gritos vão ficando cada vez piores.

– Por que ela está se escondendo aí dentro? Que porra você fez com ela? Você... – Há um som estranho de movimento no quarto. – Ela tinha bebido muito quando subiu aqui, Ash? Estava muito bêbada?

– Muito bêbada.

Fico olhando a porta. *O quê? Não, eu não estava! Por que ele diria isso?*

Outra longa pausa.

– Você a forçou a fazer alguma coisa?

Com um suspiro resignado, eu ouço Ashton falar.

– Forcei, sim.

Eu me sinto como se alguém tivesse riscado um fósforo e enfiado em meu ouvido, escutando palavras que tornam minha noite linda e inesquecível com Ashton numa história de estupro e bebedeira. Instantaneamente, sei o que Ashton está fazendo. Ele está dando uma desculpa por mim. Está assumindo o papel de vilão. Para assumir toda a culpa pelo que eu comecei. Pelo que eu quis.

Escancaro a porta e saio como um raio.

– Eu não estava bêbada e ele não me forçou a nada! – As palavras saem da minha boca num ofego de raiva. – Ele nunca me forçou a nada. *Nenhuma vez.*

Os dois homens viram-se para mim, o da esquerda, vestindo só uma calça de corrida, balançando a cabeça, como quem diz "por que você saiu?"; o outro, totalmente chocado, mal conseguindo conter a ira.

– Nenhuma vez. – O tom de Connor está novamente equilibrado, mas eu não acho que isso seja sinal de que ele esteja se acalmando. Acho que é sinal de que ele está prestes a explodir. – Quantas vezes foram, Livie? E por quanto tempo?

Agora que eu esclareci as coisas – que o que aconteceu entre Ashton e mim não foi uma cena de crime –, minha raiva passou e comecei a tremer, incapaz de continuar falando.

– Quanto tempo?! – ele repete, rugindo.

– Sempre! – digo, me retraindo, quando a verdade é dita. – Desde o primeiro segundo em que eu o vi. Antes de conhecer você.

Connor se vira para o colega, seu melhor amigo, cujos olhos não deixaram os meus, com uma expressão indecifrável.

– Porra, i-na-cre-di-tá-vel. Aquela noite da tatuagem... Você está trepando com ela desde aquele dia?

– Não! – A palavra brota de nossas bocas ao mesmo tempo.

Connor balança a cabeça, nos rejeitando.

– Não posso acreditar que você tenha feito isso comigo. Com tantas vagabundas que entram e saem... você teve que transformá-la numa também.

— Cuidado. — O corpo de Ashton visivelmente se retrai e eu vejo sua mão em punho, mas ele não se mexe.

Mas Connor parece não ligar. Cerrando os dentes, ele olha para o piso de madeira por um momento, balançando a cabeça. Quando finalmente me olha outra vez, vejo o impacto disso tudo em seu rosto; seus olhos verdes, geralmente radiantes, estão opacos, como se a luz tivesse finalmente se apagado.

E fui eu quem a apagou.

— O que aconteceu com ir devagar, Livie? O quê? Você achou melhor me fazer de idiota, enquanto também trepava com meu melhor amigo? — Ele vira-se e grita com mais ênfase: — Meu melhor amigo!

Estou negando com a cabeça freneticamente.

— Não foi assim. Simplesmente... as coisas mudaram.

— É mesmo? — Ele dá um passo à frente. — O que mais mudou?

— Tudo! — grito, limpando uma lágrima. — Meu futuro. O hospital. Princeton, talvez? — Eu não tinha notado, até agora, mas esse lugar... é tudo que os catálogos, os websites prometiam, porém não é o que eu quero. Não me sinto em casa. Talvez, nunca me sinta. Quero voltar para Miami, estar com a minha família. Ainda não estou pronta para deixá-los. A única coisa que eu quero em Princeton está quieto em pé, de braços cruzados, peito nu, enquanto eu coloco tudo pra fora. — Você e eu... não combinamos. — Connor se retrai, como se eu lhe tivesse dado uma bofetada, mas eu continuo falando: — Estou apaixonada pelo Ashton. Ele me entende. Eu o entendo. — Uma rápida olhada para o Ashton e vejo que ele está de olhos fechados, bem apertados, como se sentisse dor.

Algo que parece pena surge no rosto de Connor.

— Você acha que o entende, Livie? É mesmo? *Acha* que o *conhece*?

Eu engulo em seco para manter minha voz firme.
– Eu não acho. Eu o *conheço*.
– Você sabe quantas mulheres ele já trouxe para esse quarto? Essa cama? – Ele ergue a mão e aponta para dar efeito. Forço para levantar o queixo, tentando ser forte. Não quero saber. Isso não importa. Agora ele está comigo. – Espero que você pelo menos tenha usado camisinha.
Camisinhas.
Eu esqueci totalmente. Foi simplesmente intenso demais.
A cor sumindo do meu rosto diz tudo.
Connor baixa e sacode a cabeça, decepcionado.
– Jesus, Livie. Achei que você fosse mais inteligente.
Ashton não diz uma palavra. Nem uma palavra para se defender ou nos defender. Ele está em pé, quieto, vendo todo o desastre com olhos tristes e resignados.
Nós três ficamos de frente, uns para os outros, num triângulo disforme; o ar entre nós é pesado e nocivo, as mentiras visivelmente tremulam do lado de fora, enquanto a verdade do que Ashton e eu temos some, se transforma em nada.
É assim que Dana nos encontra.
– O que está havendo?
Um temor sincero contorce o rosto do Ashton por um momento, antes de sumir, deixando sua pele mais pálida.
– O que você está fazendo aqui?
– Eu quis te fazer uma surpresa – diz ela, entrando no quarto, com tanta cautela que dá para pensar que o chão está todo minado.
Connor cruza os braços.
– Por que você não conta a ela, Livie? Vá em frente... diga a ela o que acabou de me dizer.
Connor me encara. Ashton me encara. E, quando a bela Dana entra no meio, seus olhos estão arregalados com confusão e medo.

Ela também me encara, e estende a mão para segurar o braço de Ashton.

Um brilho me chama a atenção.

O solitário de diamante na mão esquerda de Dana. No dedo anular.

O suspiro fica preso em minha garganta.

Quando foi que ele a pediu em casamento?

Ashton sabe que eu vi, porque ele fecha os olhos, vagamente remexendo na tira de couro em seu punho.

Está de volta em seu punho.

Ashton colocou aquela algema de volta no punho. O que significa que ele abriu mão da liberdade que eu lhe dei ontem à noite.

Pela expressão de desânimo no rosto de Connor, ele também viu o anel, e agora realmente percebe a extensão dessa traição.

– Conte a ela, Livie. Diga o que está se passando entre você e o futuro marido dela, se acha que o conhece tão bem.

Não preciso dizer nada. O rosto de Dana empalidece. Vejo seus olhos me percorrerem dos pés à cabeça, depois olhar a cama, depois de volta para mim. Quase se encolhendo do braço de Ashton, ela cambaleia para trás.

– Ash? – Sua voz sai trêmula quando ela se vira para olhá-lo.

– Eu cometi um erro. Apenas deixe-me explicar. – Ele baixa a cabeça, falando de um jeito quase indecifrável.

Aos prantos, ela se vira e sai correndo do quarto. Ashton não hesita nem por um segundo. Ele corre atrás dela, enquanto seus gritos ecoam pela casa.

Dando as costas para mim. Para nós dois. Para qualquer coisa que nós éramos. *Um erro.*

As palavras de Connor saem em tom baixo, mas são perfurantes e mortais, honestas, mas tão distantes da verdade.

– Hoje você ajudou a destruir dois corações. Deve estar orgulhosa. Tchau, Livie. – Ele bate a porta do quarto ao sair.

E eu sei que não há mais motivo para que eu esteja ali. Nem nesta casa, nem nesta faculdade. Nem nesta vida, pois essa não é a *minha* vida.

Preciso abrir mão de tudo.

E assim eu saio andando.

Afasto-me das vozes, dos gritos, da decepção.

Afasto-me das minhas desilusões, dos meus erros, dos meus arrependimentos.

Afasto-me de tudo que eu deveria ser e não consigo.

Porque é tudo mentira.

Capítulo dezoito

* * *

ABRINDO MÃO

Eu os encontro sentados à mesa da cozinha. Kacey está encolhida no colo de Trent, com os dedos entremeados no cabelo dele, rindo, enquanto Dan cutuca a barriga da Storm, tentando fazer o bebê responder. Faltam dois meses para o nascimento e ela está mais linda que nunca.

– Livie? – Os olhos azuis da minha irmã me encaram com uma mistura de surpresa e preocupação. – Achei que você só viesse para casa nas férias.

Eu engulo em seco.

– Eu também, mas... as coisas mudaram.

– Estou vendo. – Ela olha diretamente para a minha roupa. Sequer voltei ao meu quarto no alojamento para trocá-la. Simplesmente peguei um táxi até Newark para tentar o primeiro voo para Miami. Levei dez horas, mas aqui estou eu.

No meu lar.

De onde eu nunca devia ter saído.

Ninguém diz uma palavra, mas sinto os olhares às minhas costas quando caminho até a despensa. Pego a garrafa de tequila que Storm guarda na prateleira do alto. Para emergências, segundo ela.

– Você estava certa, Kacey. – Eu pego dois copos de dose única. – Você sempre esteve certa.

* * *

– Senti falta do barulho das gaivotas – digo.
– Nossa, você está realmente ferrada.
Suspirando, eu abano a mão na direção da Kacey e acabo acertando seu rosto. Ontem à noite, com a garrafa de tequila e dois copinhos, eu silenciosamente saí pela porta até o deque. Kacey foi atrás de mim, puxando uma espreguiçadeira ao lado da minha. Sem dizer nada, ela observou enquanto eu servia as doses.

E comecei a contar tudo.

Disse tudo à minha irmã.

Admiti cada detalhe dos meus dois últimos meses, até a coisa mais íntima e constrangedora. Uma vez que a verdade começou a fluir, ela saía em cascatas, como uma torrente incontrolável. Tenho certeza de que a bebida ajudou, mas estar com minha irmã ajudou mais. Kacey só ouviu. Ela segurou minha mão e a apertou. Não fez julgamentos, não gritou, não deu suspiros decepcionados, nem fez com que eu me sentisse constrangida. Só me *deu* uma bronca por não usar camisinha, mas rapidamente admitiu que não podia atirar pedras.

Ela chorou comigo.

Em certa altura, Trent veio nos cobrir com um edredom. Ele não disse nada, nos deixou em nosso torpor bêbado e choroso. E quando os primeiros raios de sol surgiram no horizonte, completamente esgotada de emoção, entre segredos e mentiras, eu apaguei.

— Posso ver aquela foto outra vez? — Kacey pede, baixinho.

Eu entrego a foto 10x15 que está na minha bolsa, muito grata por estar com ela quando parti.

— Não posso acreditar como eles eram jovens aqui — diz ela, tracejando os contornos da imagem, como eu tinha feito. Eu sorrio comigo mesma. Três anos atrás, Kacey não podia sequer olhar uma foto de nossos pais.

"Isso prova que ele gosta muito de você, Livie. Mesmo que seja um cara totalmente em frangalhos", acrescenta ela abanando a foto, antes de me devolvê-la.

Fecho os olhos e dou um suspiro.

— Não sei o que fazer, Kacey. Não posso voltar. Quer dizer... ele está noivo. Ou estava. — Será que ainda está? Mais cedo, eu tinha recebido uma mensagem da Reagan perguntando-me em-que-buraco-você-se-meteu. Depois de explicar que eu tinha voltado a Miami, nós trocamos algumas mensagens, mas ela não tinha nada para me contar. Ou não quis me dizer, fora o fato de que se escondeu no quarto de Grant o dia todo por causa da gritaria.

Isso me deixou mais preocupada com Ashton. E se ele não estiver com Dana? O que seu pai fará com ele? Será que vai usar aquilo que tem contra ele?

— E ele certamente está em frangalhos — Kacey repete. — Ele precisa limpar os destroços antes que possa seguir em frente com outra pessoa, e isso inclui você.

Só em pensar, sinto uma dor no peito. Ela está certa. Independentemente do que eu e Ashton tivemos, eu preciso abrir mão. Por mais que eu queira continuar tentando ficar ao seu lado, enquanto ele luta contra seus demônios, não posso continuar fazendo isso. Dessa forma, não.

Não com Connor e Dana e... *argh*. O anel. Sinto um nó no estômago. Esse negócio entre nós – amor, ou não – me transformou numa idiota egoísta, manipuladora, que pega o quer, mesmo que magoe os outros. Que ficou se convencendo de que tudo estava bem, porque sabia que o homem que ela queria gostava dela.

Alguém que provavelmente cairia nessa armadilha, por parecer tão certo, apesar de ser tão errado.

– Você não precisa voltar.

Eu abro um pouco o olho para observá-la, encolhendo-me diante da luz do dia.

– O que é... simplesmente desistir de tudo?

Ela dá de ombros.

– Eu não chamaria de desistir. Está mais para viver por meio de tentativas e erros. Ou tirar um tempo para tomar um ar. Talvez um tempo distante de Ashton e da faculdade dê uma nova perspectiva a tudo. Ou talvez eles já estejam em perspectiva e você só precise de um tempinho para deixar a poeira baixar.

– É. Talvez. – Fecho os olhos, contente, aproveitando o conforto de estar em casa.

* * *

– *Tem certeza de que não quer que eu fique em casa?* – pergunta meu pai, afastando meu cabelo molhado da testa.

Eu respondo com um espirro e um gemido.

– *Pronto. Agora chega. Eu vou ficar* – ele diz com um suspiro profundo.

– *Não, papai.* – Eu balanço a cabeça, embora eu fosse adorar tê-lo, para me consolar. – *É melhor você ir. Eu só vou te passar gripe se ficar aqui, e hoje à noite é o grande jogo da Kacey. Ela vai ficar chateada se você perder.* – *Não, apaga isso. Minha irmã fica-*

ria arrasada, se meu pai perdesse o jogo. – Eu ficarei... – Minhas palavras são interrompidas por outro espirro.
Ao me dar um lenço de papel, meu pai se retrai.
– Bem, eu não vou mentir para você, garotinha. Esse nariz escorrendo está bem ruim.
O jeito como ele diz "garotinha", com seu leve sotaque irlandês, me faz rir.
– Não se preocupe. Eu também acho nojento esse nariz escorrendo – digo, enquanto o assoo.
Ele responde com uma risada e um afago em meu joelho.
– Só estou provocando. Você sempre será meu anjinho lindo, com ranho verde e tudo. – Ele arruma os remédios na mesinha de cabeceira, enquanto eu me ajeito na cama. – A Sra. Duggan está lá na sala...
– Hã?! Pai! Não preciso de uma babá!
Vejo a mudança, antes que ele diga uma palavra.
– Precisa, sim, Livie. Você às vezes pode até agir como se tivesse trinta anos, mas só tem onze e o Serviço de Proteção Infantil não vê com bons olhos alguém que deixa meninas de onze anos sozinhas em casa. Sem discussão – diz ele, debruçando-se para me dar um beijo na cabeça.

Estou franzindo as sobrancelhas, enquanto procuro o controle remoto. Três horas de episódios de leões comendo gazelas já são demais.

Com um suspiro e um comentário baixinho sobre garotas teimosas, ele levanta-se e segue até a porta. Mas para e vira-se novamente, esperando, com seus olhos azuis cintilando ao sorrir. Minha cara feia só dura mais dois segundos, antes que um sorriso me vença. É impossível ficar de cara feia quando meu pai sorri para mim desse jeito. Ele tem esse jeitinho.

Meu pai ri baixo.
– Essa é a minha Livie Girl. Deixe-me orgulhoso.

Ele diz a mesma coisa toda noite.

E, essa noite, assim como todas as outras, eu dou um sorriso dentuço e respondo:

— Eu sempre o deixarei orgulhoso, papai.

Fico olhando enquanto ele sai, fechando a porta devagarzinho.

Acordo com o céu de fim de tarde e as últimas palavras do meu pai reprisando em minha cabeça. Palavras tão simples. Uma pequena frase habitual. Mas, na realidade, uma mentira. Quer dizer, como você pode se comprometer com alguém desse jeito? Nem toda decisão que você tomar será boa. Algumas serão até desastrosas.

Eu me viro e vejo que a pessoa sentada na espreguiçadeira ao meu lado não é ruiva, nem mulher, como a que estava quando eu adormeci.

— Olá, Livie. — Dr. Stayner arruma sua horrenda camisa de boliche de duas cores. Quase combina com a bermuda havaiana que nenhum homem de sua idade deveria usar. — Que tal meu traje praiano?

— Ei, Dr. Stayner. Por que você está sempre certo?

— Geralmente estou, não é?

* * *

— Graças a Deus. Eu achei que teria que tacar fogo nessa cadeira, se você não tomasse banho logo.

Empurro minha irmã de brincadeira, enquanto caminhamos pelo corredor, até a cozinha.

— Então... e Stayner?

Ela dá de ombros.

– Mandei uma mensagem de texto para ele ontem à noite para dizer que você finalmente desmoronou. Mas eu não esperava que ele fosse aparecer aqui com uma mala na mão.

Aparentemente, Dr. Stayner decidiu desfrutar alguns dias na ensolarada Miami, Flórida, na Chez Ryder. Bem, Storm insistiu para que ele ficasse conosco, embora isso significasse que ele ficaria com o quarto da Kacey e minha irmã dormiria comigo, ou na casa do Trent. Eu lembrei a ela que era estranho e nada profissional que o psiquiatra da família ficasse conosco. Então, ela me lembrou que tudo relativo a Dr. Stayner é estranho e nada profissional, portanto isso faz sentido.

Meu argumento terminou aí.

E agora Dr. Stayner está junto à pia de nossa cozinha, com um dos aventais de bolinha da Storm, raspando uma cenoura com a ajuda da Mia.

– Você acha que comer cenoura realmente ajuda a enxergar melhor, ou isso é só o que as mães dizem para fazer as crianças comerem legumes? – Mia está naquela idade bonitinha, em que ainda é ingênua, mas está aprendendo a questionar as coisas.

Eu recosto na entrada de braços cruzados e observo, curiosa.

– O que você acha, Mia? – retruca Dr. Stayner.

Ela estreita os olhos para ele.

– Perguntei primeiro.

Eu balanço a cabeça e dou uma risada.

– Nem se dê ao trabalho. Ela é esperta demais para você, Stayner.

Dando um gritinho, Mia solta a cenoura e mergulha em meus braços, dando um abraço.

– Livie! Mamãe disse que você estava aqui. Você viu o X se mexer?

Tenho que rir. Mia deu vários apelidos para o bebê: ela adorava "Baby Alien X", depois só "X". Deu certo.

– Não, mas eu vi o Dan cutucando a barriga da sua mãe ontem à noite – digo e dou uma piscada.

Ela faz uma careta.

– Espero que ele não fique esquisito, quando o X nascer. – O assunto logo muda. – Você vai ficar aqui um tempo? – Ela parece esperançosa.

– Eu não sei, Mia. – E é a verdade. Simplesmente, não sei de mais nada.

* * *

– O que você acha que é?

Dr. Stayner toma o café de tamanho grande, enquanto estamos sentados lado a lado em nossas espreguiçadeiras no deque dos fundos, olhando as pessoas que passam dando uma corrida no começo da manhã. Todo esse café não pode fazer bem para ele.

– Não posso arriscar um palpite para isso, Livie. Ele claramente tem problemas para resolver. *Parece* que ele usa as ligações físicas com mulheres como um meio de lidar com isso. *Parece* que ele tem dificuldade demais para falar sobre a morte da mãe. E *parece* que ele se importa muito com você. – Dr. Stayner recosta-se em sua cadeira. – E se ele cresceu com um pai abusivo, então, é bem possível que sinta ter pouco controle da própria vida. Talvez ele tenha. Mas posso lhe dizer que você jamais terá uma resposta que faça sentido para você quanto ao que aconteceu com ele. E, até que ele fale a respeito, fica difícil ajudá-lo. E é por isso, minha querida Livie *Girl*... – reviro os olhos ao ouvi-lo, depois sorrio; por algum motivo, ele gostou desse apelido – ... que você precisa se desvencilhar da confusão dele, até que consiga resolver a sua. Não se esqueça, sua irmã e Trent precisaram fazer o mesmo. Foram cinco meses até que eles voltassem a se encontrar. Essas coisas geralmente levam tempo.

Eu concordo, assentindo lentamente. *Cinco meses.* Onde será que Ashton estará em cinco meses? Com quantas mulheres ele irá se "esquecer" até lá? E será que eu consigo ficar em Princeton, enquanto ele resolve as coisas? Se ele sequer estiver tentando resolver as coisas. Começo a sentir um nó no estômago outra vez.

– Livie...

– Desculpe.

– Eu sei que é difícil, mas você precisa se concentrar em si mesma por um tempinho. E tire da cabeça esse negócio de achar – ele ergue os dedos no ar, fazendo sinal de aspas – que "mentiu" para o seu pai.

– Mas... – Eu desvio o olhar para as unhas dos meus pés, recém-pintadas por Storm. – Eu sei o que ele queria para mim e estou indo contra. Como isso poderia fazê-lo se *orgulhar* de mim?

Dr. Stayner afaga meu ombro.

– Não garanto nada, Livie. Jamais. Mas posso garantir que seus pais ficariam orgulhosos de você e de sua irmã. Mais que orgulhosos. Vocês duas são simplesmente... extraordinárias.

Extraordinárias.

– Mesmo depois que eu finalmente desmoronei? – Dou um sorriso, repetindo as palavras da Kacey.

Ele começa a rir.

– Você não desmoronou, Livie. Eu gostaria de dizer que você finalmente chegou a um cruzamento e simplesmente precisou de alguma orientação. Você é uma garota inteligente que parece perceber as coisas. Só isso que você precisa de vez em quando... Um pouquinho de orientação. Não como sua irmã. Ora, ela sim, desmoronou. – Ele vira e gesticula com a boca "Nooossa" e eu não consigo evitar a gargalhada que escapa. – Acho que você vai ficar muito bem com o tempo. Agora é que vem a parte divertida.

Eu ergo a sobrancelha, interrogativa. Ele continua:
– Descobrir *quem* você quer ser.

* * *

Estou acostumada ao Dr. Stayner em pequenas doses – no máximo, uma hora por semana, ao telefone. Então, quando ele vai embora, depois de passar vários dias comigo, meu cérebro temporariamente trava, como uma máquina em superaquecimento. Nós passamos a maior parte do tempo no deque dos fundos, discutindo todas as opções que eu tinha diante de mim para minha educação, minhas futuras aspirações profissionais e minha vida social. Ele nunca compartilhou suas opiniões. Disse que não queria afetar meu processo de escolha. A única coisa em que insistiu foi que eu abraçasse a ambiguidade por um tempo, que não mergulhasse numa escolha só para fazer uma. Ele sugeriu que, nesse momento, ir às aulas sem um foco específico na formação, como Reagan, não é má ideia. Claro, ele teve que reconhecer que, quanto mais tempo eu demorasse, menos provável seria a opção de "ficar em Princeton", porque eu seria reprovada no semestre.

Acho que meu maior medo de voltar a Princeton não é Princeton, em si – já aceitei que a faculdade simplesmente não é para mim. E eu já liguei para o hospital para avisar que estou desistindo do voluntariado.

Meu maior medo é voltar a encarar Ashton e as minhas fraquezas quando estou perto dele. Um simples olhar ou toque pode me puxar de volta para ele e isso não é bom para nenhum de nós dois. Já fui embora uma vez. A segunda vez será mais difícil ou mais fácil? Ou impossível...

Minha vida é cheia de escolhas difíceis e uma fácil – Ashton. E ele é a única escolha que eu não posso ter.

Capítulo dezenove

* * *

ESCOLHAS

Juro que Reagan estava esperando na porta como um cachorrinho ansioso ao ouvir o barulho da fechadura, porque, no instante em que eu entrei na sexta à noite, ela voou para me abraçar.

– Eu senti tanto a sua falta!

– Foram só duas semanas, Reagan – digo, rindo, jogando minha bolsa na mesa. Decidi voltar a Princeton no fim das contas. Não por particularmente sentir que esse lugar é para mim, mas porque sei que quero uma formação e até que eles me expulsem ou que eu me transfira para Miami, alternativa que andei vendo, quando estive em casa, é melhor eu ficar aqui.

– Então, como vão indo as coisas? – pergunto, prendendo o cabelo atrás da orelha.

Ela franze o nariz.

– Na mesma. Não sei. Ashton está ficando na casa dos meus pais por enquanto, mas não consigo tirar nada do meu pai. Grant tem ficado bastante aqui, porque a casa agora não está muito divertida. Connor está magoado. Mas ele vai ficar legal,

Livie. Sério. Ele só precisa transar. – Ela se joga na cama, do seu jeito dramático de sempre. – Ah, e Ty torceu o tornozelo. Idiota.

Dou uma risada, mas isso não melhora minha angústia por dentro.

– Quais são seus planos para esse fim de semana? – Ela hesita. – Você vai vê-lo?

Eu sei quem é "ele" e não é Connor. Nego com a cabeça. Não... Nós precisamos de mais de duas semanas para entender essa confusão. É novo demais. Recente demais. Doloroso demais lidar com isso agora.

– Vou tentar recuperar as matérias, se ainda tiver jeito. – Perdi uma semana de aula, incluindo um teste. Subo vagarosamente os degraus do meu beliche, afastando todas as lembranças. – Vou visitar os meninos no hospital.

Preciso me despedir para terminar as coisas direito.

* * *

Recebo uma mensagem de Dr. Stayner quando estou pegando o trem até o hospital. Há um endereço junto com as palavras:

Mais uma tarefa, já que você me deve por não ter completado a última.
Esteja lá às 14h.

Eu nem o questiono mais. O homem é brilhante. Simplesmente respondo com:

Tudo bem.

* * *

– Oi, Livie. – Sou recebida pelo sorriso radiante de Gale no balcão da recepção. Quando Kacey disse ao Dr. Stayner que eu estava de volta a Miami, ele ligou para o hospital para avisá-los, de forma vaga, sobre o que estava acontecendo. Quando finalmente tomei a decisão de não continuar meu programa de voluntária, ele sentou-se comigo, enquanto eu liguei para comunicá-los. Eles foram incríveis em relação a tudo.

– Os meninos ficarão muito felizes em vê-la.

– Como eles estão?

Ela dá uma piscada.

– Veja você mesma.

Percebo que andar pelos corredores não me dá o mal-estar de antes. Sei que não é porque me acostumei de alguma forma. É porque abri mão da ideia de que esse tem de ser meu futuro.

Os gêmeos correm para mim com uma energia que eu não via havia tempos, agarrando minhas pernas e fazendo-me rir.

– Vem cá! – Cada um deles pega uma das minhas mãos. Eles me puxam até a mesa. Se ficaram aborrecidos por eu ter sumido tão bruscamente, semanas atrás, não demonstram.

– A enfermeira Gale disse que você tinha ido embora, estava tentando... não entendi o que ela disse. Algo a ver com se perder? Você estava perdida? – Eric conclui, franzindo o rosto.

Eu estava tentando me encontrar. Dou uma risada.

– Sim, eu estava.

– Aqui. – Derek empurra uma pilha de papéis com desenhos. – Ela nos disse para ajudá-la a pensar em todas as coisas que você pode ser quando crescer.

– Eu *disse* a ela que você queria ser médica – Eric interrompe, revirando os olhos. – Mas ela achou que seria bom dar outras ideias.

Olhando para cada um deles, seus rostinhos ávidos, eu começo a folhear as páginas, avaliando todas as opções.

E acabo rindo muito, como não ria fazia muito tempo.

* * *

Desço do táxi na frente de uma casa antiga de estilo vitoriano em Newark, exatamente às duas da tarde. Pela placa da frente, é um tipo de casa de repouso. Dá para notar que é razoavelmente boa, quando entro pela porta da frente. Tem um *foyer* charmoso, com piso de mogno escuro, papel de parede listrado em tons pastéis, e um arranjo de flores numa mesinha de canto. À minha frente, há um balcão de recepção vazio, com um aviso indicando para que os visitantes sigam até um livro de registro. Suspiro, enquanto olho em volta, em busca de uma pista do que devo fazer a seguir. Dr. Stayner não me deu mais instruções, além de vir a esse endereço. Geralmente, ele é bem explícito com suas exigências.

Tiro o telefone do bolso, prestes a enviar uma mensagem pedindo orientações, quando uma jovem loura de uniforme hospitalar azul-claro aparece.

– Você deve ser Livie – diz ela, ao me cumprimentar com um sorriso.

Eu concordo com a cabeça.

– Ele a está esperando no quarto 305. A escada fica virando-se à esquerda, no corredor. Terceiro andar, é só seguir as placas.

– Obrigada. – Então, Dr. Stayner está aqui. Por que não estou surpresa? Abro a boca para perguntar o que ela sabe sobre o quarto 305, mas a enfermeira já foi, antes que eu pudesse falar alguma coisa.

Sigo suas instruções, subindo a escada até o terceiro andar, sentindo um cheiro de desinfetante industrial pairando no ar por todo o caminho. Noto como o lugar tem um silêncio sinistro, que só amplifica o rangido dos degraus. Fora uma tosse ocasional, não ouço nada, não vejo nada. É como se o local estivesse vazio. Algo me diz que não está.

Seguindo o número dos quartos nas portas, vejo que vai em sentido crescente, até que chego ao meu destino. A porta está aberta. *Certo, Dr. Stayner. O que tem para mim agora?* Respiro fundo e entro hesitante, esperando encontrar meu psiquiatra grisalho.

Um pequeno corredor leva a um quarto que não consigo enxergar inteiramente da porta. Só vejo que há um canto e um homem de cabelo escuro, bronzeado e bonito, curvado, numa cadeira – seus cotovelos estão apoiados nos joelhos, as mãos enlaçadas e encostadas na boca, como se ele estivesse esperando, agitado.

Minha respiração falha.

Ashton fica imediatamente de pé. Ele abre a boca enquanto me olha, como se quisesse falar mas não soubesse por onde começar.

– Livie – finalmente consegue dizer, e limpa a garganta. Ele nunca tinha me chamado de Livie. *Nunca.* Não sei como isso me faz sentir.

Estou chocada demais para responder. Não esperava vê-lo hoje. Eu não tinha me preparado.

Vejo seus olhos arregalados, conforme Ashton dá cinco passos largos e pega minha mão, com os olhos castanhos preocupados, fixos nos meus, e sinto que ele está ligeiramente trêmulo.

– Por favor, não fuja – sussurra ele, acrescentando, mais baixinho e sem jeito: – E, *por favor*, não me odeie.

Isso afasta meu choque inicial, mas me faz entrar em outro. Será que ele realmente achou que eu fosse fugir dele assim que o visse? E como, nesse mundo, Ashton poderia pensar que o *odiaria*?

Seja o que for que esteja acontecendo, Ashton claramente não compreende a profundidade do meu sentimento por ele. Sim, eu fui embora duas semanas atrás. Era algo que eu precisava fazer. Por mim. Mas estou aqui agora e não *quero* fugir, nem *sair* de perto dele novamente.

Só espero por Deus que eu não *precise* fazê-lo.

Mas que diabo aquele maluco do meu psiquiatra está aprontando agora?

Dando um passo atrás, Ashton silenciosamente me leva para dentro do quarto, até que vejo o espaço inteiro. É simples – com papel de parede amarelo-claro, sanca ao redor do teto, e várias plantas penduradas diante de uma janela de varanda, sob o sol do meio da tarde. Mas todos esses detalhes desaparecem quando meus olhos recaem sobre a mulher deitada na cama de hospital.

Uma mulher com cabelo ligeiramente grisalho e o rosto pouco enrugado, que um dia certamente poderia ter sido descrita como bonita, principalmente com esses lábios cheios. Tão carnudos quanto os de Ashton.

E é quando... tudo se encaixa.

– Essa é a sua mãe – sussurro. Não é uma pergunta, porque eu sei a resposta com certeza. Só não sei a montanha de motivos que há por trás.

Ashton não larga minha mão, segurando-a firme.

– Sim.

– Ela não está morta.

– Não, não está. – Há uma longa pausa. – Mas ela se foi.

Olho a expressão séria do Ashton por um instante, antes de virar de volta para a mulher. Não tenho a intenção de ficar encarando, mas eu o faço mesmo assim.

Os olhos dela desviam do meu rosto para o do Ashton.

– Quem... – começa ela a dizer, e vejo que ela está se esforçando para formar as palavras, sua boca fazendo os formatos,

mas não consegue emitir os sons. E em seus olhos... não vejo nada além de confusão.
— Sou o Ashton, mãe. Essa é a Livie. Eu lhe falei dela. Nós a chamamos de Irish.

O olhar da mulher percorre o rosto do Ashton, depois baixa, como se ela quisesse se lembrar.

— Quem... — Ela tenta outra vez. Eu dou dois passos à frente, até onde a pegada forte do Ashton permite que eu chegue. É perto o suficiente para sentir o leve cheiro de urina que reconheço e de idosos com incontinência urinária em asilos.

Como se desistisse de tentar descobrir quem somos, a mulher vira a cabeça para o lado e olha pela janela.

— Vamos pegar um pouco de ar — Ashton diz baixinho, puxando-me com ele ao caminhar até um rádio na mesa de cabeceira. Ele coloca o disco de Etta James e ajusta o volume, aumentando um pouquinho. Não digo nada, enquanto ele me leva para fora do quarto, fechando a porta devagar. Nós seguimos pelo corredor em silêncio, e por outra escada que vai dar num jardim de fundos, uma propriedade bem espaçosa, com carvalhos e caminhos por entre os canteiros de flores, há muito preparados para o inverno. Imagino que aqui seja um lugar adorável para os residentes quando o clima está mais quente. Mas, agora, com o sol fraco de novembro e o frio no ar, eu estremeço.

Ao sentar no banco, Ashton não hesita em me puxar para seu colo, passando os braços à minha volta, como se para me proteger do frio. E eu não hesito em deixá-lo, porque anseio por seu calor, por mais de um motivo. Mesmo que eu não deva.

Isso era exatamente o que eu temia.

Não sei mais o que é certo. Só sei que a mãe do Ashton está viva e o Dr. Stayner me mandou aqui, sem dúvida, para saber a verdade. Como Dr. Stayner soube... eu vou descobrir depois.

Fecho os olhos e respiro, absorvendo o cheiro celestial do Ashton. Estar tão perto dele, depois de nossa noite juntos, é ainda mais difícil do que eu imaginei. Eu me sinto como se estivesse à beira de um precipício e a tempestade de sentimentos ameaçasse me empurrar – dor, confusão, amor e desejo. Sinto aquela atração me puxando, aquele impulso para me aconchegar ao corpo dele, deslizar a mão pelo seu peito, beijá-lo, me fazer acreditar que ele é meu. Mas ele não é meu. Ele não é nem *dele* ainda.

– Por quê, Ashton? Por que mentir sobre a morte dela? – Por que... *tudo*?

– Eu não menti. Só não corrigi quando você imaginou que ela estivesse morta.

"Por quê?" volta aos meus lábios, mas ele fala antes que eu possa continuar.

– Era mais fácil do que admitir que minha mãe não se lembra de quem eu sou. Que todos os dias eu acordava torcendo para que fosse o dia em que ela morresse, para que eu pudesse estar livre da minha vida tão ferrada. Para que eu pudesse ter paz.

Fecho os olhos para conter as lágrimas. *Paz*. Agora, eu entendo o que era aquela expressão estranha na noite em que Ashton descobriu sobre a morte dos meus pais. Ele estava desejando o mesmo para ele.

– Você precisa me contar. Tudo – digo, suspirando.

– Eu vou contar, Irish. Tudo. – Ashton inclina a cabeça para trás e para, organizando os pensamentos. Seu peito empurra o meu quando ele respira fundo. Quase consigo ver o peso saindo de seus ombros, quando ele se permite falar livremente, pela primeira vez. – Minha mãe está com Alzheimer em fase avançada. Ela desenvolveu a doença muito cedo, antes que a maioria.

Um bolo instantaneamente se forma em minha garganta.

– Eu nasci quando ela tinha quarenta e poucos anos. Não fui planejado, foi algo totalmente inesperado. E meu pai não queria. Ele... não gosta de dividir. Isso, aparentemente, incluiu os sentimentos da minha mãe. – Ele para e me dá um sorriso triste. – Minha mãe foi modelo durante anos na Europa, antes de conhecer meu pai e se mudar para os Estados Unidos. Tenho algumas das capas de suas revistas. Vou lhe mostrar um dia. Ela era deslumbrante. Quero dizer, linda de morrer.

Eu ergo a mão para tocar seu queixo.

– Por que será que isso não me surpreende?

Ele fecha os olhos e se recosta em meus dedos, momentaneamente, antes de prosseguir.

– Quando ela conheceu meu pai, também não tinha intenção de ter filhos, então deu tudo certo. Eles foram casados por quinze anos antes que eu nascesse. Quinze anos de alegria antes que eu chegasse e estragasse tudo, segundo meu pai. – Ele diz essa última parte com uma sacudida indiferente dos ombros, mas eu sei que ele está longe de ser indiferente. Dá para ver a mágoa em seus olhos castanhos.

Embora eu saiba que não devo, coloco novamente a mão em seu peito. Ashton coloca a dele sobre a minha e fecha os olhos apertados.

– Achei que nunca mais sentiria você fazendo isso – diz.

Eu lhe dou um momento, antes de estimulá-lo a prosseguir.

– Continue falando. – Mas deixo minha mão sobre seu coração, que agora está disparado.

Os lábios dele se curvam numa pequena careta. Quando seus olhos se abrem, ele pisca com um brilho lacrimoso. Só a ideia de ver Ashton chorando revira minhas vísceras. Eu luto para manter a compostura.

– Ainda me lembro do dia em que minha mãe e eu sentamos à mesa da cozinha, com um tabuleiro de biscoitos que eu ajudei a assar. Eu tinha sete anos. Ela apertou minhas bochechas e me disse que eu era uma bênção, que ela não sabia o quanto estava perdendo até o dia em que descobriu que estava grávida de mim. Disse que algo finalmente despertou dentro dela. Um dom maternal fez com que ela me quisesse mais que tudo no mundo. Ela me disse que eu a fazia muito feliz, assim como ao meu pai. – Então, uma única lágrima escorre em seu rosto. – Ela não tinha ideia, Irish. *Não fazia ideia* do que ele fazia comigo – sussurra, com os olhos fechando novamente, respirando fundo, se acalmando.

Eu limpo a lágrima de sua bochecha, mas não antes de derramar mais uma dúzia das minhas, que rapidamente limpo, porque não quero desviar a conversa.

– Quando começou?

Limpando a garganta, Ashton prossegue, escancarando a porta para me mostrar sem reservas seus esqueletos. Finalmente.

– Eu tinha quase seis anos na primeira vez em que ele me trancou num armário. Antes disso, eu não o via muito. Ele trabalhava longas horas e me evitava o resto do tempo. Realmente não fazia diferença. Minha mãe sempre me enchia de carinho. Ela era uma mulher expressiva. De abraços e beijos sem fim. Eu me lembro de suas amigas dizendo que ela ia me sufocar de tanto amor. – Ele franze as sobrancelhas. – Olhando para trás agora, isso devia incomodar o meu pai. Muito. Antes, ele tinha sua atenção exclusiva, e... – A voz de Ashton fica amarga. – Um dia, algo mudou. Ele passou a ficar em casa, quando minha mãe tinha algo para fazer fora. Um chá de bebê, uma festa com as amigas. Ele usava esses dias para me trancar no armário com um pedaço de fita isolante na boca e me deixava lá dentro durante horas, com fome, chorando. Dizia que não queria me ouvir, nem me ver. Que eu não devia estar vivo. Que eu estraguei a vida deles.

Não consigo entender como Ashton está tão calmo, como seu coração mantém um ritmo constante, porque eu, apesar de toda minha determinação em manter a compostura, já me desmanchei e estou um caco, imaginando aquele garotinho de olhos escuros — não muito maior que Eric ou Derek — encolhido no armário. Reluto com o bolo em minha garganta, tentando falar.

— E você não dizia nada?

Ashton limpa um pouco das minhas lágrimas com a palma da mão.

— Alguns meses antes, eu tinha acidentalmente deixado nosso cachorro sair pela porta da frente. Ele correu direto para a rua... Minha mãe chorou durante semanas por causa daquele cachorro. Meu pai disse que contaria a ela que eu o deixei sair de propósito, porque eu era um garotinho cruel que maltratava os animais. Fiquei aterrorizado que ela acreditasse nele... — Ele dá de ombros. — Eu não sabia de nada, só tinha seis anos. — Há uma pausa. — Cerca de um mês antes do meu aniversário de oito anos, minha mãe começou a esquecer datas, nomes, compromissos. Primeiro, ela fazia isso de vez em quando, mas, depois, começou a ficar muito ruim. — Ele engole em seco com força. — Depois de um ano, eles a diagnosticaram. Aquele foi o dia... — Respirando fundo, ele esfrega o cinto no punho. O cinto que ainda está ali, ainda o prende. Seu lembrete constante. — Ele nunca tinha me batido com cinto. Acho que ele não sabia a força com que estava batendo, até rasgar a pele. E ele estava zangado. Muito zangado comigo. Ele me culpava por tudo. Disse que foi a gravidez que a prejudicou, que os hormônios começaram a arruinar seu cérebro no dia em que eu nasci. — Ashton coça o antebraço, distraído, onde fica uma das cicatrizes escondidas. — Ele me disse para não contar a ela o que acontecera ou o estresse faria com que ela piorasse mais depressa. Então, eu menti. Disse a ela que eu tinha me cortado andando de bicicleta. Depois disso, eu mentia para ela sobre tudo. Os hematomas nas minhas costelas quando ele me dava socos, os vergões, quando ele me batia de novo com o cinto, o galo na minha cabeça, na noite em que ele me empurrou no portal. Eu fiquei tão acostumado a mentir e a saúde da minha mãe foi piorando tão depressa, que aquilo que ele fazia comigo se tornou... insignificante. Eu me acostumei. Ele parou de me bater no dia em que nós transferimos minha mãe para uma clínica de luxo, de pesquisa e tratamento. Eu tinha catorze anos. Naquela época, eu ainda tinha esperanças de que ela talvez melhorasse, que o tratamento pudesse reverter ou frear a doença. Ela ainda ria das minhas piadas e cantava aquela música em espanhol... Ela ainda estava ali, em algum lugar. Eu tinha esperanças de que nós pudéssemos ganhar tempo suficiente até que encontrassem a cura. – Ashton baixa a cabeça. – Até a primeira vez em que ela me perguntou quem eu era. E quando ele veio até mim naquela noite... eu o derrubei e ele caiu de costas. Eu era um garoto grande. Eu lhe disse para ir em frente e me bater o mais forte que pudesse. Eu não me importava mais. Mas ele não bateu. Ele nunca mais me encostou a mão.

Com um suspiro resignado, Ashton me olha no rosto enquanto limpa o rio de lágrimas que não param de escorrer.

– Ele encontrou um modo melhor de me punir, só por eu respirar. Só que, naquele momento, eu não percebi o que era. Ele vendeu nossa casa e nós mudamos para o outro lado da cidade, sem motivo algum, só para me tirar da vida que eu conhecia, me forçando a mudar de escola, deixar meus amigos. Ele poderia ter me despachado para um colégio interno e se livrado de mim como sua responsabilidade, mas não quis. Em vez disso, começou a me dar ordens, dizendo com quem eu deveria falar, com quem eu ia namorar, que esportes eu iria praticar. – Fungando, Ashton continua: – Na verdade, foi ele quem exigiu que eu entrasse na equipe. É meio irônico, já que o remo é uma coisa que eu adoro fazer... De qualquer forma, uma noite, quando eu tinha quinze anos, ele chegou do trabalho inesperadamente, e me encontrou com uma namorada que ele não aprovava, a gente estava tran... – Os olhos escuros olham meu rosto e minhas costas se contraem. – Desculpe... a gente estava juntos. Ele a chamou de piranha e a expulsou de nossa casa. Eu perdi a cabeça. Já o havia erguido do chão, pronto para socá-lo. – Os braços do Ashton se retraem em volta do meu corpo, ao me segurar mais perto dele. – Foi quando ele começou a usar minha mãe contra mim.

Confusa, sinto minha sobrancelha franzir.

– Ele falava dos números. O preço para mantê-la na clínica cara, quanto custaria se ela sobrevivesse por mais dez anos. Disse que ele estava começando a questionar o sentido disso. Ela não ia melhorar, então, para que desperdiçar dinheiro. – Ashton passa a língua nos dentes. – Um desperdício de dinheiro. Nisso que se transformou o amor de sua vida. Ele não a via desde o dia em que a colocara lá. Há muito tempo tinha deixado de usar a aliança de casamento. Eu não queria acreditar, não podia simplesmente desistir dela. Ela era tudo o que eu tinha e ele sabia disso. Então, ele facilitou muito a minha escolha. Eu podia viver a vida que ele permitisse, ou os últimos anos dela seriam vividos em algum buraco à espera da morte. Ele até arranjou recortes de jornal, exemplos de histórias de horror, desses lugares. Negligência, agressões... Foi o dia em que percebi o quanto meu pai me desprezava por eu ter nascido. E eu sabia que ele cumpriria sua ameaça.

Eu solto o ar que estava prendendo. Então, era isso que estava sendo usado contra o Ashton o tempo todo.

Sua mãe.

– Então, eu cedi. Ao longo dos anos, fiquei quieto, aceitando suas exigências. – Suspirando, ele continua: – Sabe qual é a pior parte? Eu nunca pude realmente reclamar. Quer dizer, olhe a minha vida! Eu frequento Princeton, tenho dinheiro, um carro, um emprego garantido em um dos escritórios de advocacia mais bem-sucedidos do país. Não é como se ele estivesse me *torturando*. Ele só... – Ashton dá outro suspiro. – Ele só tirou minha liberdade de escolher como quero viver.

– Bem, forçá-lo a se casar com alguém é algo para se reclamar – digo, amarga.

Ashton baixa a cabeça e sua voz fica áspera.

– Aquele foi o pior dia da minha vida. Eu lamento muito que você tenha passado por aquilo. E lamento por não ter contado do noivado.

– Olhe para mim – digo, erguendo o rosto de Ashton com um dedo embaixo de seu queixo. Quero tanto beijá-lo agora, mas não posso ultrapassar essa linha. Não até que eu saiba... – O que aconteceu com Dana? Como estão as coisas?

O casamento ainda está de pé? O que estamos fazendo agora, sentados aqui, está errado?

Aqueles lindos olhos castanhos me olham por um momento, antes de continuar.

– Há três anos, eu estava no torneio de golfe da empresa, jogando com meu pai, quando um novo cliente se apresentou com a filha. Ela estava lá, jogando com ele. Foi assim que Dana e eu nos conhecemos. Acho que o pai de Dana mencionou algo sobre o quanto ele adoraria que a filha tivesse um cara como eu... – Ashton contrai o músculo do pescoço. – Meu pai viu uma oportunidade. O pai de Dana fechara somente uma parte dos negócios para a firma, enquanto três outros escritórios representavam o restante. O "entrosamento" com o pai de Dana foi um ganho financeiro enorme, para a firma. Valeu dezenas de milhões, talvez mais. Então, eu fui instruído a fazer com que Dana me amasse. – Ashton mexe os braços e me puxa para mais perto, mergulhando o rosto no meu peito, fazendo meu coração disparar. Mas ele continua falando: – Ela era bonita, loura e muito meiga. Eu realmente nunca senti nada verdadeiro por ela, mas não podia reclamar por ter uma namorada como ela. Além disso, ela morava do outro lado do país na maior parte do ano, estudando, então não ia atrapalhar meu estilo de vida. Até você chegar.

Eu resisto à vontade de me curvar até ele. Seria tão fácil... só me virar um pouquinho e minha boca colaria à dele.

– Há três semanas, meu pai me ligou e disse para pedi-la em casamento. Namorar a Dana tinha rendido uma porção maior dos negócios do pai dela. Ele imaginou que, se eu me casasse com ela, ele teria o restante. Eu me recusei. No dia seguinte, recebi uma ligação da clínica com perguntas sobre a transferência iminente da minha mãe para uma casa de repouso na Filadélfia. Eu mal desliguei e recebi um e-mail do meu pai, com pelo menos uma dúzia de relatos de negligência daquele local. Até um caso de abuso sexual que foi arquivado por falta de provas. O bastardo doente estava pronto para tudo. – O peito do Ashton sobe e desce junto a mim, com um suspiro resignado. – Eu não tinha escolha. Quando ele me entregou o anel, há duas semanas, depois da corrida, eu pedi Dana em casamento. Disse que ela era o amor da minha vida. Eu não podia correr o risco de que ela dissesse não. Eu a convenceria de ter um noivado longo, até que eu terminasse a faculdade de direito. Eu só precisava continuar até que minha mãe morresse e depois poderia terminar. – A autoaversão em sua voz era inequívoca. Ele se odeia por isso.

Eu me esforço para entender essa situação toda, mas não consigo. Não consigo ver sentido nisso. Como pode um homem odiar tanto o próprio filho? Como ele pôde sentir satisfação em dominar a vida de outra pessoa tão completamente? O pai do Ashton é doente. Sinto o estômago revirar ao pensar como tanta crueldade pode vir embrulhada num belo terno e numa carreira de sucesso. Não me importa que demônios sombrios venham do passado do pai do Ashton para fazê-lo ser assim. A pessoa que eu sou jamais encontrará uma resposta aceitável para tudo que esse homem fez.

Carinhosamente, me afasto do ombro do Ashton, só o suficiente para olhar novamente para o seu rosto, algumas lágrimas escorrendo. Observo suas feições, enquanto seus olhos se fixam nos meus lábios por um longo instante.

– Quando você veio ao meu quarto naquela noite e... – Ele engole, franzindo a testa. – Eu queria lhe dizer. Eu deveria ter dito, antes que nós... – A expressão dele se retorce de dor. – Eu lamento muito. Eu sabia que ia acabar magoando você e deixei que isso acontecesse mesmo assim.

Não vou deixar que ele fique se punindo nem mais um segundo por causa daquela noite.

– Eu não me arrependo, Ashton – respondo honestamente, dando um sorrisinho para ele. Se há um erro do qual jamais me arrependerei, pelo resto da minha vida, é Ashton Henley. – E agora? – Hesito, antes de perguntar: – O que aconteceu com Dana?

– Ela gritou e chorou muito. Depois, disse que, se eu prometesse nunca mais deixar isso acontecer, ela me perdoaria.

Minhas vísceras revolvem. Ashton ainda está noivo. Seu pai ainda o controla. E eu não deveria estar aqui, tão perto dele.

– Tudo bem – digo, fechando os olhos diante da dura realidade, e suspiro.

– Olhe para mim, Irish – sussurra Ashton numa voz rouca, lutando para conter a emoção.

É através de uma cortina de lágrimas que eu vejo seu sorriso e fico confusa. Erguendo a mão para apertar minha bochecha, Ashton me puxa para si, para um beijo suave, rápido, sem abrir os lábios. Mas me deixa sem ar mesmo assim. E ainda mais confusa.

– Eu disse "não" – confessa Ashton.

– Mas... – Eu me viro e olho a clínica de sua mãe. – Ele vai transferi-la daqui para aquele lugar horrível...

– Esse é um novo lugar, Irish. Eu trouxe minha mãe para cá há uma semana. – Um sorriso estranho transforma o rosto do Ashton. Um misto de alegria, alívio e empolgação. E só realça seus olhos subitamente molhados.

– Eu não... entendo. – Meu coração passou de despedaçado a galopante, pulando de expectativa. Eu sei que ele está dando a entender algo profundo, mas não sei o que é e preciso saber, agora. – Diga o que está acontecendo, Ashton.

Sua expressão fica séria.

– Eu terminei com Dana. Percebi que minha vida não era a única sendo destruída nessa confusão. – Um lampejo de dor surge em seus olhos com a lembrança. – Vi a expressão vazia em seu rosto naquele dia, quando você desceu a escada e saiu pela porta. Aquilo me arrasou. Depois disso, eu fiz a única coisa que podia fazer. Fui ver o treinador. Eu... eu sempre invejei Reagan por ter um pai daquele. Bem, o treinador abriu uma garrafa de Hennessy e eu lhe contei *tudo*. – Suas palavras me trazem de volta à minha noite de confissão com Kacey e a tequila. É meio engraçado que a gente estivesse fazendo exatamente a mesma coisa, ao mesmo tempo... – O treinador exigiu que eu ficasse com eles por alguns dias, até que pudéssemos resolver as coisas. Claro que meu telefone estava tocando sem parar na segunda de manhã, com meu pai me dizendo para consertar as coisas com a Dana, se não... Eu procurei ganhar tempo, dizendo a ele que estava tentando. Enquanto isso, o treinador e eu começamos a entrar em contato com amigos dele. Advogados, médicos, ex-alunos de Princeton. Procurando um jeito de contornar o controle legal que meu pai tinha sobre a minha mãe, um meio de levá-la para um lugar seguro. Parecia que não chegaríamos a lugar algum. Eu tinha certeza de que estava encurralado. – Um sorriso torto surge em seus lábios. – Então, Dr. Stayner apareceu na porta do treinador quatro dias depois.

Meus olhos se arregalam de choque.

– O quê? Como? – Quatro dias depois... Isso significa que ele literalmente me deixou em Miami e voou para Nova Jersey.

– Aparentemente, ele rastreou o treinador, imaginando que, dessa forma, me encontraria.

Claro.

– Eu... – Suspiro, sentindo-me culpada por contar tanto da vida pessoal do Ashton. – Desculpe. Eu disse a ele coisas sobre você quando eu estava em Miami. Eu precisava pôr para fora. Nunca imaginei que ele viria aqui.

Por que não pensei que ele faria isso?

Ashton me cala, colocando o dedo em meus lábios.

– Está tudo bem. Mesmo. Está... mais que bem. Na verdade, tudo ficou bem. – Ashton balança a cabeça e ri. – Aquele cara é uma figura. Ele tem um jeito para tirar a informação de você. Você sabe que está sendo interrogado, mas é de um jeito amistoso. Eu nunca tinha visto o treinador condescender com ninguém, do jeito que foi com Stayner.

Revirando os olhos, eu não consigo deixar de rir.

– Sei exatamente o que você quer dizer.

– Em quatro horas... Sem mentira, Irish, quatro horas! O cara sabia de todo o meu passado e da minha situação. Ele fez várias ligações para os colegas. – Assentindo em direção à casa, Ashton explica: – O diretor desse lugar é muito amigo dele. Ele arranjou um quarto. – E sorri triste. – Eles acham que ela não tem muito tempo de vida. Talvez, mais um ou dois anos. Seu antigo lugar era melhor, mas não fazia sentido que ela continuasse lá com o tratamento tão caro. Nada vai trazê-la de volta. Eu já aceitei isso. Ela só precisa de um lugar onde esteja segura e confortável. Agora, ela precisa de paz.

"Estarrecida" não descreve com precisão como estou me sentindo agora. Estou explodindo de emoção – uma mistura vulcânica de felicidade e tristeza e adoração. Adoração por aquele meu médico insano que, de alguma forma, trouxe outra pessoa que eu amo de volta para mim. Não me dou ao trabalho de limpar as lágrimas, ainda tentando dar sentido a tudo isso.

– Mas como você a transferiu? Como o seu pai...

A gargalhada explosiva do Ashton me interrompe.

– Ah, Irish. Essa é a melhor parte. – Ele limpa uma lágrima que escorre por seu nariz, enquanto seu olhar vagueia pensativo a outro lugar por um instante. – É chocante o que certas pessoas estão dispostas a fazer quando sabem que podem ficar impunes. É ainda mais chocante o que fazem quando descobrem que não vão se dar bem. Meu pai ficou impune, me maltratando, durante dezesseis anos. E, no dia seguinte à chegada de Stayner, ele, eu e o treinador fomos de carro direto ao escritório do meu pai para acabar com aquilo. Eu nunca senti tanto medo na minha vida. Mas o fato é que eu não estava mais sozinho... – A voz dele falha, e meu coração falha junto.

Eu o aperto em meus braços o mais forte que posso. Quero ouvir o restante. Preciso. Mas, só por um momento, preciso abraçar Ashton, bem apertado, enquanto me entendo com isso tudo. Posso ter perdido meus pais anos atrás, mas tive lembranças de uma infância amorosa para me ajudar na batalha contra a perda. Ashton não teve nada além de escuridão e ódio. E o fardo de proteger uma mulher que nem se lembra do menininho que ela um dia sufocou de amor.

– Meu pai é um homem poderoso. Ele não está acostumado a ninguém lhe dizendo o que fazer. Então, quando Stayner entrou faceiro em seu escritório sem ser convidado e sentou-se na cadeira do meu pai... – Ashton ri baixinho. – Parecia uma cena de filme. Stayner calmamente expôs os fatos, o abuso, a manipulação, a chantagem categoricamente escandalosa. Ele não se alongou, não xingou, nem gritou, nada. Ele se assegurou de que meu pai tivesse plena consciência do que ele sabia, do que o treinador sabia. Então, Stayner colocou um bilhete com esse endereço na mesa, informando ao meu pai que um quarto estava reservado e que nós estávamos transferindo a minha mãe para cá, que *ele* continuaria a pagar as despesas, e que ela não deixaria mais este estabelecimento até o dia em que deixasse seu corpo.

Estou de queixo caído, tentando imaginar a cena.

– O que aconteceu? O que ele falou?

Ashton curva os lábios ligeiramente.

– Ele tentou argumentar com uma baboseira da lei para cima de Stayner, ameaça de processo, de mandar revogar sua licença médica. Stayner sorriu para ele. Sorriu e pintou um quadro bem elucidativo do que aconteceria, se o pai de Dana descobrisse por que sua filha estava de coração partido, como provavelmente seria muito pior do que simplesmente perdê-lo, como um cliente poderoso. Isso, além do fato de que eu ainda tinha os e-mails sobre as casas de repouso. A prova de sua malícia intencional em relação à esposa. Bem, isso seria suficiente para manchar sua imagem imaculada, que ele lutou para manter. Talvez, o suficiente para deixar um bom amigo advogado de Stayner ocupado por alguns anos. Um amigo com uma queda para assumir casos gratuitos, que lhe dá fama porque ganha todos. Stayner disse um nome e meu pai ficou branco. Acho que em Nova York há advogados que intimidam mais que David Henley. – Ele para. – Nós saímos depois disso. Dei as costas para o meu pai e fui embora. Nunca mais o vi.

– Então... – Eu aponto a casa, perplexa. – Ele fez o que o Stayner lhe disse para fazer? Simplesmente assim?

Uma expressão curiosa surge no rosto do Ashton.

– Não, exatamente... A transferência aconteceu. Eles pegaram a minha mãe dois dias depois e a trouxeram para cá. Então, quatro dias atrás, chegou um pacote com a papelada, e uma carta de intenções. Meu pai está assinando uma procuração para mim. Eu terei o controle do bem-estar e do patrimônio da minha mãe. Tenho todos os registros financeiros. Lembra que eu disse que ela foi modelo, certo?

Eu concordo e ele continua.

– Ela tinha muito dinheiro. Quando descobriu que estava doente, o dinheiro ficou programado para cobrir seu tratamento. Ela se assegurou de que houvesse dinheiro para cobrir tudo, desde o começo. O dinheiro nunca saiu do bolso *dele*.

– Então, ele está... te liberando?

Ashton assente com a cabeça.

– A única condição é que eu assine um contrato sobre... meu relacionamento com ele. Nossa história, sobre Dana. Tudo. Eu assino isso e ele garante que eu nunca mais ouvirei falar dele.

A minha expressão deve mostrar a pergunta, porque ele confirma.

– Eu vou assinar. Não me importa. Isso é passado. Tudo o que me importa é quem está sentada em minha frente neste momento. – Ashton desliza a mão pela minha coxa e me puxa mais para perto, com a voz embargada de emoção. – Nunca poderei desfazer os erros que cometi com você, todas as mentiras que eu disse, todas as formas como magoei você. Mas... será que podemos simplesmente – ele contrai o maxilar –, de alguma forma, *esquecer* tudo isso e recomeçar?

Isso está mesmo acontecendo. Eu realmente estou aqui, sentada com Ashton – a única coisa que eu sei que quero –, e pode finalmente dar *certo*.

Quase.

– Não – sai da minha boca.

Vejo Ashton se retrair com essa única palavra, relutando com as lágrimas brotando em seus olhos.

– Eu faço qualquer coisa, Irish. Qualquer coisa.

Meus dedos deslizam ao seu punho, àquele troço horrendo que eu sei que ainda está ali.

Nem preciso dizer nada e ele sabe, arregaçando a manga do casaco para descobrir o lembrete de seus maus-tratos. Ele fica olhando, por um bom tempo.

– Meu pai jogou o cinto fora, depois daquela noite. Tentando se livrar da prova ensanguentada, eu acho – diz, baixinho. – Mas eu o encontrei no lixo e escondi em meu quarto durante anos. O dia em que cobri as cicatrizes com as tatuagens, foi o mesmo dia que mandei fazer essa pulseira com um pedaço do cinto. Meu lembrete constante de que minha mãe precisava que eu aguentasse firme. – Dando uma olhada acima, para a janela do terceiro andar, sem dúvida, a de sua mãe, ele sorri, melancólico. Meu coração derrete, enquanto olho seus dedos abrindo a pulseira. Ele me desliza de seu colo para levantar, recua alguns passos e com o que parece toda força de seu corpo, arremessa o último pedaço do controle do pai, na direção de árvores.

Ele dá as costas para lá com um olhar suplicante naqueles lindos olhos castanhos, misturado ao calor que faz meus joelhos dobrarem.

Dou um passo até ele, encosto a mão em seu coração disparado e fecho os olhos, memorizando a sensação desse momento.

O momento em que faço uma escolha por mim e só por mim.

Uma escolha que é certa, porque é certa para *mim*.

O sorriso me escapa, antes que eu lhe diga a última condição...

Ashton nunca foi paciente. Acho que ele vê o sorriso e interpreta como minha aceitação. Ele mergulha os lábios nos meus, num beijo ardente que me deixa de pernas bambas, explodindo meu coração.

Consigo me soltar de sua boca.

– Espere! Mais duas coisas.

Ele está ofegante, com as sobrancelhas franzidas, confuso, olhando meu rosto.

– O que mais? Você também quer as minhas roupas? – Arqueando a sobrancelha, ele acrescenta: – Darei com o maior prazer quando estivermos em algum lugar mais quentinho, Irish. Na verdade, eu insisto.

– Quero que você procure ajuda. Você precisa falar com alguém sobre tudo isso. Lidar com isso – digo, balançando a cabeça.

Ashton dá um sorrisinho.

– Não se preocupe, Stayner já está colado no meu pé. Tenho a impressão de que vou ficar com seu horário às dez horas aos sábados.

Sinto o alívio transbordar em mim ao suspirar. Se há alguém em quem confio o bem-estar do Ashton, é o Dr. Stayner.

– Que bom.

– E qual é a outra coisa? – pergunta ele, beijando meus lábios.

Eu engulo em seco.

– Você disse que queria esquecer tudo. Mas... eu não quero que você se esqueça de nada que aconteceu entre nós. Nunca.

O sorriso mais doce surge no rosto do Ashton.

– Irish, se tem uma coisa que eu nunca vou conseguir esquecer é um segundo com você.

* * *

EPÍLOGO

– Sabia que faz quase um ano que eu não como cheesecake – digo, passando meu garfo no prato, olhando o sol de junho se pondo na praia de Miami, do conforto da minha espreguiçadeira. – Acho que não gosto mais.

– Então, eu como – diz Kacey, já quase lambendo o próprio prato. – Ou a Storm come. Juro que ela recupera cinquenta mil calorias por dia alimentando aquela leitoazinha.

Como se a bebê Emily ouvisse a palavra mágica de sua cadeirinha na cozinha, ela começa a chorar de fome. De novo. Emily nasceu no começo de janeiro, logo depois se instalou nos mamilos da Storm e, desde então, briga para ficar ali.

Comigo de volta a casa, ela está tendo uma pequena folga. Agora, Emily está até aceitando tomar mamadeira comigo. Storm me chama de amuleto da sorte.

Acabei ficando para terminar o ano em Princeton, e até consegui uma média final com um sólido B. É irônico que minha nota de literatura inglesa tenha sido a maior daquele semestre, já que era a matéria mais difícil para mim.

Ashton decididamente foi um fator de motivação na minha escolha em ficar. Depois que toda a confusão, a pressão e as mentiras passaram, eu só fiquei com as escolhas. Pequenas, grandes e difíceis – todas minhas. Por mim.

Comecei pelas fáceis. Como escolher ficar onde eu poderia ver Ashton quando eu quisesse. Essa foi tranquila. Ele tinha menos de um ano para receber o diploma de Princeton e decidiu que queria terminar, independentemente do motivo de ter chegado ali. Além disso, estava comprometido com seu papel de capitão da equipe de remo até a temporada de primavera.

Depois de um tempo, Connor, Ashton e eu fizemos as pazes. Não demorou para que Connor visse que eu não era uma garota de uma noite só para seu melhor amigo. Connor começou a sair com a loura – Julia – que o abordou naquela noite no clube. Nós quatro até saímos. Foi meio estranho, mas, no fim da noite, acho que isso fortaleceu nossa amizade. Pelo jeito com que Connor me olha de vez em quando, sei que seus sentimentos por mim não sumiram totalmente. Espero que, com o tempo, ele veja que nós não combinávamos.

Ashton se mudou de volta para casa no começo do semestre da primavera. Eu ficava bastante por lá. No começo, foi meio esquisito, mas Ashton logo me fez esquecer do nervoso... e de qualquer coisa que não tivesse a ver com ele.

Uma das decisões mais difíceis que tive que tomar foi de ficar ou não em Princeton quando acabasse o primeiro ano. Eu tinha pedido a transferência para Miami e não foi surpresa ser aceita. Não havia mais nada me prendendo em Nova Jersey, exceto Ashton. Ele terminaria naquele ano, mas sua mãe ainda estava no estado, e o pai da Reagan lhe oferecera uma função como treinador assistente, enquanto ele resolvia tudo. Analisei minha decisão durante semanas, sem ter certeza do que *me* faria mais feliz.

Então, numa noite, eu estava deitada na cama, tracejando seu símbolo celta com a ponta do dedo, e Ashton me disse que iria para Miami comigo, se eu preferisse ir. Ele tinha começado a ver hospitais por lá com a ajuda de Stayner. Robert confirmou que o cargo de treinador assistente sempre estaria ali para ele.

Isso subitamente facilitou a minha decisão difícil. E me fez saber que era a decisão certa.

Eu queria ir para casa.

E queria levar o Ashton comigo.

A porta de correr abre atrás de nós e duas mãos fortes pegam meus ombros.

– Você nunca me disse que fazia esse calor do cacete, em Miami – resmunga meu homem deslumbrante, curvando-se para roubar uma garfada de bolo, dando-me um beijo em seguida. Dou um gritinho quando os pingos de suor caem em meu rosto.

Meus olhos desviam para a camada de suor em seu peito nu. Ashton passou a praticar corridas noturnas sem camisa desde que se mudou para cá e isso está mexendo com meus hormônios todas as noites.

– O garoto vai se acostumar – ouço Trent dizer por trás de nós, ao sair da casa, também suado e sem camisa, com uma toalha em volta do pescoço. Há uma diferença de oito anos entre Trent e Ashton, mas o nível de maturidade dos dois parece igual, porque eles se dão muito bem. E ainda não tenho certeza do que isso significa sobre cada um deles.

– O que é isso? O papo dos caras suados? – Com um cobertor nos ombros, para discretamente esconder o bebê no seio, Storm vem se juntar a nós, seguida por um terceiro homem suado e sem camisa: Ben. E, de repente, o deque ficou cheio de gente.

– Você é rápido demais, Princeton – diz o louro rústico, espalmando a mão de Ashton no alto.

Eu sorrio do apelido. Todos gostaram do Ashton desde o começo. Incluindo um grupinho de mulheres passando na praia. É o mesmo grupo toda noite. Elas descobriram que, se passarem pela nossa casa nesse horário, é provável que vejam homens seminus no deque dos fundos. Mas que, infelizmente, Kacey, Storm e eu geralmente estamos aqui...

– Olá! – Kacey acena ostensivamente para elas, como faz toda noite, obviamente gostando do fato de que seu homem está deixando outras babando. Ela aponta para Trent. – Ele custa quinhentas pratas, por duas horas! – Abanando a mão para Ashton, acrescenta: – Por ele, são setecentos e cinquenta, porque ele é jovem. Vocês precisam ouvir como ele faz minha irmã gritar!

– Kacey! – reclamo, mas é tarde demais. Todos estão rindo e minhas bochechas estão queimando. Ashton se curva e planta um beijo em meu pescoço, como se isso fosse me distrair da vergonha. Mesmo que eu não seja mais sexualmente reprimida, ainda gosto de manter em particular... o que é particular. Ashton respeita isso e não me provoca tanto, como eles fazem. Mas ele não resiste quando todo mundo começa. Agora, eles parecem ter motivos para pegar no meu pé, graças à minha festa de boas-vindas ao lar com um monte de drinques de gelatina e essas paredes finas.

– E eu? Não valho um trocado, madame Kacey? – Ben estende as mãos perguntando, com uma expressão debochada de insulto no rosto bonito.

– Eu que *vou* pagar quinhentas pratas *a elas*, para tirarem você do meu pé por uma noite – diz Kacey. Mas ela dá uma piscada em seguida.

– Entendi a indireta. Estou indo até o Penny's tomar uma cerveja. Ei, Princeton, tem certeza de que você não quer que eu te arranje um emprego? Dinheiro bom, um monte de...

– Não, obrigada! – respondo, antes que Ashton possa responder. Nem por um decreto meu lindo modelo mediterrâneo de anúncio de cuecas vai trabalhar numa boate de striptease. Eu não tenho a autoconfiança da minha irmã.

– Estou bem aqui. Fico de mãos cheias com essa aqui – diz ele, dando de ombros com um sorriso malicioso para mim.

– Acho que ela talvez seja pior que a irmã – acrescenta Trent.

Outra rodada de risos esquenta minhas bochechas.

– Que tal você ficar de mãos cheias, tomando um banho demorado e sozinho? – pergunto, dando um tapa em seu abdome rijo, para dar ênfase. Então, percebo o que eu disse, indiretamente, e mergulho o rosto nas mãos, enquanto todos eles caem na gargalhada. De novo.

Verdade seja dita, Ashton não está com pressa para arranjar emprego. Acabamos não transferindo a mãe dele para Miami. Ela morreu em paz no fim de abril, pouco antes das provas. Eu estava com Ashton na manhã em que ele recebeu a ligação. Fiquei abraçada com ele, que chorou baixinho, as lágrimas de tristeza e alívio, eu acho.

Sobrou dinheiro suficiente para bancá-lo por um tempo, enquanto ele resolve as coisas. Ele não é rico, mas tem o suficiente para o curto prazo. Storm insistiu para que ele viesse morar conosco, então ele não tem a preocupação de um aluguel. Ele já se inscreveu para as aulas de voo e, pela primeira vez, está decidindo o que quer fazer de sua vida. Acho que está saboreando cada segundo.

Em retrospectiva, vendo o ano que passou, eu não posso acreditar como Ashton e eu viemos de situações de famílias tão diferentes – a minha, um lugar de amor; a dele, um lugar de dor

–, e, no entanto, acabamos exatamente no mesmo lugar, ao mesmo tempo: aprendendo a fazer nossas próprias escolhas.

A única coisa em que parecemos concordar é que queremos um ao outro a cada passo do caminho.

Do fundo do meu ser, eu sei que medicina não é a direção certa para mim, apesar da minha capacidade acadêmica. Mantive contato com o hospital infantil, até saber que Eric e Derek terminaram a quimioterapia e tiveram alta. Depois, enterrei essa parte da minha vida. Estou pensando seriamente em serviço social. Embora não seja fácil – algumas dessas crianças enfrentam situações piores do que Ashton enfrentou –, eu sei que quero ajudar crianças de um jeito significativo. Então, Dr. Stayner organizou um trabalho de voluntariado em um centro de assistência infantil, para ver se é algo com que minha natureza possa lidar. E se não for? Bem...

A vida é tentativa e erro.

Dr. Stayner e eu conversamos com frequência. Ele e Ashton se falam com mais frequência ainda. Stayner brinca, dizendo que é nosso psiquiatra domiciliar. Eu disse que ele deveria simplesmente vir morar conosco. Ainda estou procurando a maneira certa de expressar a adoração que sinto por esse homem e tudo o que ele fez por nós. Tudo o que continua a fazer por nós.

Dar a ele meu primeiro filho está começando a parecer uma opção razoável.

– Quando seus amigos virão, Livie? – pergunta Storm, arrumando a blusa. As bochechas gorduchas da Emily finalmente aparecem de trás da cortina de flanela, com um arroto satisfeito.

– Amanhã à tarde. – O pessoal e Reagan estão vindo num voo, para passar alguns dias.

Eles ficaram chocados quando descobriram que a mãe do Ashton estava viva todo esse tempo, mas simplesmente ficaram ao lado do amigo naquele dia, no fim de abril, depois celebraram a vida dela com ele no Tiger Inn, até altas horas da madrugada. Embora Ashton nunca possa contar todos os detalhes, por causa de seu acordo com o pai, acho que os caras perceberam que a vida de seu capitão estava bem longe do ideal.

E Reagan? Bem, fora ficar emburrada por três semanas, quando eu disse que não voltaria no outono, ela foi a melhor companheira de quarto e amiga que eu poderia querer. Ela ainda é loucamente apaixonada por Grant. Talvez o suficiente para domar seu lado maluco.

– Está certo! Teremos braseiro amanhã à noite – exclama Ben, espalmando as mãos. Ele abaixa para dar um beijo no rosto da Emily.

– Você está fedorento! – Storm o empurra, dando uma risadinha, enrugando o nariz.

– Sendo assim... – Ben dá um beijo na testa da Storm e segue para dentro da casa, gritando: – Adeus!

Trent se alonga, esticando os braços compridos e musculosos, acima da cabeça.

– Vamos ao The Grill essa noite?

– Sim! Eu preciso de uma noitada! – exclama Storm, com uma expressão subitamente frenética. Como um animal enjaulado. Ela meio que é. – Dan estará em casa em uma hora, então eu e meus *mamicos* de leite vamos dar o fora dessa espelunca. Deixe-me ir esvaziá-los. – Na mesma hora, ela some com a Emily para dar de mamar.

Os caras vão atrás, discutindo sobre quem vai tomar banho primeiro, deixando Kacey e eu sozinhas no deque mais uma vez.

Ficamos sentadas em silêncio, enquanto ouço as gaivotas e observo as ondas calmas quebrando na praia.

– Sabia que faz quase um ano desde aquela noite? – Meu Deus, tudo parece tão diferente! Eu ainda sou eu. Mas também mudei muito.

– Ora, ora. – Kacey para e pega o prato da minha mão. – Você quer dizer, desde a noite em que eu disse que você estava totalmente fodida?

Vejo seus lábios abrindo em um sorriso, enquanto ela come o último pedaço da minha torta.

– É, aquela mesma. – Estendo meus braços e os coloco atrás da cabeça.

E sorrio.

* * *

AGRADECIMENTOS

Não é menos que um milagre descobrir qual é o seu emprego dos sonhos e depois poder vivenciá-lo. Ainda estou em choque por essa, agora, ser a minha vida. Tenho muitas pessoas a agradecer por isso.
 Em primeiro lugar, aos meus leitores. Alguns de vocês estão comigo desde *Anathema*, e muitos acabaram de me descobrir, com *Respire*. Todos são muito queridos. É pelo fato de vocês comprarem meus livros, gostarem do meu estilo e compartilharem meu nome com seus amigos e familiares que eu estou aqui hoje.
 Aos fantásticos blogueiros do mundo – alguns dos mais fervorosos leitores que eu já conheci –, eu não estaria escrevendo essa página de agradecimento sem vocês. Sem chance. Um agradecimento especial a *Aestas Book Blog*, *Autumm Review*, *Maryse's Book Blog*, *Shh Mom's Reading*, *Three Chicks and Their Books*, *Tsk Tsk What to Read*, *Natasha Is a Book Junkie*, e *The Sub Club*. Um agradecimento muito especial a Mandy, da *I Read*

Indie Books, por sua resenha de *Respire*. Acho que o burro de carga acabou ganhando os leitores. Eu poderia facilmente listar cem blogs aqui. Vocês são todos realmente incríveis.

À Heather Self – uma incrível escritora, blogueira e amiga. Obrigada por suas loucas habilidades para dar nomes, pela vodca com lavanda e por sua postura positiva contagiante. Pode esperar, pois aquela canadense um dia vai aparecer em sua porta, no Texas. Prepare-se.

À Courtney Cole – obrigada por sua leitura de *OTL*, quando você também estava em cima do seu prazo de entrega. Adoooro suas palavras sobre a minha capa. Absolutamente adoooro.

À Kelly Simmon, da Inkslinger PR – e a jornada prossegue. Você se tornou muito mais que uma agente de publicidade para mim. Você é realmente uma amiga. Torço só por coisas boas em seu caminho.

À Stacey Donaghy, da Corvisiero Literary Agency – por onde começo com você? Até hoje, eu digo ao meu marido que sou brilhante por ter assinado com você. Tudo bem, talvez eu não diga isso. Acho que é algo do tipo "Sou a escritora mais sortuda do mundo por ter uma agente como você". Obrigada por deixar tudo e vir em meu auxílio, no último minuto, por seu constante incentivo e por acreditar em mim em primeiro lugar. E por não me deixar matar todos os meus personagens, na minha fúria induzida por Red Bull.

À Sarah Cantin – eu quero roubá-la e guardá-la no meu bolso, e levá-la para todo lugar comigo. Você é uma editora de sonho. Tão positiva, tão incentivadora, tão disposta a ajudar. Fico empolgada, toda vez que vejo seu nome na minha caixa de entrada. Fico muito contente em tê-la do meu lado.

À Marya Stansky – por seu *insight* sobre os clubes de Princeton. Obrigada por aturar minhas perguntas aleatórias e por me dar toneladas de conteúdo excelente para trabalhar.

À minha editora, Judith Curr, e à equipe da Atria Books: Ben Lee, Valerie Vennix, Kimberly Goldstein e Alysha Bullock, por seu trabalho extraordinário, levando este livro às mãos dos leitores. Nem sei como começar a explicar a perfeição desta capa para Livie.

Ao meu marido – obrigada pelo mês da creche do papai, para que eu pudesse me esconder na minha caverna e terminar este livro dentro do prazo. Um dia, eu vou aprender a cozinhar novamente.

Às minhas filhas, porque elas são as mais lindas e doces danadinhas deste mundo.

Impressão e acabamento:
GRÁFICA STAMPPA LTDA.
para a Editora Rocco Ltda.